正妻不好當

2

文創風 151

懷愫 著

目錄

第二十五章　以退為進

小張子把事情跟周婷說了個清楚，她剛準備歪著歇一歇，就又坐起來了。胤禛能不管，周婷卻不能不管，看太醫開的方子、找丫頭問話、安排人照顧李氏，還得安撫好三個孩子。周婷雖然只是走到南院動動嘴巴，也覺得累得夠嗆。他這哪裡是折騰李氏，分明就是折騰起她來了！

才剛從南院回來坐定，瑪瑙就站過來往周婷腰下墊上小枕頭，正歇下，山茶就進來了。她曲著膝蓋問道：「大格格差奴才請示福晉，能不能去南院瞧瞧側福晉呢。」說著就低下了頭。

山茶是個忠心的丫頭，忠心的對象就是大格格。她勸了又勸，要大格格別在這個時候去南院，眼看著親娘靠不住了，終身大事還捏在福晉手裡呢，平時就算不討好，也該識趣，不在這時候惹人厭才是，可偏偏勸不聽。

周婷輕輕一笑，淡淡開口：「大格格擔心也是應該的，到底是她親娘呢。只是如今南院亂得很，她過去不就更亂了？側福晉並無大礙，叫她明早再去瞧吧。」

周婷在「到底」兩個字上頭加了重音，山茶原就曲著的膝蓋彎得更低了。她得到答案以後，就點頭退了出去。

山茶退出屋子了，瑪瑙卻蹙起眉頭來。

大格格是主子，她就是心裡有話，也不能說出口，免得讓人覺得周婷看輕了大格格，但還是覺得她不識抬舉得很。已經准她日日去看側福晉了，還不知足，哪家養在嫡母面前的庶女、庶子能有大格格這樣的待遇？

再看周婷淡著一張臉，就更盼望烏蘇嬤嬤來了。她是福晉的奶嬤嬤，有什麼貼心話都能說。珍珠跟瑪瑙相互看了一眼，準備說點什麼把話題給岔開。

「叫廚房準備酪來，忙了一陣倒餓了。」本來晚上就吃得少，再這麼一折騰，好像全消化光了。周婷這麼說著，又吩咐道：「給大格格那兒也送一份去。」

一看珍珠跟瑪瑙的神色，周婷就知道她們在想些什麼。現下屋子裡的丫頭只有她倆，並沒別的人在，周婷想一想，還是吐露了自己的想法。「妳們吶，大格格若是不想著親娘，只顧著奔前程，我才該寒心呢。」

兩個丫頭的臉色這才好看了些，她們是百分之百站在周婷那邊的，聽她這樣說，才按下心頭的不滿，由珍珠吩咐丫頭去了。

周婷瞇著眼睛盤算明天請安的事，已經宵禁了還請了太醫，這事絕對瞞不過去，再說兩個孩子要挪過來，她也該知會德妃一聲，說不定明天妯娌之間也會談論，得早做準備才是。

李氏能病卻不能死，其他封了貝勒的阿哥裡面，除了大阿哥，可沒哪一家沒側福晉的。大阿哥不必說，他跟正妻感情好，接連生了五個孩子，可惜她早逝，雖有康熙指過去的吳雅氏，但沒生育肯定不會提她的位分。

胤禛就不一樣了，周婷不是歷史白癡，雖然不至於把每個阿哥的後宅有幾個小妾都背出來，但看電視劇也知道後頭還有個年氏，更別說最後當上太后的乾隆媽。按照胤禛的習慣，向來都是更寵愛小老婆，李氏的失寵跟周婷的作為沒多大關係，但再來一個要是得了寵呢？是一個七死八災眼看翻不了身的李氏健在比較好呢？還是進個年輕的新人來分寵愛好呢？那拉氏的年紀在周婷看來算輕，但在古人眼裡已經不鮮嫩了，那些選秀的丫頭可都只有十三、四歲啊。

李氏不管怎麼也不能死，她必須得活著占好這個坑！胤禛再討厭她，也不能請旨讓康熙把他的小老婆降級。

周婷想著想著伸出手來，瑪瑙會意地上前幫她揉額角。

「珍珠回來了嗎？」周婷問。

「主子有什麼事吩咐我也是一樣的。」瑪瑙輕聲說。

「把這蔻油洗了。」明天要進宮，她這裡的側室剛吐了血，可不能打扮得那麼豔，好讓別人說嘴。

「主子也太小心了。」瑪瑙明白了周婷的意思。「再怎麼也用不著把這個卸了。」

「還是小心一些好。」周婷把手搭在小枕頭上。明天要怎麼跟德妃張這個口呢？一個大格格就算了，兩個兒子也一併挪過來，會不會教人覺得她太厲害了？要是拿李氏的病當藉口，德妃會不會覺得兒子後院空虛？

天將要亮的時候，南院來報說李氏又吐血了，周婷正在被窩裡呢，只好硬撐著爬起來去看掛名丈夫的小老婆。李氏吐了血，臉色卻比昨天晚上看著多出些血色來，見到周婷來，她卻木木呆呆地坐著不動。

石榴含著眼淚，眼圈通紅，見周婷來了，她抖著肩膀跪了下來。「求福晉看在咱們主子身子不好的分上……」後頭的話還沒說，就被周婷打斷了。

「她身子不好起不來也罷，這時候就不必多禮了。」說著她掃了石榴一眼。「妳素來忠心，我記得妳老子娘也在府裡當差，一向盡心，有妳在，我也安心些。」

這算是變相的威脅，丫頭心疼主人很正常，卻最好別挑戰周婷的底限。有這個本事，就去胤禛面前跪。

石榴馬上不說話了。就算她能為側福晉豁出去，也還有家人在呢。

周婷摸了摸藥碗，還是燙的。「妳好好盯著側福晉吃藥，這樣年輕就病得這麼重，往後可得好好將養呢。太醫說要什麼，妳就去告訴瑪瑙開庫取了。」

石榴口苦心也苦，低著腦袋答應了，她和側福晉都折騰不起啊……

出了院門，周婷趕緊回去換衣服。胤禛昨天夜裡歇在書房，這時候早已經等著了，周婷換了件寶藍色博古花卉團紋的衣裳，又是梳頭又是化妝，緊趕慢趕地上了車，瑪瑙拿帕子包了幾塊糕點要拿給她時，被胤禛瞧見了。

「怎的？身子不舒坦了？」明擺著要進宮請安，要不是不舒服，她是不可能起晚了的。

周婷搖頭笑了笑。「我去瞧了瞧側福晉，吩咐丫頭們盡心呢。」

胤禛眉頭一皺，不再言語，準備上馬時才又說：「往後這樣的事差個下人去瞧就行了，不必趕來趕去的。」

「嗯。」周婷笑咪咪地應了一聲，一坐進車裡，趕緊捏起一塊山藥糕往嘴裡塞，一口咬下去滿嘴香甜，不禁滿足地嘆出口氣來。本來只想混吃混喝等升職，卻人在局中身不由己，現在連安穩吃個飯都成享受了。

寧壽宮裡一派祥和，就要過年了，太后努力地往下賞東西，她年紀大了，最愛熱鬧。十三福晉惠容得了一座送子觀音，鬧了個大紅臉，支支吾吾地連話都說不清楚了。

八福晉宜薇看了難免心頭泛酸。她剛嫁過來的時候掛名婆婆惠妃和正牌婆婆良妃都給了東西，前者是觀音像，後者是百子千孫帳，她那時還懷著雄心壯志想著進門就懷上呢，誰知這麼些年來愣是沒消息。開春就該大挑了，去年小選進來四個，今年小選一下子塞進來八個，下一回還不知要指幾個過來呢……

惠妃自從兒媳婦死了，就一直不太滿意後頭娶進來的，吳雅氏是出身低，看著就不上檯面；而繼福晉張佳氏則是自己氣怯，明明是長嫂，卻老縮在後面不冒頭。

這一比較起來，惠妃不免更喜歡八福晉，此時看到她有些落寞，就說：「老祖宗可忘了一個人，她才最該沾您這裡的福氣呢。」說著使了個眼色給宜薇：當著那麼多人的面，可不能露出戚色來。

「正是，老祖宗怎麼能忘了我呀，我正等著您這裡的仙氣呢。」讓人往傷口上撒鹽還得忍著，宜薇撐起一張笑臉來拿自己打趣。

「好好好。」太后笑瞇了眼睛。「把我那米珠鑲的觀音給妳，來年生個胖小子啊！」

若是太后這張金口要真能說出玉言來，宜薇日日給她祝禱都成，她垂手摸了摸肚皮，心中暗暗嘆息。

在哪個環境待多了，就容易被同化成一樣的人，周婷聽見她們都關心子嗣，也為自己打算起來。烏骨雞湯天天連著吃，月事也已經正常了，她到底是該等一等呢，還是趁著排卵期趕緊讓自己懷一個？

宜薇擔心大挑，周婷也在憂慮。現在這個李氏就是大挑賜下來的，小選那些身分不夠看，就算得寵，也要在後院熬資歷，但大挑下來的就不一樣了。周婷心裡一面嘆息一面打德妃的主意，府裡會不會進新人，很大程度上還得看她呢。

一回永和宮，德妃就先問起來：「妳這些日子同胤禛可好？」

「看母妃說的，咱們一直很好。」周婷這回也不羞澀，反正生個孩子勢在必行，回去就算算日子，最好能一舉得男，後頭就不必吃苦了。

德妃照例差人上了一碗燕窩粥來，周婷早上沒吃多少東西，這時候餓狠了，一碗吃盡又要一碗。

德妃看了，抿著嘴一笑。「可見是真好呢。」她以為周婷是因為「那個」才起晚了。

「側福晉病得重，今兒天沒亮就把我鬧醒了。」周婷正好把這件事當切入點，德妃果然很關心，要說有多緊張李氏，倒是沒有，她關心的還是孩子。

「看著像是不好的樣子，之前二阿哥病了，她就衣不解帶地照顧著，想必是累狠了。」周婷也不提起胤禛說的那些話，只說：「咱們爺也瞧過了，說是先把孩子抱過來讓我看著呢。」

那就是病得很重了。德妃皺了皺眉頭。「就快過年了，別讓孩子戴了孝才好。」雖是側室，但是親娘死了也得戴孝，要是正好跟宮裡的喜事撞在一起，就不太好看了。

說完這個，德妃就關心起周婷來。「妳自個兒的身子也要當心才是，這般辛苦，老四該好好待妳呢。」

說起來德妃也是小老婆，但她卻是站在周婷這邊的，也許因為她是妃子，才沒把自己當成小的吧，再說康熙宮裡沒有皇后已經好久了。

周婷立刻點頭作乖巧狀，順帶還要拍一拍德妃的馬屁。「我這裡倒有個精巧玩意兒要給母妃呢。」

玻璃要進內務府，最好的辦法就是一個個送給宮妃，她們用上了，康熙自然能看見，他覺得好，玻璃生意打進宮門才有希望。若是德妃喜歡，剩下的話周婷也才好開口。

「這個玻璃盆景是剛出的新樣子，做得倒精細，我心想母妃喜歡蘭花，催著他們做了好的來，進給母妃呢。」周婷抿著嘴笑。

東西早就由小太監抱過來了，做得比普通盆景略矮些，蘭花也是小花卉，摻了顏色，遠遠看起來，就像真的一樣。

「這東西倒好，怎只我這裡有？老祖宗那兒妳可進了？」德妃心中歡喜，嘴裡還指點周婷。「她老人家不喜歡花，喜歡果，可有果樹盆景進一對上去？」

「都有呢，只是果樹還得要晚兩天，先為母妃把這個送來。」周婷又怎會忘記太后呢？妃子不一定能天天見到康熙，但康熙沒事常去太后那邊坐坐，老太太又愛顯擺，很容易就能被瞧見，當然要做到最精緻的程度，才能獻上去。

德妃拿指甲套去碰那薄花瓣，臉上笑咪咪的。「妳這孩子就是孝順，下回再有這樣的東西，可得先幫老祖宗送去，別被挑刺兒。」

「媳婦曉得，這還不是咱們爺，說風就是雨，等不到果樹進來，看著蘭花這樣好，連三趕四地催著我幫母妃送來呢。」周婷淺淺一笑。

其實這是她隨口胡說的。胤禛是見過這蘭花盆景，讚了一句做得雅緻，基本上憑記做的東西全都投他所好，比周婷自己琢磨得都要準。他沒說要給德妃，但怎麼都得孝敬長輩，順便融和他們母子的關係，她這才拿來獻給德妃。

一聽是胤禛催著要周婷送過來的，德妃更高興了，笑意止都止不住。她指揮宮女把兩盆紅珊瑚的海樹盆景給換了下來，將玻璃蘭花盆景放到顯眼處，不住地打量。

周婷覺得時機差不多了，就裝出害羞的樣子，靠在德妃身邊。「論理，我不該跟母妃張這個嘴的，只是……」

「怎麼？跟母妃還有什麼不好說的？」德妃拍拍她的手。「可是顧嬤嬤不得用？」

周婷搖搖頭，裝著扭捏為難的模樣，低聲開了口說：「母妃素來了解我，我很想再為爺生一個孩子。」

就在德妃露出了然的笑容時，周婷話鋒一轉，眼圈一紅，抽出帕子來。「開春就要大挑了……我……我就只有弘暉那一個孩子，我存著私心，也想不教他斷了香火。」

德妃愣了一會兒，說道：「妳還年輕呢……」

話還沒說完，她就反應過來，周婷這意思是在求她大挑時別往府裡指人？德妃很希望兒媳婦再幫兒子生下嫡子，可兒媳婦求這個求到她的跟前來，就有些不知規矩了，她的眉頭微微擰了起來。

德妃還沒開口說些什麼，周婷就抓住她的手，眼裡含著淚花。「我並非是求著不指人進來，哪家都沒這樣的前例，我是想求母妃幫忙相看個軟和些的人，指進來了大家也才好相處。」說著就拿起帕子拭淚。

康熙是個閒不下來的皇帝，每年除了圍獵巡塞，偶爾還要下下江南，沒那個工夫過度關注兒子的私生活。他主要照顧的是幾個沒了娘的孩子，還有子嗣不豐的皇子，有娘又有兒子的胤禛就不在他的考慮範圍內，如果德妃不主動提，那大挑不進人也很有可能。

周婷這招是以退為進，德妃也被她勾起了心事。弘暉那孩子從進宮上書房開始，每天下課都要到德妃宮裡來，又是她第一個孫輩，自然疼愛非常，冷不防沒了，她也難受了好些日子，想著周婷那句「不教他斷了香火」，就跟著抹起淚來。

媳婦求的並不是什麼難事，年年大挑都是四大妃子坐陣，除了她也不會有人關心老四跟老十四的後院，她只要說找個性子好、能生養的，就能把級別給降低了。高門裡的姑娘不是用這種低標準挑出來的，更何況後頭幾個阿哥都要開始相看正室，就是側室也要挑起來了，給周婷那邊塞一個家世差一點的，不成問題。

「妳這孩子呀……」德妃拿帕子擦擦眼睛。「我當是什麼事呢！我知道妳受了委屈。老四原就不懂事，如今他對妳好，你們就好好過日子，宮裡頭的事，有母妃在呢。」

男人成了家還不叫懂事，得有了兩、三個嫡子才叫懂事，皇家阿哥就是懂事的太少了，這要放到民間，得被人指著鼻子說這家無後呢。

周婷聞言笑了起來，不好意思地眨眨眼睛，靠在德妃身邊，把臉湊過去。「謝母妃疼我。」

她打定主意要做兩手準備，李氏能好好活著當然最好，有她擋在前頭，後面人要晉位除非等到胤禛升郡王，要是李氏沒能熬過去，那進來的人在身分上頭就不能太高了。

一個都不進門是不可能的，進個身分低一些的，就算得了寵愛生下了孩子，也不可能立刻抬側福晉，胤禛就算想抬舉後來的人，也得有理由才行。

再等三年要是周婷自己還沒有孩子，那就只能做最壞的打算了。把抱過來的弘昀、弘時給養熟就行，瞧瞧，胤禛跟孝懿皇后的佟家，就比跟德妃的娘家要親近得多，不是嗎？

一下子就把計劃安排到了三年後，周婷看起來準備妥當，其實心頭發苦。

周婷知道沒孩子的人想要孩子，有了孩子的人就要為孩子計長遠，好好盤算往後的路要怎麼走。她深吸一口氣，如今再想這個已經晚了，從她變成那拉氏開始，面前的路，就只有這一條。

第二十六章 處處提防

婆媳兩個有了默契，心理上就更近了一層，挨在一處討論著胤禎的婚事。說得興起的時候，外頭的天猛然暗了下來，本來她們待在南炕，窗邊光線很好，突然間就暗得需要掌燈，外頭也喧鬧起來。

德妃剛要問是怎麼回事，就瞧見小丫頭慌慌張張地進來稟報。「主子，天狗食日，太陽沒了。」

正說著，就聽見外面有人拿了銅鑼在敲。德妃慌了，用力抓著周婷的手，周婷則挽著她的胳膊，輕拍著安慰她說：「母妃別慌，一會兒就好了。」

說話間，德妃已經唸了好幾聲佛，手摸著腕上的佛珠來回轉動。

在德妃宮裡，周婷也能算半個主子，德妃已經慌了，她見狀就站起來指揮宮女。「像什麼樣子，母妃還在這兒坐著呢。掌起燈來，要外頭的人不許喧譁、不許亂闖，各司其職看好屋子，有不聽話的，就領了去慎刑司。」

燈一亮，眾人才算回過神來。日食不是什麼好事，「日不食，星不悖」才是盛世。如今德妃也不願想到這上頭來，她站起來拉住周婷。「該去老祖宗那裡呢。」

這時候也不坐輦了，差太監前前後後提了一串燈籠照路，走到一半上碰到了惠妃，她身邊跟著宜薇。周婷這才想起惠容今天沒跟到德妃，自己回了阿哥所去，趕緊指了指身邊的宮女說：「快去阿哥所請十三福晉去寧壽宮。」

她這一說，德妃也想起來了。「差幾個人跟著去，別驚著了她。」

宮裡到處亮著火把，各宮主位全往太后那裡趕，一去才知道太后已經跪在佛堂裡了，焚著香正在跪拜。妃子們只好跟著跪下，畢竟太后不起來，她們也不好站著。

宮女、太監來不及拿拜褥，周婷自然要先靠著德妃單跪著，幸好地龍燒起來了，磚地上面不算涼，她穿得也不算少。

十三福晉跟十福晉前後腳一起進來。當周婷一差人去叫惠容，惠容就想起十福晉跟她一樣沒了婆婆，於是兩個人結伴而來。看見周婷的時候，兩人都衝著她點點頭才跪下來，特別是十福晉，對周婷十分感激。

周婷跪得腿都麻了，外頭還不斷有太監在撒紙錢。太后信這個，她覺得敲鑼、撒錢、上香一樣都不能少，等一套都做足了還不見太陽，就開始心慌了，太子妃就和孝懿皇后的妹妹佟妃在一旁不住軟言安撫她。康熙從前朝差人來問安，下了旨安撫一眾女眷，等日頭又開始亮起來，眾人才算鬆了這口氣。

周婷站起身時腿一麻，幸好有宮女在旁扶了她一把，她才又扶起德妃。雖然太陽慢慢顯出來了，屋裡卻還亮著燈，太后嘴裡不斷唸佛，佟妃則為她揉胸口。她年紀大了，跪了那麼長時間，有些吃不消，被佟妃扶到後頭去歇著。

妃子們還不敢散，等太陽整個都出來了，才又散回各宮。三阿哥胤祉跟胤禛是開了府的成年皇子，在寧壽宮裡滿是康熙小老婆時是要避嫌的，只能派人進來問安。

德妃回了永和宮，還特地拉住來接周婷的胤禛，狠狠誇獎了她一番：「幸好你媳婦在，不然我差點就忘了老十三的媳婦。」

周婷低頭受了德妃這番誇獎，德妃還覺得說得不夠，有心幫周婷拉分數，指著那玻璃蘭花盆景。「知道你有孝心，下回可別再催著她送上來了，女人家負責的事，你不懂的。」

胤禛對德妃有過的埋怨如今全散了，一想到她死前也沒見著十四弟，心裡就覺得對不住她。此時見周婷哄得親娘開心，就轉過頭來衝著她微笑，放柔了臉色安撫兩句。

德妃一見兒子這樣，就催促他們回家去，心裡盤算了一回。照這情形，大挑時還真的得挑個福相些的給兒子，她知道胤禛喜歡什麼樣的女人，反著來就行了。

一回到家裡，胤禛就問周婷：「妳不怕？」

「原也慌呢，只是一見母妃也害怕了，只好由我來吩咐事情。」周婷拍著胸口一副害怕的模樣。「天忽然就暗了，著實嚇人。」

胤禛走過去摟住她的肩膀。「這是常有的事，皇阿瑪今天還去了欽天監，親自測驗計算。原來是監正按著新法沒算出正確時間來，皇阿瑪說是把零數去了太多，叫他上請罪摺子呢。」

周婷聽了目瞪口呆，康熙還會算這個？「這個能算得出來？」

應該說，現在的條件就能推算日食時間了？周婷突然覺得自己一點也不了解古代人。

胤禛拍了拍她的背。「能算出來，原是該過兩日的，這可不提前了？」

周婷默默低下頭去。她還是老老實實地合計合計大挑小選吧！德妃算是被她說動了，有了三年的時間，稍微放了點心。

背上那隻手忽然不老實起來，周婷側臉斜了他一眼，雖然內室沒人，可丫頭們還在外間呢。她伸出一隻手指點了點胤禛的胸膛，來不及拒絕他，就被他按在炕上。

瑪瑙一聽裡頭沒聲了，趕緊做手勢招呼丫頭們出去，她把門帶上時，就聽見裡面一聲輕響，像是衣裳落地的聲音，臉一熱，趕緊扭頭出去。

周婷裹著被子臉上發燙，還沒用晚膳呢，他就不管不顧地弄起來。屋子裡早就鋪上了厚毯子，這一回胤禛沒再把她頭上的髮釵給砸碎了。

胤禛把周婷摟起來往炕上抱，一路走一路剝，到了炕邊，她身上就只剩一件肚兜了，白生生的大腿緊緊盤住胤禛的腰，摟住他的脖子，怕他把她給摔了。

自從胤禛說要去拼一件黑水貂的褥子後，下頭人就一直在尋找差不多成色的毛料，今天剛做好就送了過來。褥子用挑金妝緞包了邊，毛修剪得一般長短，細細密密，上手就是暖融融的。瑪瑙一拿到就鋪在炕上，周婷回來還沒來得及稱讚呢，瑪瑙就退出了屋子。

胤禛見周婷縮在褥子上面團起身子，只肯把背露給他看，她腰上還繫著兩條細細的紅綢帶子，被他剛才揉了一通，已經有些散開了，鬆鬆地打著結。黑褥、紅綢、白身子，他心口一熱，往她身上一跨，把她扳過來，正面朝著自己。

暗紅的綢面肚兜上頭繡著一色的白芍藥，錯眼瞧上去，就跟周婷穿著件鏤空衣裳似的。胤禛兩下扯開了後頭打的結，也不急著把這最後一件給扯掉，周婷身上穿著薄綢，就跟沒穿似的，呼吸之間都能感受到胤禛身上傳過來的熱氣。

兩個人貼在一處磨了一會兒，胤禛兩隻手扣在周婷纖細的腰上，在腰臀相接處捏了一把，一入手就是滑嫩嫩的。

周婷身上帶著若有似無的玫瑰香味，人家是用玫瑰香脂抹臉，她是全身都抹。一來冬天乾燥，她又時不時要和胤禛「這樣那樣」，抹這個也算時時刻刻都做好準備；二來以前她做廣告策劃的時候，很清楚那些帶著誘惑性的廣告詞最能為商人帶來利益，有一種專屬的味道讓胤禛記住她，她就算成功了一半。

默默做了那麼多工作，今天總算在胤禛身上看出成果來了。他的鼻子沒有離開她身體一指遠過，一會兒在她手腕，一會兒就埋到了胸前，呼吸愈來愈重，愈來愈急促，前戲沒能撐得再久一點，就實質性地來了一下。

周婷彎著身子，頭髮鋪在毛褥子上，兩者一般黑。胤禛細瞧她圓潤的肩頭、細細的胛骨，還有總是半瞇著的眼睛。她臉上一派春色，哼哼唧唧起來也不痛快似地咬著手指頭，他嘴唇湊了過去，從她嘴邊把那兩根手指頭含了過來。

那只露一道細縫的眼睛微微張了張，波光瀲灩地斜了他一眼，半含著嗔意，身體卻更靠近他。

他們的夫妻之事也不算少了，卻是第一次在白天。胤禛剛得了點趣味，想要換個姿勢再來一場，周婷就鑽進被子裡頭。「爺前頭書房沒事？」她的雙眼在晦暗的光線下閃著水光，臉上還能瞧得出剛歡愛過的紅暈，胤禛覺得這一口肉他一點都沒吃飽，好像剛沾著些肉星子，周婷就把筷子給收了。

看看外頭的天色，時候還真不對，胤禛算是個自律的人，這一回卻沒能忍住。他草草起來把衣服套上，看了還在被子裡的周婷一眼。「可要叫瑪瑙進來？」

其實他知道她不肯，不過說句玩笑逗逗她而已。

周婷果然搖頭。「被看見成什麼了。」說著，她抽出帕子在下身擦拭，又把帕子仔細團起來。

胤禛見了，奇道：「扔了就是，做什麼收著？」

「誰要收這個！」周婷臉紅瞪了他一眼，指了指地上。「這還鋪著毯子呢。」換床單勤快也就算了，要是把毯子都給換了，別人會怎麼想？這在下人眼裡，就跟打野戰差不多了。

周婷翻了個身，懶洋洋地趴在褥子上，兩隻手搭起來把頭枕在上面，側著臉看胤禛穿衣服，她嘴一張打了個哈欠，露出貝齒裡的粉色舌尖，帶足了慵懶味。胤禛正在繫衣裳帶子，一見之下，那還沒盡興的地方就鼓起了頭。

就算是跟妾室，也許久沒有這樣過了。胤禛當皇帝前後的女人全是大家族裡頭出來的，個個都挺規矩，就是房事也不能盡興。今天他孟浪一回，就深深覺得妻子跟那些人不同，但究竟怎麼個不同法，卻又說不太出來。

她也會害羞，那羞意卻更勾人，更別說她不願意的時候還會瞪他、嗔他，這是後宮裡的女人所不敢的。

屋子裡地龍燒得暖，周婷也不覺得冷，被子搭在腰上，露出一處雪背，胤禛見了走過去坐在床沿上，剛摸一把，她就扭過去把被子裹在身上，只露出一雙眼睛。

胤禛伸出兩隻手指捏住周婷的鼻尖。「看我夜裡怎麼折騰妳。」

周婷微彎了彎眼，把笑容藏在被子裡。就是要他吃不飽呢，什麼東西想吃就能吃到，就顯不出貴重了，就是要這麼半饑半飽地吊著他，他停在她這兒的時間才能再長一點。

周婷摸著肚皮，緩緩吐出一口氣來。

瑪瑙進來收拾被子跟床單，胤禛吩咐下去的那張黑水貂褥子，尋常人要做衣裳都難得，周婷借著他的口一氣做了兩件，一洗一換，這回果然就用上了。

周婷臨窗歪在炕上，換了件挑金線百褶裙，頭上綰了個尋常的髮式，也不戴貴重的首飾，拿著瓷勺子一口口喝烏骨雞湯。

珍珠進來回稟：「主子，兩間屋子已經收拾好了，小阿哥那邊什麼時候派人去呢？」

這回算是周婷大勝，丫頭們全都知道福晉又得回了爺的寵愛，一下子把李氏給拍到泥裡去了。

周婷只知道自己莫名其妙就贏了，不，也許不能算莫名其妙。幸好她不是真的那拉氏，要是被那拉氏知道自己兒子之死可能跟李氏沾上關係，非活啃了這兩個小阿哥不可。

就算這樣，周婷還是覺得很納悶。不過胤禛的寵愛不會來得沒有原由，她絕不能對李氏院子裡來的人大意，雖然要查出她是怎麼做的恐怕很難，但防著些總沒錯。電視劇裡那些弄死自己親生的孩子來禍害情敵的女人可不少，萬一李氏也跟武媚娘一樣能狠下心來呢？

「先不急著叫他們挪過來。」周婷放下手裡的雞湯，拿起炕桌上的茶盞漱口，珍珠則托著小痰盂接。

「兩個阿哥還小，身邊跟著的奶嬤嬤要換也不能在這一時。爺是個男人，考慮不到這些，真換了人，兩個孩子一時哭一時鬧的，怎麼能顧得過來？」

周婷拿帕子按了按嘴角。「進來的人一多，老鼠洞就不會少，光妳們幾個盯著，總有看顧不到的時候。我想著先把要進來的人底細給摸清楚了，兩個奶嬤嬤那裡，雖是奶子房指來的，也得知道些哪個旗下的、家裡的人如何。」

丫頭們覺得周婷就是再小心也不為過，本來就該防著李氏，更何況兩個孩子放到周婷身邊，她就是擔著十二萬分的擔心，也是應當。李氏有個什麼，還能說是看顧不到，但兩個阿哥不是親生的，有了閃失就得擔責任，還可能被說不慈。

「這倒容易，不須勞煩蘇公公，奴才的哥哥就能辦了。」瑪瑙的哥哥就在外院做事，打聽些不要緊的事，還是辦得到。

周婷點了點頭。「還有那幾個跟過來的丫頭，都要派人盯著，先從外頭請個大夫來，細細診過身子，沒病沒災才能踏進院門，免得把病氣帶過來，院子裡還有大格格呢。」

大夫既然是她去請的，那她就有辦法教那些人除了一身衣裳什麼都帶不進來，就是衣裳也要全換了新的才行。雖不能長時間防著她們不亂走、不傳遞消息，但爭取出來的時間也夠讓院子裡的丫頭盯著，看哪個人沒事老想往外跑。

先從背景身分上頭剔上一遍，再叫她們不許帶東西進來，算是上了雙保險。李氏的事雖然沒有確定，但周婷不想拿自己的命開玩笑，就算胤禛說過要保她，她還是更相信自己。

屋子都整理好了，李氏那邊的人卻還沒有動靜。一是李氏病著，來不及吩咐；二是下人們還不敢相信一直以來都跟福晉平分秋色的李氏說倒就倒了。

周婷發話說不能帶了病氣去正院，下人們就又開始慌亂起來，本來跟著兩個小阿哥的人就是有定數的，她們也一向盡心盡力，跟大格格那邊的下人躲懶不一樣，滿心以為就是挪院子也能跟過去。

一聽周婷這話傳過來，知道不一定會要自己，就又開始走起門路來。周婷那裡得些臉面的婆子、丫頭都被央求了一回，連瑪瑙也收到繞著彎送給她的東西。

周婷這邊的動靜瞞不過胤禛，他自從覺得正院裡有老鼠蛀蟲之後，就開始不動聲色地慢慢收緊了對後院的控制，挑幾房人家上上下下往不顯眼的位置一一安插，周婷的正院他尤其看得緊。倒不是懷疑她，周婷在胤禛心裡已經同「忠厚」掛上了鈎，他多半是想要看顧她，但同樣的她一有什麼動作，他第一時間就會知道。

「你說福晉把要進正院的人口都盤點了一回？」蘇培盛跪在下首稟報，胤禛聽了，就放下手裡的摺子。

過問人事很正常，但把大夫也招來特地為下人看診，就顯得奇怪了，不過理由他倒能接受——「不帶病氣過去」。南院總共就四個主子，一個挨著一個生病，下頭人也該看一看，瞧瞧是不是有什麼地方不對勁才會這樣。

至於兩個兒子那裡，愈是李氏的心腹，愈是被挑出來送回南院，這點他很贊同，李氏的手是伸得太長了，妻子這樣做無可厚非。

引胤禛注意的，是廚房的人手。周婷把管大廚房、小廚房的人挑了好幾個出來，理由是同一個「病皆從口入，飲食上頭要萬分小心在意」。

胤禛的眉頭微微擰了起來，他當慣了帝王的腦子開始飛速轉動，李氏是不是還有不乾淨的地方被妻子發現了，卻又沒抓住把柄，所以她才這樣小心？

第二十七章 悄然有喜

日子過得很快，轉眼間，過年就不遠了。

珍珠站在二門裡頭，身邊跟著兩個小丫頭，一個幫她打傘，一個垂著手踮起腳來看著遠處。等了一盞茶的工夫，前頭來了個跑腿的小太監，珍珠開口問他：「嬤嬤人可進來了？」

「回姊姊的話，我親眼看著嬤嬤進來的，先跑過來告訴姊姊一聲，這會兒恐怕要過來了。」小太監咧嘴一笑，伸手把烏蘇嬤嬤帶來的包袱遞給珍珠身後站著的小丫頭。

珍珠在袖子裡摸了一把，給了他十個大錢。「勞你再去瞧瞧，有別的東西也先給拿過來。」

「姊姊說的什麼話。」小太監拿錢的手輕輕掂了掂，眼睛一眯笑開了。「幾步路的事兒。」說著就轉頭往來的方向跑去。

小路上漸漸有人走近，珍珠定睛一瞧，朝著走過來的人露出笑容，剛要跨門出去迎她，就見烏蘇嬤嬤身後還跟著她的小兒子，趕緊退到門後把臉避過去。那人遠遠一瞧，見到門裡頭幾道姑娘家的身影，趕緊住了步子背過身去，把手裡拎著的小包袱遞給烏蘇嬤嬤。

「額娘，您要常遞話出來。」他囑咐道。

烏蘇嬤嬤年紀四十歲左右，抿著嘴巴的時候臉上兩道深深的皺紋，髮髻梳得一絲不苟，聞言露出笑意來，輕輕拍了拍兒子的手。「知道了，主子給了恩典的，許我每十日就回去，你到時候就到二門邊上來接我。」

聽兒子答應了，烏蘇嬤嬤才又往裡頭走。珍珠迎上去接過她手裡的包袱，也不交給小丫頭，自己親自拿著，嘴裡唸著：「好嬤嬤可總算來了，我和瑪瑙眼睛都要盼穿了。」

這麼說著，珍珠臉上就掩不住喜意。「嬤嬤可聽說了？」

接著不等老嬤嬤猜測，就竹筒倒豆子似地把這些時候南院倒的楣一口氣全說了。

「真的?!」烏蘇嬤嬤臉上原有的三分喜意一下子成了十分。「主子爺真說把兩個小阿哥挪過來給咱們福晉教養？」

「可不，這會兒主子正在訓她們話呢。」前頭遇上門檻，珍珠虛托了烏蘇嬤嬤一把，乘機往她耳邊湊，小聲說：「嬤嬤一回來，咱們可算是有依靠了，主子那邊正等著嬤嬤把緊了門戶呢。」

「可是妳們不得用？」烏蘇嬤嬤拿眼睛刮了一下珍珠，又伸手點了點她的鼻子。「怎沒幫上主子的忙。」

珍珠脖子一縮，吐了吐舌頭。「這才要等嬤嬤來嘛！咱們是時時刻刻不敢放鬆。」她一路上細細地把如今後院裡的情形說給烏蘇嬤嬤聽。「如今倒比嬤嬤離開那會兒要好多了，主子身子已調理好，我跟瑪瑙天天唸佛，就盼主子再懷上一個小阿哥呢。」

「當真?!」烏蘇嬤嬤見珍珠一臉喜色，說到周婷調理好了身子，還捏捏她的手，這一聽就笑起來了。「我這早也求晚也求的，這回可要好了！」

正院裡頭瑪瑙正看著小丫頭收拾東西，有兩個嘴巴嘀咕來句什麼「進宮還沒這樣嚴的」，立刻就被瑪瑙提了出來，叫在一旁跪著，革兩個月的月錢，板子就不叫領了。如今南院正缺人手呢，跪完了還要她們回南院去。

有了前頭兩個當例子，後面就順利多了，一個個垂著頭不敢吱聲。現下後院果然變了天，本來上頭是兩個太陽爭輝，那正的還比副的要黯淡些，現在一下子大放光彩，下人們自然不敢再違逆周婷的意思。機靈點的已經開始討好正院的人來，只想逃離南院換個主子跟。

烏蘇嬤嬤挺直了腰板，走過去的時候拿眼睛一掃，隨手就指了兩個出來，瑪瑙趕緊把她們挑出來，往發還南院那堆人裡一送。

「那個眼睛不老實，主子身邊不能留這樣的人，這一個……身條輕浮了些。」她一邊走一邊指點珍珠。「妳同瑪瑙畢竟年輕，像這樣的就不能留，特別是後頭那種。」

烏蘇嬤嬤翻的還是那本老皇曆，她侍候了那拉氏那麼長的時間，很清楚胤禛喜歡什麼樣的女人，無非就是那些小家子裡出來做事、怯生生上不了檯面的，是以挑丫頭的時候都往另一面去挑。周婷要抬舉哪個是一回事，有丫頭被胤禛瞧中了挑走，又是另一回事。

珍珠經過這些日子，已經瞧出一些端倪來了，她有心幫胤禛說兩句，透露些周婷如今正專寵的意思來，又覺得還是讓烏蘇嬤嬤自己瞧出來比較好，於是只點頭道：「到底是嬤嬤老道呢，咱們再想不到這上頭的。」

說話間進了正院，周婷正坐在堂屋裡跟大格格說話，烏蘇嬤嬤一進去就要下跪請安，被周婷攔住了。「嬤嬤跟我還多什麼禮呢。」又指了指大格格。「這是大格格，原先嬤嬤也常見的，如今在我院子裡住。」

大格格聞言一低頭，站了起來，烏蘇嬤嬤連連擺手。「大格格快坐，哪能教大格格為著奴才起身呢。」話雖然這樣講，她心裡卻暗暗點頭，覺得這個格格還算是懂道理，養在周婷這邊也能減少許多麻煩。

「碧玉，拿這個裝些點心讓大格格帶過去。」周婷指一指白瓷碟子。

今天她是特地拉著大格格說話的，胤禛留下話來，她就要讓大格格知道，不是她不讓她去看她的親娘，是她阿瑪攔著不讓。他話已經說得很難聽了——「沒有主子去給奴才侍疾的。」

胤禛的態度愈是這樣，周婷就愈覺得李氏真的做了什麼，本來是不查，現在各處有疑點的地方全都往下尋，這才幾天的工夫，倒真教她查出好幾個動過手腳的地方來。

大格格屈了屈膝蓋，垂頭往後退了半步，才轉身出去。

烏蘇嬤嬤拉著周婷的手絮絮叨叨說了半天，然後再說到大格格身上。「大格格往常看著規矩不錯，如今再看，才知是主子的福氣呢。」

周婷笑了笑。「這是教養好呢。」

話說到這裡，她就不再往下說了。周婷著急的是另一樁事，她把小丫頭支開，只留珍珠坐在外間幫她揀針線，拉著烏蘇嬤嬤往裡頭走。

烏蘇嬤嬤還想坐在榻上，卻一把被周婷拉到炕上。只這麼一拉扯，周婷就覺得身子有些不對勁，不禁背著手揉了揉腰，但也沒把這事往心裡去。

她肚子裡的話翻來覆去好幾天了，現在總算找到了能說一說的人。「這些話我是不敢同珍珠跟瑪瑙說的，她們年輕少經事，我心裡這點想頭，只能告訴嬤嬤……」

周婷一咬牙把這幾天查出來的錯漏處全說了。「就是上半年我身子不好的時候，廚房裡打殺了好幾個奴才，都不是上頭得用的人，這才沒人察覺。如今一想，我的脊梁骨都發顫。」

要說周婷能把心裡這點話告訴誰，那肯定就是烏蘇嬤嬤了。一來那拉氏就是烏蘇嬤嬤奶大的，等於是半個娘，弘暉死的時候快要了她的半條命，這是天然的盟友，對她再忠心不過；二來，有些事愈少人知道愈好，當然要挑個跟著她多年、一心為她著想又見過大風大浪的人，她不方便出面的，還能叫她去辦。

周婷本來想讓這事爛在肚子裡，只有她知道就算了，後來又覺得，就算是拍電視劇，還得讓另一個穩妥的人知道真相，要是遇害了，起碼能替她申冤。李氏要是真有那麼大的能耐，能毒死嫡子，那麼那拉氏忽然一病西去也就不奇怪了。是以周婷想了半天，還是決定告訴烏蘇嬤嬤。

烏蘇嬤嬤一聽，差點昏倒。「主子，可抓著實證了？」

周婷搖了搖頭。事情都過去快一年，有什麼證據都被抹平了，能知道的，也就是當時的廚房人事變動過好幾次。

她這麼一說，烏蘇嬤嬤也細細回想起來，愈想愈覺得李氏可疑。按理說弘暉一直很健康，怎麼說沒就沒了，當下就氣得站起身來。「黑心爛腸的下賤東西！怪不得出事那幾天她跑得這樣勤快，事後又老實了那麼長一段時間，怪不得！」

原本是沒往那上頭想，現在有了這個線頭，就覺得這是合理的懷疑。

烏蘇嬤嬤一把握住了周婷的手。「這話主子可跟爺說了？」

周婷咬著嘴唇搖了搖頭。「只怕……爺多少知道一點，要不然怎麼能一下子就冷落了李氏？上回他當著我的面發落她，一屋子的人都聽見的，可是半點臉面也沒給她留呢。」

「這是爺不想鬧大了。」烏蘇嬤嬤的眼淚跟著滾了下來，一把摟住周婷，哭了起來。「咱們可憐的大阿哥……」

嗓子還沒開呢，就被周婷捂住了嘴。

「嬤嬤，如今可不是哭的時候。」周婷深吸一口氣，把拿來哄德妃的話又說了一遍：「我琢磨著爺定是沒能抓到證據，但心裡已經有了譜。我得再幫弘暉生一個弟弟，好歹不教他斷了香火。至於李氏，咱們來日方長，不能急在這一時。」

說到後來周婷都起雞皮疙瘩了，現在除她之外，總算還有人知道真相，在她疏忽大意的時候，還能留一雙眼睛盯著後院。

「我曉得的。」烏蘇嬤嬤噤了聲，淚珠子卻不斷滾下來。「天可憐見的……」

周婷忍不住拿出帕子拭淚，烏蘇嬤嬤拍著她的背為她順氣。「得加緊懷上一個，這樣就好了。」就算要折她的壽數，她也願意。

烏蘇嬤嬤話音還沒落，周婷忽然聞見一股香甜味，瞬間從胃裡泛出噁心來，拿帕子一掩嘴，就乾嘔了兩回。

烏蘇嬤嬤先是愣住，爾後一迭聲地叫珍珠進來。「快，快請太醫去！」

胤禛書房裡頭摔了一套黑地白梅花的茶具，他氣得渾身發抖，周婷能查出來的事，他自然也能查得到。廚房裡無聲無息地沒了幾個人，又添了人上去，怎麼旁的人李氏不換，偏偏換了廚房的，竟連正院小廚房裡也讓她換掉一個，分明就是心裡有鬼！

他一時之間覺得胸口發冷，哪怕就是弘時出了那樣的事，他也還為李氏留著體面，沒讓她從妃位上頭退下來，也沒有連累她的族人，卻不知道原來她早就在背後狠狠捅了他一刀。

胤禛的胸膛一起一伏，恨不得能狠狠出一回氣，奪了她父兄的官位，再賜她一個杖斃！

他看著灑金紙上頭的四個大字——「戒急用忍」。原來是他上一世連嫡子都沒能護好，還有一段時間曾怨過妻子沒能看好兒子，卻沒料到事情真相竟是如此。

胤禛的手指頭不斷摩挲著玉扳指，細細描畫那上頭的獸面紋，半天才把這口氣吐出來。這事沒完，他卻不能急在這一時。

胤禛知道今天是烏蘇嬤嬤回來的日子，她老人家在周婷房裡那一聲沒哭喊開來的「大阿哥」也被人傳了上來。

他捏著筆桿子的手狠狠捶了一下桌面，欠了周婷的總要補給她，但這債不能在這個時候討要。大阿哥即將魘咒諸皇子，他必須好好部署這件事，看看能不能從中撈些好處。當時的三阿哥就是因為告發大阿哥做了這件事而提了郡王，能早日提了郡王、領了鑲白旗，才是最緊要的。

胤禛好不容易按捺住胸口的怒火，蘇培盛就喜氣洋洋地走了進來，一進門就先行了大禮。「主子爺大喜！」

胤禛皺起眉頭。「怎的？」

「福晉剛診出一個多月的身孕來。」蘇培盛喜上眉梢地稟報。

這會兒就是有再大的怒氣，也拋到九霄雲外去了。胤禛從書桌前站起來，把筆一扔就要往外頭衝，後頭蘇培盛深一腳淺一腳地拿著大毛衣裳追趕。「我的爺，好歹穿件衣裳！」

「主子快別起來，躺著喝吧。」珍珠兩隻手捧著茶盞，瑪瑙則為周婷在腰後面墊上大枕頭，兩人都不許她坐起來。

烏蘇嬤嬤在一邊扶著周婷，嘴裡盤算給她聽：「就要過年了，正好湊上兩喜，該讓下人也為主子高興高興呢！」

周婷擺了擺手，她其實也算心裡有數。上個月沒來，她還以為是又犯了那拉氏的老毛病，正想看看這個月大姨媽來不來再說，就被診出有了身孕。往前一算日子，正是胤禛過生辰那段時間懷上的。

「我知道嬤嬤的意思，是該熱鬧熱鬧。只是頭三個月畢竟還不穩當，還是等前三個月過了再宣揚吧。」愈是這個時候，愈是不能張揚。看這些丫頭的臉色就知道她們歡喜極了，可懷的是男是女都不知道，還是低調些好。

捧得愈高摔得愈慘，這才一個多月，哪裡能知道是男是女，太醫還說什麼「雖然時日不久，卻脈象沈穩」。周婷問了幾次會不會是診錯了，這老大夫話倒說得很爽快，就連「此脈看著像是男孩」這樣的神棍話都說出來了。若不是如此，這些丫頭們也不會這麼高興。

周婷抿了一口水，抽出帕子按一按嘴唇，手放到肚子上。「不到生下來，太醫的話也做不得準呢，萬一是個女孩，也免得現在張揚，到時背後教人說嘴。」

生男生女哪有定數，就算是超音波也有照不準的時候，更別說是把脈這樣主觀的醫療手段了。現在嚷嚷開來，要是生了女兒，肯定被人恥笑，周婷可不幹這樣的傻事。

「這樣大的喜事，難道要主子這裡冷冷清清的？」珍珠絞了熱手巾遞給周婷擦手。「就算是個小格格，那也是主子爺的嫡女，又怎麼能那樣對待。」

一知道周婷懷孕，最高興的莫過於侍候她的人，幾個丫頭由烏蘇嬤嬤指揮著開了箱子，拿寬鬆的衣服出來先準備著，花盆底也不許她再穿了，只拿著元寶鞋子出來讓她試，連帳子都換成了百嬰戲的，就為了討個吉利。

「總該發雙份的月錢，宮裡頭也得去報，還有主子的娘家，更該去說一聲才是。」烏蘇嬤嬤看著剛換上的百嬰戲帳子，眼睛都笑眯起來了。「這是大喜事呢！」

胤禛正巧這時候來了，一進內室就在周婷身邊坐下。「嬤嬤說得很對，先派兩個月的月錢下去，再差人進宮去告訴皇阿瑪和額娘。」

他的臉色前所未有的好，目光直直地盯著周婷的肚子。不管是上一世還是這一世，嫡出的孩子對他來說都是稀罕的。

胤禛高興，周婷可不能依了他。別說德妃那裡她拿弘暉當藉口好不容易求了她心軟，答應她大挑時不會進個身分高的，要是這時候有孕被上頭知道了，保不齊德妃會覺得反正媳婦有了身孕，兒子也厭了李氏，身邊沒個知冷知熱的人侍候了，萬一挑個妖嬈的指進來，她這孩子肯定生得不安穩。

「爺真是的，光想著咱們自個兒高興，也不想想旁的人，莫說咱們隔壁住著八阿哥一家，就是妯娌裡頭，有幾個有孕的？」

周婷往裡邊挪了挪，留出更大的空間給胤禛坐，拿過毛巾幫他擦拭落在肩頭的雪花水漬，輕聲細語地勸道：「再說，馬上就要過年了，我可不要引人注意。」說到最後簡直是在撒嬌了。「孩子還太小，怕壓不住福，還是不說的好。」

她努力把「做人要低調」的主旨傳達給胤禛，胤禛好像第一次對上了她的腦電波，被她這麼一說，也細細思索起來。

「母妃那裡總是要說一聲的，太醫被叫了過來，瞞也瞞不住。」李氏的手腳還沒斷掉，不能在這個時候有什麼閃失，胤禛略一沈吟，又說：「這樣吧，明天我去潭柘寺請個開光的菩薩回來，擺在妳院子裡頭，妳就安心吧，我的孩子再怎麼也不會被福給壓住了。」

胤禛剛才還在算計著大阿哥的事，除了魘咒太子之外，胤禛和幾個成年的弟弟全都榜上有名。不說別的，太子不就如大阿哥所願被拉下來圈禁了嗎？雖說那是幾年後的事，根由是不是在這裡，也說不清楚，但胤禛本來就信這些，一想就覺得還是去請了菩薩回來供著，才能放心。

若這一胎是男孩，他也算是後繼有人了。弘曆登上大位時畢竟太年輕，許多政務還不熟悉，愛誇耀不說，又有幾分胤禛本身所不喜的奢靡在裡頭，除了母族不顯，不用擔心外戚擅權之外，算一算竟沒有多少優點。

這樣一想，他望著周婷的眼光就更熱切了。「這院子裡頭，有屬兔的或調走或放假，想來不會有身子殘疾的，但也要再看一看、問一問，腦子不清楚或手腳不伶俐的，全都不許近身侍候。」

胤禛對著烏蘇嬤嬤，說得尤其懇切：「嬤嬤先幫忙看著，兩個小阿哥就先不挪過來了，免得她身子重了管不住。」

「爺說得哪裡話，這是奴才的本分，能侍候主子，奴才歡喜還來不及呢。」烏蘇嬤嬤眼睛一掃，幾個在身邊侍候茶水的小丫頭就往外退出去，她有心讓周婷和胤禛兩個人說說體己話，福了福身。「奴才去把主子需要的東西揀出來，過年穿的大衣裳、用的褥子裡頭都不能有兔毛。」說著就退到了外頭。

等烏蘇嬤嬤出去，胤禛握住周婷的手。「妳養身子要緊，旁的都先不管，等妳這胎坐穩了，再叫他們挪過來就是。」

周婷只有點頭的分，原本事情已經安排好了，這孩子一來，就把她的計劃都給打亂了。孩子來得太早，定下來的事都因而有了變數，她臉上的喜意一閃而逝，還不如胤禛高興，就怕這孩子還沒生下來，後院的某某某就又懷上了。

胤禛瞧了出來，以為妻子還在為了弘暉的事傷心，握住周婷的手更加用力。「我知道妳憂心什麼，從今天起，其他事妳全不需擔心，我都會安排的。」

他雖不能現在就把李氏這個不安分的給拍死，卻能保住妻子不再受傷害，更何況這個孩子在他眼裡是當作繼承人看的。

周婷往胤禛懷裡一靠，臉上做出羞澀的小女人笑容來，肚子裡的擔憂卻一個都沒少。要是全憑他的安排，那什麼趙氏、錢氏、孫氏全都要出來了，正好跟李氏湊一桌麻將。她明天就得進宮去，探探德妃的口風，看看事情有沒有變化。

兩人各懷心思地靠在一起，胤禛撫著周婷的背，看她眉頭輕鎖、愁意未盡，更加憐惜她，覺得妻子這樣擔心，完全是因為他過去偏寵李氏，讓她漸漸有了別的想頭，瞬間化身為管家公，絮絮叨叨說些吃食上的禁忌。「兔肉是再不能食用了，往後凡是這些鬚尾不齊全的東西，妳都不能碰，更有那螃蟹，最是寒涼，妳別嘴饞。」

「看你說的，也不想想，這孩子生下來的時候螃蟹還沒能擺上桌呢。」現在懷，到七、八月的時候生，螃蟹得到十月才上市，他這完全是白操心。

周婷這回倒笑得有幾分真心了，胤禛的確不是她一個人的丈夫，可總是她孩子的父親，他這樣緊張，就算是為了她肚子裡這塊肉，她也還是高興。

兩人之間正和樂，就聽到外頭珍珠通傳了一聲。「主子爺，格格們來給主子道喜了。」話雖如此，珍珠的音卻聽不出喜意來，周婷一愣，這才反應過來，這說的不是大格格，而是胤禛後院裡那些有了名分的女人。

周婷都不用想就知道她們是在打算些什麼，微微收斂了臉上的笑容。任誰在這個時候都不會高興的，這哪裡是來恭喜她，分明就是趁胤禛也在，趕緊出來露個臉，好在她懷孕不能霸占丈夫的時候出來分點肉湯喝呢。

即便心裡這麼想，她臉上還不能表露出來，只說：「叫她們進來吧。」

第二十八章　不識好歹

小丫頭打起簾子，一串女人前後腳進了暖閣，以宋格格為首，朝周婷和胤禛行大禮，一個個鶯聲燕語地祝周婷大喜。

宋氏生育過，算有幾分體面，剛被叫起來就笑得婉轉。「真是大喜事呢，怪不得奴才早上起來就聽見喜鵲在叫，原是應在福晉這兒。」

周婷眼睛掃了過去，個個的衣裳都是將要過年新裁剪的，頭上、手上都不素，有兩個妝還重了幾分，她明白這些人求的是什麼，也知道這裡正妻們最普遍的作法，就是在懷孕後為丈夫準備一個女人，就算自己懷孕了，那根黃瓜也得侍候好，不能教它空掛著。

周婷卻不打算這麼做，往丈夫床上塞人，這樣的手段太下流了。她身邊這些丫頭將來都要好好嫁出去當正房的，真要給了胤禛，且不說忠心還能留下幾分，單單是為了她生病時這些丫頭忙前跑後的情分，她就不能這麼做。

可要是把胤禛當塊肉似地掛起來看小妾們爭搶，心裡又不舒服。她對胤禛有沒有感情是一回事，這些女人趕著過來爭食又是另一回事。周婷眉毛一挑，衝著宋氏的方向點點頭。「妳有心了。」

後頭跟著的，要麼是無寵，要麼就是新進府的，一個圓臉的丫頭上前低身一福。「奴才旁的不會，只針線上頭還能得些用，這是奴才做的，獻給小阿哥。」

周婷記憶裡根本就沒有這個人，還是珍珠湊到她的耳邊提醒了一句：「這是今年小選進來的鈕祜祿格格。」

周婷朝她點點頭，瑪瑙接過她遞來的東西，放到周婷手邊，最上頭那件小肚兜上繡了個粉嫩嫩的大桃子，乍看很是喜慶。

周婷的手一頓，把那件肚兜拿起來細看。針腳倒是平實，只是這桃子的繡法看著總有種熟悉感，拿起來前後一看就明白了。這是拿了好幾股繡線比劃著一個個十字繡出來的，雖然更精細，但明擺著就是現代常見的十字繡。

周婷心頭一突，這一停頓，身邊的胤禛就問了句：「怎麼？」

「我是瞧這針法新鮮，從沒見過。」她拿給胤禛看。「算不得頂好，卻勝在手快。」她後面那句半含譏諷，從太醫診出她懷孕到現在不過幾個時辰，這個鈕祜祿氏就能做好一件小衣裳奉上來？

周婷將那肚兜往邊上一放，看著她的目光多了分探究。要麼這本來是給別人的，現在借花獻佛；要麼就是這同鄉處心積慮地想要往上爬，現在後院裡只有三阿哥還小，能用得上肚兜。然而不管是哪一種，都教人厭惡她的用心。

胤禛抬起眼來，目光在鈕祜祿氏圓潤的臉上打了個轉，然後又落到那件肚兜上。光看臉還認不出來，但一聽名字再仔細一想，胤禛就知道她是誰了。

弘曆的額娘，小選指進來為他開枝散葉的鈕祜祿氏。他離開的時候她還算年輕，弘曆當了皇帝，定是尊她當太后了。

只記得她是個老實本分的女人，娘家地位低，教養就次了一等，生得也只能算是討喜，在年氏跟耿氏面前一直顯不出來。等到弘曆得了他的歡心，他才開始晉她的封號，皇后過世後就是差她掌管六宮事務。這些事情後來的胤禛都還記得清楚，卻偏偏想不起來她是哪一年進的府，弘曆是五十年生的，怎麼她如今就已經在了？

十三、四歲的小姑娘，正是圓臉沒長開的時候，胤禛看過一眼也就算了，現在的鈕祜祿氏還沒到他要注意的時候。

誰知就在周婷和胤禛等她自己退下去的時候，小姑娘又開口了：「這針法是奴才自個兒琢磨的，倒是這個桃子有些意喻，給小阿哥添福添壽。」

周婷的眉毛擰了起來。這話丈夫說、長輩說都沒關係，連宋氏都不敢說這樣的話，她一個還沒承寵的妾室，竟然這麼大剌剌地說了出來。一個格格，哪裡來的福壽借給她肚子裡的孩子？

鈕祜祿氏還想再說，宋氏卻已經搶上去截住她的話頭。「奴才也琢磨著要為小阿哥做對小鞋子，這桃子圖案倒真是喜氣呢。」

宋氏邊說還邊瞪了鈕祜祿氏一眼。人是她領頭帶進來的，原是想要多帶些人進來，顯不出她的別有用心，誰知這小丫頭竟說錯話，要是惹到胤禛，她們全都要跟著吃苦頭。

周婷淡淡看了宋氏一眼，輕輕放過了鈕祜祿氏。她這番表現，為的就是讓胤禛上心，只要周婷不單獨把她顯出來，她現在這個模樣，肯定不會脫穎而出。

誰知胤禛卻怒了，他臉上還是一貫的神色，聲音卻沈了下來。「妳一個奴才，有什麼福、什麼壽能借給主子？」冷冰冰的聽不出生了多大的氣，周婷卻知道他是真的發火，身上的肌肉都繃緊了。

胤禛是真被李氏的事給弄得草木皆兵，原本在他眼裡安分守己的女人，現在只要看出一點跟他記憶中不一樣的地方，他就覺得她們不安好心，更何況這裡的鈕祜祿氏明顯已經換了人，比過去那個不知多出多少分機靈勁來，胤禛一看，就覺得她原來也不老實。

周婷拍了拍他的手。「就要過年了，罷了吧。」

「既然妳有心為福晉跟小阿哥添福壽，又有一手針線活，就去繡經書去吧。」胤禛看了周婷一眼，算是給她這個面子，但鈕祜祿氏卻是不能不罰的。

鈕祜祿氏一聽臉就白了，宋氏一看她還愣著，趕緊推一推她。「還不謝爺和福晉。」

鈕祜祿氏忍著一口氣，過來的時候她年紀還小，又知道自己注定生來不凡，一直以來都是端著個架子，做肚兜不過為了早些在胤禛面前露臉，好讓他看重自己。這時要她向周婷行禮，肚子裡就不住埋怨，歷史上根本沒有這個孩子，沒能留下名就是根本沒有生下來，這時候再金貴也白搭。

她心裡憤怒，外表就顯露了出來，低身請罪時就衝著周婷一矮身。「求福晉大量，寬恕奴才的胡言亂語。」

周婷自從到了古代，還從沒有人當面說過這樣的話，捉她語病的可不是周婷，怎麼就成了她不夠寬大了？臉上原本還帶著的笑容就淡了下去。「爺看呢？」

她一句話就把皮球又踢回給胤禛，以為這樣就能不動聲色地給她下絆子，把別人都當傻子看，周婷才不吃她這個虧。

胤禛目光一凜，盯著鈕祜祿氏的神情頗有幾分玩味，卻沒有再追究，只說：「既然規矩還沒學全，就好好待在屋子裡學吧，什麼時候規矩齊全了，什麼時候出來。」

鈕祜祿氏果然不老實，原本這件小衣裳是想去討好誰？胤禛心裡冷笑，卻還念在她是弘曆的額娘，並不打算狠罰她。

周婷對這樣的懲罰也算滿意了，禁足關起來，別到她跟前弄鬼就行了，真的把人往死裡折騰，她也幹不出來。「妳們都下去吧，今天准妳們每個人加一道菜。」說著揮了揮手要她們退出去。

有幾個沈不住氣的，臨走之前還回頭又張望了一下胤禛，見他的注意力都在福晉的肚子上，就又洩了氣。

周婷看得分明，這些女人的心思瞞不過她。前有大挑後有小選，中間還有同鄉姑娘想要挖牆腳，這後院是愈來愈熱鬧了。

幾個沒來得及說話的，全都憤憤瞪了鈕祜祿氏一眼。她們位分低，除了過年過節能在胤禛面前出現一下，其他時候都要老老實實待在自己的屋子裡，連院子都不能隨便進。一聽說周婷懷孕了，就暗暗在心裡打好主意，眼見李氏倒了，就抱牢正院的大腿，趁福晉懷孕分點肉湯喝，說不定也能懷上一個，誰知這麼好的機會被她給搞砸了，全都在心裡磨了好幾回牙，還沒出正院，鈕祜祿氏就收穫了一串白眼。

偏偏她還在懊惱剛才的事，一點都沒察覺出來，宋氏也懶得理她。她本來就跟她不親近，拉她一把，為的是不讓自己也捲進去，這會兒倒恨不得離這沒眼力的東西遠一點，平時看起來還算聰明，怎麼一見了正主，連話都不會說了。

周婷撐著頭歪在炕上，胤禛去前頭吩咐事情，她有一口沒一口地喝著燕窩粥，用不到小半碗就停住了，側過頭問珍珠：「這個鈕祜祿格格按說也學過規矩，難道說竟跟八福晉府裡的楚格格一般嗎？」

烏蘇嬤嬤早在格格們進來賀喜時就進屋了，一聽周婷這樣問，從鼻子裡哼出聲來。「這樣的東西不勞主子費心力，奴才一手一腳就能料理了。」

「嬤嬤這是？」聽烏蘇嬤嬤的口氣，周婷不知怎麼就想起電視劇裡頭那頂著大拉翅、手裡拿著銀針的某位嬤嬤。

「不過是個格格，能翻得出什麼風浪來？主子不叫她出來，她這輩子只能關在屋子裡，規矩學得好不好，本就是主子一句話決定的。更何況不需主子出手，同一個院子裡的，就不會讓她好過了。」烏蘇嬤嬤冷笑道。

周婷放下心來，幸好烏蘇嬤嬤走的不是武鬥路線，她想了想，又覺得挺可笑的。扎銀針、關小黑屋什麼的，只可能在電視劇裡出現，哪家正經主子會這樣自墮身分去折騰下人。只要一句「不好」，或賣或關都輪不到主子院裡的丫頭動手呢，那個新月不就被八福晉的跪經祈福折騰了個半死嗎？

珍珠收拾著鈕祜祿氏奉上來的針線活，拎著肚兜的一角嫌棄地瞅了一眼。「就這樣的手工，竟也敢往上進，不知道的還以為是哪家丫頭剛學針線呢。」

珍珠跟瑪瑙各有擅長，瑪瑙會做鞋子、珍珠繡花繡得好，在她看來這樣的東西根本上不了檯面。「線都沒劈過，這樣粗的活也不怕磨疼了人。」

瑪瑙打了簾子進來，小張子跟在她身後，一進門就向周婷行禮。「爺吩咐奴才送東西來，說是看得過眼的就讓主子用著，若有不喜歡的，就鎖進庫裡去。」說著他後頭的僕婦就搬了兩只箱子進來。

這回胤禛送來不少好東西，光是白玉的花插就有兩對，周婷不客氣地笑納，挑了個梅竹雙清的出來，叫瑪瑙擺在妝檯邊，紫檀嵌白玉座屏也揀了出來放到顯眼處，既是胤禛的心意，自然要擺出來讓他瞧見。瑪瑙一樣樣拿出來給周婷看，看一件歸置一件，小張子把單子交到珍珠手上，由珍珠添入周婷的私庫。

查點完畢，小張子又一矮身。「爺吩咐了，說天冷了大廚房裡端上來的菜怕不對福晉的脾胃，差正院收拾好了小廚房當大廚房用，一應用度不必走公帳，全從爺的分例裡出。」

這些話說完了，小張子還賣了個好。「福晉不知道，咱們爺擇了好久的廚娘，說福晉如今更愛南邊菜，專門挑出善做南菜的廚娘呢。」還有一句他藏著沒說，胤禛就快把人家的祖宗八代都查清楚了，沒有一點可疑的地方，才敢往正院派。

這才是真實惠，原本正院的小廚房只能做些點心湯水，要吃大菜還得去大廚房拿，夏日還好，天一冷有些菜上來就是溫的。原先那拉氏不肯開這個例，周婷正想借著有孕把小廚房收拾得跟大廚房一樣，就在她的眼皮底下看著也能更安心，現在由胤禛開了口，當然更好。

周婷這才露出知道自己有孩子之後的第一個笑容，別的不論，起碼他現在是真心為她打算了。周婷把剛見到穿越同鄉的些微煩惱拋到腦後，給賞錢時格外大方，不單是小張子，人人都有。

「你回去交差就說我很喜歡。」周婷單指了一件紅珊瑚的靈芝擺件出來交代瑪瑙：「這個包起來吧，明天我帶進宮奉給額娘。」

說著，她拿過碗把剩下的燕窩粥全嚥下，又一場硬仗要開始了。

周婷向太后請安的時候，幾個耳目靈便的妯娌已經得到消息，周婷還沒進寧壽宮，大家就都知道她懷孕了。三福晉衝著她微微一笑，惠容更是不斷偷偷瞅著周婷的肚子。周婷回了惠容一個笑，提起一口氣，看來皇室裡頭還真是沒什麼秘密可言。

德妃笑得一臉慈和，招手示意她過去，拉著周婷的手眉開眼笑地輕聲問她：「妳這孩子也太糊塗，我聽說了，這是一個多月了？」

原本周婷打算走的低調路線走不成了，只好大大方方回應。「我還覺得奇怪呢，往常到了冬天都是要用香的，這回卻聞見什麼都不對勁，診出來才知道原是有了身子。」

宜薇盼了那麼長的時間，瞧見周婷懷孕了，難免有些眼熱，說出來的話就帶著些酸味。「這是四嫂的福氣呢。」

就連太后都交代她：「好好保養，過年時叫妳婆婆照顧妳，請安時也好方便些。」

這倒是好事，沒有特殊的恩典，過年時她的肚子又還沒顯出來，照樣得跟其他妯娌一起跪的。周婷站起來，一屈膝蓋。「謝老祖宗疼我。」

太后年紀大了，喜歡小輩，周婷肚子裡的又是嫡出，很是琢磨了兩回。「要是個小阿哥就好了。」

她話裡的意思誰都明白，生個兒子長大之後成了家，還能過繼一個到弘暉名下，也算不斷了他的香火。

德妃側過身子去謝道：「借老祖宗的吉言了。」

太后一手帶大溫憲公主，跟德妃之間原就比其他妃子更親近些，此時聽德妃謝她，一揮手賞了尊送子觀音。「我這裡年年都要進幾個，大的那一尊給了十三的媳婦，這個小些的先給妳，等新的進上來了，再補。」

「好了，這回得了老祖宗的東西，更得生個白胖的小阿哥了。」宜薇收斂起內心的失落，瞧著白玉雕的小童子，恨不得明天自己也能懷上，可這經唸了多少回，半點用都沒有，心裡羨慕還不能說出口，就怕被人看輕了。

周婷心裡著急，頭一低，露出個溫婉的笑容來。「我倒覺得這孩子老實得很，原先懷著弘暉時可沒少折騰我，覺得說不準就是個格格呢。」

幾個妃子都生過女兒，七嘴八舌頭地說了起來，就是德妃也記起了溫憲公主，唸了一回。「可不是，懷著胤禛的時候倒是艱難，溫憲是真的一點苦頭也沒教我吃。」

懷胤禛時德妃還沒晉位，吃穿用度跟現在不能比，康熙就是想寵她也不能錯了譜，現在回想起來自然就覺得艱難了。

「溫憲剛抱來的時候巴掌大的小臉蛋，一轉眼就長大嫁人了。」太后用手掌比劃著，眼淚落了下來。

別人還行，德妃第一個忍不住，拿帕子捂著臉好一會兒，還是佟妃岔開了話題。「正說著喜事呢，別教已經去了的人不安心。」

溫憲公主是出嫁女兒又是小輩，按禮法來說是禁不得長者叨念的。

德妃趕緊住眼淚，還站起來向太后請罪，這一鬧，太后的精神就有些不好，早早散了。幾個妯娌各自同周婷說了些話，許諾幾件小東西就往自個兒的婆婆那裡去，宜薇跟在惠妃身後，勉強一笑轉頭走了。

周婷是教人羨慕，只要看宮裡的妃子就知道了，過了二十五歲還能為康熙生下孩子的，就只有德妃一人，其餘都是過了二十五就開始讓道給後來人了。康熙現在也更寵幸那些剛選出來的秀女，除了四個妃子位分早定，其他人全都得等到生下兒子來才有可能晉位，一個個都盼著熬著呢，就怕過了二十五成了老人了。雖然周婷才二十四歲左右，但也夠讓人眼熱。

眾人的欣羨更多的是出於胤禛對周婷的寵愛，在宮門口等老婆這樣的事過去只有八阿哥做過，雖被妯娌們嚼了幾回舌頭，但心裡哪有不羨慕的。四貝勒府裡的事也瞞不過去，先是把大格格交給周婷教養，後來又把兩個兒子給妻子，現在更好，眼見著死了兒子沒指望的人，竟然還懷上了身子。

大夥兒心裡都覺得四福晉這是翻身了，最高興的要數德妃，胤禛在她眼裡等於是突然開了竅。這個媳婦什麼都好，就是攏不住兒子的心，這回又有了孩子，兩人肯定能愈處愈好。

等到只剩下兩個人，周婷馬上開始拍婆婆的馬屁，把自己懷孕的功勞全歸到德妃身上。「顧嬤嬤來了不過三個月，媳婦就診出有孕來，全是母妃念著我。要是沒那些湯水調理人，我哪能有這個孩子，就是個女兒，我也歡喜的。」

周婷現在是抓住時機就要說兩句，就怕真的生下女兒來，從上到下都失望，她是沒什麼，可女兒以後怎麼辦？

德妃果然高興，握住周婷的手。「妳仔細著些，凡事多問問身邊的嬤嬤。」她心裡也隱隱覺得周婷這一胎是她的功勞，不經意就對這孩子多了幾分看重。

周婷又把帶來的紅珊瑚靈芝獻給德妃。「這是咱們爺特地挑出來的，說是孝敬給母妃呢。我如今有了身子，原許給母妃的手籠剛做了一半，可得停下了。」

周婷這樣裡外想著德妃，德妃自然願意為她打算。「妳有了身子，哪能再碰針線，我這裡不差這些。」

她喝了口茶，吃了兩片周婷剝給她的桔子，眼睛一瞇，拍拍她的手，指一指屏風說：「等大挑的時候，我叫了人來喝茶吃點心，妳過來掌掌眼，挑個合適的。」

這比原來周婷期望的要好得多了，她心裡雖然覺得難受，但總要比挑進來個不知底細的要強，於是一面嘆息一面點頭微笑。「母妃疼我，我向來知道。」

說著，歪在德妃身上撒了好一陣子的嬌。

回去的時候周婷車裡裝滿了補品、玉器，又聽了一肚子的好話，惠容更送來一套瓷器娃娃。趕車的車夫得了話，一路上都慢騰騰地走，剛到家，宜薇就來了。

一進屋子就覺出一股暖意來，宜薇眼睛一掃就看出不同。暖炕上頭鋪著整塊白狐皮毛褥子，有繪著花鳥的瓷屏風當作隔間，錯落擺放的大小玻璃、花卉盆景全都帶著春意。周婷換了件玫瑰紫的家常衣裳，領口、袖口一圈紫貂毛邊，襯得臉盤晶瑩如玉，眉目間哪裡還有弘暉剛逝去之後的灰敗神色。

宜薇一時感慨說：「妳的日子是愈過愈好了。」

東西並不難得，按周婷的身分大可以差下人辦來，但過去的那拉氏向來小心謹慎，不肯裝飾得過分華麗，如今放開了，把屋子妝點得這麼好，可見是丈夫照顧才敢放心置辦。

「好過也是過，歹過也是過。」周婷把裝著點心的碟子往宜薇那兒推了推。「難道還歹過不成？」

說完，她捏了塊梅片雪花糖放進嘴裡，眯起眼睛。「日子都是人過出來的，我那樣子也能過到如今這般光景，妳怕什麼？」

一番話說得宜薇差點淌下淚，忍了半日才吐露出來：「妳這回懷上，可有什麼秘方？」

宜薇的年紀比周婷還要輕一些，既然她能懷上，自己肯定也還有希望，再說周婷又是剛懷上的，她過來坐坐，也好沾沾喜氣。

周婷不知道該說什麼好，八阿哥後院裡一個孩子都沒有，問題肯定是出在他身上，就是八福晉吞了仙丹都沒用。只不過她不好當頭澆宜薇一盆冷水，想了半天才說：「左不過就是那些，平時好好調理，算準日子，旁的嘛……倒是有個嬤嬤天天燉烏骨雞湯給我喝，裡頭加的藥材我叫碧玉說給金桂聽，讓她燉給妳喝吧。」

宜薇如奉綸音，趕緊叫金桂去跟碧玉學，金桂知道事情的重要性，拉住碧玉坐在外屋仔細問了半天。

周婷暗暗為她嘆息，想了想還是勸道：「妳也別太急了，這孩子，想著時不來，不想的時候，就來了。」

「我如今哪裡還能不想呢？」宜薇低落了一會兒，又收起臉上的憂色。「看我，倒把正事給忘了。過了年就是太后的壽辰，妳可把禮備下了？」

「已經在辦了，幸好那針線活我早就備下，不然這會兒可就差這一件了。」玻璃的桃子盆景有一人高，是馮記花大工夫做出來的，上一回內務府已差人來問馮記是不是胤禛的私產，這回打出名號來，生意就能往下做了。

兩人正說著，外邊瑪瑙就進來回稟周婷：「後院裡一個格格從鞦韆上頭跌下來，斷了腿。」

「請了大夫沒有？怎會從鞦韆上跌下來？是哪一個？」周婷皺了皺眉頭。大冬天又下雪，怎麼有人會去玩鞦韆？

「是鈕祜祿格格。」瑪瑙一臉難色。被禁了足還能混進院子去，只怕福晉要發脾氣了，為了個不安分的，不值得。

誰知道周婷還沒說話，宜薇就先笑了起來。「落雪珠呢，還打鞦韆，這是趕著想摔，該讓她疼兩天。」

「快去請大夫來，看院門的婆子革兩個月的月錢。她本就在禁足，誰這麼大膽放她出來的？身邊跟的丫頭呢？」周婷眉頭稍鬆，但神色仍有些不悅。

原來是她，那會這麼折騰就不奇怪了！周婷拿起核桃芝麻酪喝了一口，轉頭對宜薇說：「這也是小選進來的。」

「我說呢，原來是一個師父教出來的！妳且瞧著，指不定傷一好，就要到後院去吟詩作對了。」宜薇一臉嘲諷，銀桂用帕子托住松子仁遞給她，她捏一個嚼了。「這個倒香，與往常吃的不一樣。」

「是我們爺拿來的，說是紅松的松子。」周婷也捏過一個，卻不急著放進嘴裡。「怎的，妳們院裡那個又折騰了？」

「可不是，大半夜的穿著白衣裳、散了頭髮立在院子裡半唸半唱，開道的太監還以為是遇了鬼。」宜薇噗哧一笑。「這一回不必我發話，咱們爺說她這是魘著了，差人看管起來。」

周婷目瞪口呆，半天才擠出一句：「那我還真得防著才是，咱們爺的脾氣妳知道，衝撞他的奴才可沒好果子吃，將要過年了，是得把門戶看緊。」

這兩個女人到底在想些什麼，當真是一個師父教出來的？

第二十九章 各懷心思

小廚房很快就收拾完畢，周婷直接差顧嬤嬤跟碧玉一道掌管，這麼做有幾個原因：第一，碧玉是她身邊的大丫頭，很有幾分潑辣勁，顧嬤嬤的來頭更不必說，把她們兩個放進去，才能鎮得住場子；第二，繼續跟德妃表態，表明對顧嬤嬤的信任與重用；第三，經過李氏一事，她經口的東西現在還真不放心交給旁人，哪怕原來大廚房裡用慣的。

周婷幫胤禛舀了一碗鮮魚湯，她拿著細瓷勺子遞到他手裡，微微一笑：「你拿過來那個紅珊瑚的靈芝我瞧著雕得精緻，這樣大株顏色又正的珊瑚，很是難得，今天進給了母妃，母妃果然喜歡得很。」

胤禛對德妃一直有一份說不清、道不明的複雜情感。他登基後德妃一直不肯以太后自居，胤禛對她曾有過埋怨，最後德妃抓著他的手求他把允禵放出來，哪怕再做個閒散宗室也不要緊時，他硬著心腸沒有答應，教她失望地閉上了眼，死的時候都沒能如願。

從那以後，他心裡就一直覺得他欠了親娘，聽到周婷事事想著德妃，很是受用，點了點頭說：「母妃那裡妳費心了。」

「看爺說的，這難道不是我的母妃了？顧嬤嬤才來多久我就懷上了，怎麼也得謝謝母妃才是。要我說啊，怎麼盡孝心都不夠，就是如今我動不得針線，原還打算為母妃繡個佛經呢。」周婷暗暗吐槽過鈕祜祿氏的十字繡後突然想到這個，這不是小說裡的慣用招式嗎，怎麼她就沒有早點想到呢？

瑪瑙上了一盞蓮子紅棗湯，周婷拿勺子舀起湯來又放下。最近她愈來愈不愛吃甜食了，原來喜歡吃的酪現在就算一點糖也不擱，還覺得太甜。

胤禛瞧了一眼。「這蓮子不是時鮮，不吃也罷了，拿其他補血益氣的東西來，這個就擱著吧。」

周婷抿嘴一笑。「也不知怎麼的，原來可愛這味了，現在恨不得這些湯水都不放糖才好呢。」

「今天下午主子還同八福晉吃了半碟子梅片雪花糖呢，這會兒又說不愛甜的了。」瑪瑙遞了擦手巾過去。「我可是瞧見碧玉下午挑了半天的蓮心，就怕主子吃進了寒氣。」

「知道她細心，下回做山藥糕來，或是棗泥或是豆沙做餡，也算是補血了。」周婷說著，挾了一筷子麻辣雞絲放進嘴裡。

胤禛放下了湯碗。「老八媳婦來過了？」

「可不是，正好教她聽見院子裡的格格跌下了鞦韆，她那張嘴呀，可沒白饒。」周婷見縫插針，先為鈕祜祿戴上不安分的帽子，往後出什麼事情，也算打過底了。

「怎的冬天裡還能跌下鞦韆？」胤禛再不管後宅，也知道那是女人們春、秋的消遣，冬天院子沒什麼景不說，寒風刺骨的，誰沒事會去後院蹓躂？

「可不是，八弟妹也是這麼說的，我都答不出話來。看院門的婆子太不盡心了，還有跟著的丫頭也是。」周婷面前擺的一碟子麻辣雞絲被她吃了個乾淨，一邊抹嘴還一邊說：「下回拌這個多加點醋。」

胤禛笑看她一眼。「人說酸兒辣女，妳這又是酸又是辣的，到底是兒子還是女兒？」說著掃了周婷的肚子一眼。她還穿著之前做的收腰衣裳，身形根本看不出有孕，一舉一動還都輕盈窈窕，胤禛瞧出一肚子慾火，連忙灌了口茶。

「我今天還說呢，倒像是女兒，貼心得很，我如今也不過是不愛聞香，懷弘暉那時，從懷上就吃什麼吐什麼，遭大罪了。」周婷裝出一副懷念的樣子，抽出帕子來按了按眼角。

「這孩子，原是生來折騰我的。」

胤禛這下飯也不吃了，站起來摟住周婷。「肚子裡不是還有這個嗎？是個不折騰的，定然能平安長大。」

幾個丫頭見狀全都低下頭去，周婷坐在椅子上靠著胤禛，頭微微垂著，目光落在他的腰上，伸出手從他背後略微摟一摟，另一隻手則拉扯他身上掛的荷包帶子，幾不可聞地低低應了一聲。

兩人就這麼靠了一會兒，胤禛先不好意思了，輕輕咳了一聲，周婷跟著放開他，扭頭低著臉，在昏黃的燭光映照下，就顯出不勝嬌意的模樣。

胤禛心頭燃著火偏偏又吃不了肉，盤算了後院的女人一遍。李氏肯定不可能，宋氏早已沒新鮮感了，找不到合適的人選，剛想忍下來，就想到鈕祜祿氏，暗自猶豫了一會兒。

他心中一動，開口就問：「今天院子裡跌的是誰？」

周婷等的就是這個。胤禛是個事無巨細的人，什麼事情當著他的面說了，都要說個清楚才算完，她再說話的時候，就帶著埋怨的語氣。「還不是那個鈕祜祿氏，八弟妹今天剛說宮裡頭的小選不如過去精心了，她那裡進了個魘症的格格，大半夜跑到院子裡散著頭髮作怪，嚇著開道的小太監，教八阿哥給看管起來；我這裡就出了個落雪天打鞦韆的格格，整條腿都用板子夾上了，摔得可不輕呢。」

胤禛果然皺起了眉頭。在八阿哥面前丟臉是一回事，鈕祜祿氏會幹這種事才真教他吃驚。原本她可是連房門都不輕易跨出一步的，要麼就是侍候著周婷，幫正妻向府裡一幫人立規矩，要麼就是關在屋子做繡活。

心頭那點猶豫全拋卻了，全都不是些省心的。胤禛還從沒這樣憋屈過，原本他不喜歡哪一個，直接冷落或打發就是了，一個母家不顯的格格，關上一輩子又能怎樣，然而如今鈕祜祿氏動不得，若是妻子不能如他所願生下嫡子來，那這個鈕祜祿氏還真得留下備用。

胤禛想著，就看了看周婷。見她輕輕斂著眉頭，搖頭嘆息間，耳朵上掛的羊脂白玉葫蘆墜子一晃一晃，領口一圈紫貂毛包裹著頸項，眉目神態看起來既順眼又合意，也就把後宅裡頭那些教他煩心的女人給丟到了腦後，橫豎他們兩個有的是時間。

胤禛生下來的時候母妃已經快要三十了，如今妻子才二十四，就是沒有嫡子，也可以讓她教養他的兒子們，居移氣、養移體，再不能讓他的孩子養在李氏那樣的人身邊。

丫頭們把菜撤下去，周婷漱了口坐在暖炕上，手上套著白狐皮的手籠，燈光一映，顯得她的膚色跟白狐狸皮一樣，眼睛似點漆般，看人時亮晶晶的。胤禛看她反覆摩挲著手籠，笑了一聲。「之前獵了火狐狸，妳拿那個做件斗篷倒不錯，裡頭做白色蓮青鬥紋的裙子。」

說著就拿過周婷畫眉的筆來，抽出她挾在腋下的絲帕，鋪平了在上頭畫起來。一看又不是衣裳，倒是一套首飾，花樣精巧、紋路流暢，嵌寶石的地方還標了出來。

胤禛停下筆，說道：「叫下頭人按這圖去做，接縫的地方做得輕巧些，過年吃宴席時妳就戴這個。」

周婷從不知道胤禛會做這個，幫老婆設計首飾還真不像是他會做的事情。她把帕子拿過來細看。「我還不知你會畫這個呢。」

這些情趣恐怕過去全是留給小老婆的，周婷只當不知道，歡歡喜喜地收起來。「明天就差人去做。」

胤禛看周婷這麼歡喜，心裡也舒服。「今天我就歇在這裡，明天再去書房，妳去洗漱吧。」

這段話把周婷嚇了一大跳，她都已經做好準備，覺得胤禛會去睡小老婆，怎麼突然就要留下？對胤禛來說，他們是老夫老妻，原先正主懷孕時，他可是半點也沒忍著，所以周婷才沒對他有任何指望。

他這麼說，很明顯是不去睡小老婆，要在書房熬著了，然而周婷驚喜過後就有些不以為然，忍又能忍得住幾天呢？

丫頭們早燒好了熱水，周婷每天都要洗澡。剛進了內室，烏蘇嬤嬤就一臉為難地說：「主子，這可不合規矩呀。」

她知道周婷不是胡來的人，就算胤禛，也不是什麼毛頭小子了，兩人在一起肯定忍得住，但該說的她還是要說：「德主子那兒的嬤嬤……」

「嬤嬤別急，碧玉侍候著呢，再妥貼不過的，爺也不過歇一晚，這是給我臉面呢，沒什麼要緊的。」周婷解開衣裳放到珍珠手裡。她們早就幫她換上了淺盆子，怕她冷著，還多加了一盆炭。

烏蘇嬤嬤自回來以後，總覺得周婷有些不同，但哪裡不同，卻又說不上來。明明還是那個她從小照顧到大的人，卻不知從哪生出這麼多主意來，原本倔強，卻強得不是地方；現在當面示弱，背後卻一點虧都沒吃，倒真多出幾分主子的樣子來了。

烏蘇嬤嬤聽周婷這麼一講，也就安下心來，扶著周婷的手讓她坐進浴盆裡去。

梅花花露的味道一漾開來，周婷就舒服地眯起了眼睛，然而腦子卻沒停止轉動。胤禛早晚就會去睡小老婆，這裡沒什麼大老婆不生，小老婆就不准懷之類的規矩，為了肚子裡的孩子，她得把胤禛拖住，能拖多久是多久。

原本他天天歇在正院時他們也不是夜夜都有，頻率差不多是七天三次，他政事還忙不過來，這樣已經算多了。周婷一面盤算一面掬起水往身上潑，珍珠拿細絨毛巾幫她擦背，瑪瑙為她梳頭髮，直洗得香噴噴的，才裹著大毛巾從澡盆裡出來。

孕期性行為她還真的沒知道多少，只知道前期後期都不行，中段的時候據說可以。周婷咬咬牙，穿衣服的手頓了頓，要麼就只能用手了，反正男人要的不過是盡興，她只能豁出去了。

周婷帶著一身氤氳的水氣回到內室，地龍燒得屋子裡暖烘烘，胤禛只穿一件素面的單衣，一隻手肘撐在迎枕上頭歪著身子看書，見周婷出來了，合上書坐直身子。「可有覺得不便利的？」

「還沒顯懷呢，只是嬤嬤們小心罷了。」說著也不要瑪瑙扶，就自己踩著腳榻坐上炕去，挨在胤禛身邊。

珍珠趕緊鋪開大毛巾為周婷擦頭髮，煙霞色的紗衫勾勒得曲線起伏、腰肢細軟，烏木般的頭髮拿了支素玉簪子固定住，還帶著水氣的髮梢垂在襟口前，沾濕了胸口的合歡花繡紋。

周婷狀似不經意地往胤禛身上一靠，問他：「看什麼書呢？」

他是周婷見過最挑剔的男人，就連調情也一樣，燈光要半明半暗，情要似挑非挑，全都做足了功夫，不必她湊上去，或是露出些什麼，他自己就會先動起來。

胤禛果然意動，煙霞色紗衫在燭光下面襯出了周婷的好膚色，他一伸手從袖子下面握住周婷露出袖口的指尖，語調有些模糊。「是妳抽屜裡的書，我翻了來瞧瞧，想不到妳平時還看這個。」那本書是周婷最近常看的《食療本草》。

「左右無事就翻來看看，倒是因為這個琢磨出了好些點心。」周婷拿過來一看，胤禛正翻在核桃那一頁，她指著書說：「上頭說常食核桃可通潤血脈，使骨肉細膩，又說牛乳功同人乳，營養滋補。你也不想想跟著我吃了幾日的核桃芝麻酪了？」說著把頭歪在胤禛肩膀上。

瑪瑙放下大毛巾退了出去，珍珠眉目不動，往百花掐絲爐裡添了兩塊炭後，放下門簾站到外間去了。

胤禛鼻尖全是周婷吐出來的暖香氣，見她嘴唇抿起來微微翹著，就湊過去輕輕啄了一下，輕聲開口。「咱們一起健康到老。」

說完舌頭就探了進去，手指輕輕刮著周婷脖子上的細膩肌膚，迫她張開口露出丁香小舌，輕輕吸住吮了一會兒，慢騰騰地攪動起來，周婷還想再躲，胤禛已經扣住了她的腰。她半推半就地拿手抵著他的胸膛，睫毛垂了下來，燈火流動間，兩人吻在一處。

剛開始還是個淺吻，胤禛只打算嚐一嚐，她懷了身子，本來就不宜做別的，但秀色近在眼前，他一開了口就沒能停下來。

胤禛把手伸進周婷衣裳裡去摩挲她的後背肌膚，一探進去就知道她裡頭沒穿肚兜，呼吸瞬間粗重起來。周婷將手擋在胸前，不肯把臉抬起來，然而她愈是擋，胤禛就愈是想要掀開來看，他握住阻擋他的兩隻手，解開她胸前那兩顆扣子，衣裳要開不開的，露出裡頭一片香膩白皙。

胤禛瞧了裡頭起伏的山巒一眼，動作再不停頓，剛伸進一隻手，就等不及把兩邊都握住了，一個隔著紗衫一個貼著皮膚，一面往左一面往右地揉搓起來。周婷急喘一聲，軟軟地靠在大迎枕上，臉貼著寶藍色的冰裂紋綾緞，只露出半張臉來，半瞇起眼睛斜睨胤禛。

這下他哪裡還能忍得住，原本不想碰的也碰了，胤禛手勢變幻，捏著周婷胸前兩點櫻紅半轉半按，用手指挑撥。周婷一把將胤禛垂在腰側的辮子拉過來，嘴巴一張咬住了辮梢，嘴裡呻吟著，半天也沒吐出一個完整的字來。

胤禛動作不停，兩人貼在一起磨蹭半天，等回過神時人已經躺在床上了。周婷還咬著胤禛的辮子，眼裡一片水光，露在外頭不多的那些肌膚一片緋色。胤禛把她摟在懷裡揉了又揉，從前面揉到後面，又從後頭捏了上來，只覺得下身就要忍不住了，壓在周婷身上猛喘了幾口粗氣。

周婷半張著嘴不斷往外呵氣，他們的動作並不激烈，再激動也還保有理智，胤禛兩隻手伸在衣服裡摸了個遍，就是沒扯下衣服來真的做點什麼。

他忍著，她也不敢先動，兩人誰都不肯先鬆開。正相互煎熬著，蠟燭突然熄滅，屋子裡暗了下來，雖見不著人影，情動卻沒有就此停止。

他們離得夠近了，胤禛手指上還勾著周婷的髮梢，袍子的領口也不知什麼時候鬆開，扣子解開了兩顆。周婷的指尖溜了進去，躲在裡頭不肯出來，兩人被子也不蓋地團在床上，除了不斷起伏的胸膛，再沒有別的動作。

胤禛眼睛一閉，咬了咬嘴唇。胯下那塊地方還很火熱，他不禁把身子攤開來躺在床上大口喘氣。周婷靠了過去，他的手馬上又黏了過來，兩人對望一眼，嘴唇就又貼在一起了。她的手剛開始還在他的胸膛上面拍打，後來又變成了轉圈，再後來就愈來愈往下走。

胤禛覺得喉嚨乾得發燙，不斷湊過去吸著周婷的舌尖，心裡恨不得那隻細滑的軟手就這麼摸到他下面握住。

周婷吊足了他的胃口，一會兒往上一會兒往下，就是不肯探到那地方去。胤禛自長成開始就有宮女教導人事，在這上頭的經驗並不算少，但這種花樣還是他從來沒碰過的，在他身邊，再低微的女人也不興弄這個。

一面想叫她把手放到他那裡去，一面又覺得這樣的話實在說不出口。他沒試過，周婷也沒試過，兩人吻了半天，直到周婷覺得舌頭都發乾了，才暗暗咬牙，裝作不經意地劃過他那兒，這一碰，胤禛就愣住了。

目光裡的灼熱在黑夜裡看得分明，這一回是他主動拉過她的手，半是強制半是哄騙地讓她摸了上去，一把握住。

一旦開始就再沒什麼不好意思的了，胤禛半側著身體配合周婷的動作，教她上下幾回後，就鬆開了手任她行動。一開始周婷還生澀，弄了兩下，聽胤禛喉嚨裡發出來的低啞聲音，自己也不禁興奮了起來……

第二天早晨起來時，胤禛比往常還要正經得多，就連丫頭進來收拾床鋪，他也還神情嚴肅，板著一張臉，一點也瞧不出昨天夜裡的豔情。周婷同他一起假裝什麼事都沒發生過，那包成一團的帕子，已經直接被她丟進了炭爐裡。

核桃芝麻酪剛擺上，珍珠就進來了，屈膝低頭。「宋格格求見福晉。」

周婷一愣，她早就免了這些妾室早起請安，不耐煩見這些女人在她面前打著機鋒爭胤禛這塊肉。這些女人要麼就是不夠格到她面前說話，要麼就是見了李氏如今的景況而老實縮著的，宋氏就屬於後面那一種，她比李氏還要早就跟了胤禛，是要給她這個體面的。周婷放下粥碗，拭了拭嘴角。「叫她進來吧。」

宋氏一進來就先福身行禮，頭低下去時忍不住看了胤禛一眼，見他正在拿筷子挑兩根雞絲往周婷碗裡放，趕緊把眼神收回來。

周婷抿了抿嘴角，再過一段時間她肚子整個大起來了，這些女人還不得爭紅了眼？

宋氏輕聲細語地說：「昨天夜裡鈕祜祿格格疼痛難忍，一整晚都不曾入睡，求福晉派人去瞧瞧她吧。」

這話說得算是好聽了，其實就是鈕祜祿氏嚎了一晚上，吵得她們不能睡。她們不像李氏是獨門獨院，一整個院子裡住了一溜小老婆，被鬧得全都恨不得能捶床板。天快亮的時候鈕祜祿氏累得睡著了，她們這些女人卻還得起床呢，就算不請安，晚起說出去也不好聽。
「昨天不是請了跌打大夫嗎，腿都已經用板子夾上了，長骨頭痛是難免的，可讓她喝過止痛藥了？」周婷心裡皺眉，嘴上還要關心。
胤禛沈下了臉。「是她自個兒不安分，原就禁了她的足，跑到院子裡做什麼？」跟在宋氏身後的小丫頭立刻跪下。「我們格格說，要去刮梅花上頭的積雪攢起來給主子爺烹茶，咱們格格一心為著主子爺，求爺去瞧瞧吧。」
這段話一出口，不光是周婷，連胤禛都愣住了，幾個丫頭相互看一眼，又都垂下了頭。胤禛掃了那丫頭一眼。「主子規矩差，丫頭的規矩果然好不了。」那聲音聽得站在外間的蘇培盛打了個冷顫。
宋氏沒料到那丫頭會說這樣的話，愣了一下就反應過來，趕緊跪下來請罪。她心裡暗恨被人當了踏腳石，嘴裡還說：「這丫頭憂心她主子才這樣說。」
幫她開脫的話一句就夠了，再多她也說不出來，這個女人是想拉她下水呢！
「雖是如此，也錯了規矩。妳明知道妳們主子正禁足，怎不勸著她待在屋子裡？」周婷愈是生氣，話說得就愈是和顏悅色。「念在妳年紀小，這回便不追究了，妳自己去找領妳進來的嬤嬤，重新學好了規矩再回院裡侍候吧。」
她搶在胤禛之前說出懲罰結果，不然讓他來發落，估計不死也得脫層皮。其實要是真的被攆出屋子，哪裡還能再進來，這等於是堵了那丫頭的路，偏偏讓人看上去反而覺得周婷寬容和善，體恤下人。

鈕祜祿氏不比李香秀，她是有了名分的格格，身邊也不是沒有可用的人，這小丫頭不就是嗎？明知不對，卻願意為她爭一爭，這種人不需要動她，只把她身邊打掃乾淨就行了。

胤禛覺得妻子太過善良，這樣的下人打死了便算，眉頭一皺。「找兩個僕婦去看著，免得她再不安分。」

那丫頭沒人指使不會說這樣的話，院子是內務府督造的，但圖紙卻是胤禛點過頭的，院子裡的一草一木他知道個大概，梅林在水榭那一邊，鞦韆卻在隔水的另一邊，既然是在鞦韆那兒摔了，這「攢雪烹茶」一說就顯得可笑極了。

這樣下流的討好手段，胤禛頗為不屑，卻不能讓鈕祜祿氏真的傷筋動骨，心頭厭煩還是吩咐道：「賜丸藥下去，即將過年了，要她別再叫嚷。」

「昨天就賜下去了。珍珠，妳再跑一趟，看看是不是沒按著方子吃。」周婷一邊吩咐，一邊垂下眼睛思索。胤禛的態度不對勁，明明鈕祜祿氏做的事情讓他厭惡，怎麼明裡貶她暗裡還護著她呢？

她攏一攏裙襬，站起身來為他理理荷包、腰帶。「爺快出門去，可別遲了，家裡有我呢。」

第三十章　試探水溫

腿都已經不能動彈了還不老實，拿這樣的藉口來爭寵未免太傻了點。從鈕祜祿氏進院子到跌傷了腿，這一路上不知有多少人瞧見，還非要說什麼是為了「梅花上頭刮落雪」，也不知道是跟哪個電視劇學的，更何況胤禛根本不喜歡這一味，馬屁拍在馬腿上，要是呈點酒上來，沒準兒他還願意收下來跟胤祥、胤禎去喝兩杯呢！

周婷一個眼色珍珠就出去了，宋氏眼巴巴地站了半天也沒等到胤禛把注意力放到她身上，直到胤禛出門，周婷才又搭理她。「妳在那個院子裡算起來也是老人了，怎的遇事還這樣慌張？」

宋氏趕緊請罪，看得出來她沒睡好，臉上的粉都浮著，雙眼也微微有些腫。

周婷指了指繡墩。「坐吧，我如今懷著身子，有些事難免看顧不到，東院那頭就交給妳，我也放心。平日下頭有什麼要定奪的，到妳那兒去就是了，不必特特來回我。」

瑪瑙上了茶給宋氏，周婷喝的則是煮過的泉水。宋氏借著拿茶盞的工夫定了定心，這意思是叫她管理東院了？自從那天進正院來賀喜過周婷以後，宋氏才算真切地知道何謂「得寵」。原本的那拉氏哪裡敢這麼張揚，不說屋子裡鋪的、蓋的，擺設哪件都價值不菲，爺還三不五時地就從前院抬箱子過來，後宅裡頭可沒人想到正院也能有這樣的日子。

宋氏已經知道自己慌亂間出了昏招，但擬好了壽宴菜單這樣大的事除了周婷賞過來的幾樣首飾、布疋外，胤禛那裡卻一點動靜都沒有。她年紀不輕了，比李氏還要大兩歲，李氏已經失寵，周婷還懷上了，論資排輩，她就是後院裡頭一個了。大挑、小選都會進新人，要是不把握住機會，那往後這裡就再沒有她什麼事了。

「福晉看重妾，妾只恐不能服眾呢。」東院跟南院一般大，但住的人可不少，有的還承過寵，有的則至今無寵，既然胤禛想不起來，那誰都不會費事去提醒他。

「妳是她們裡頭資歷最老的，若有不服的人，只管來回我。」周婷說著說著，有些倦了。

她用手撐住頭，正想揮手叫宋氏回去，珍珠就進來了。「路上遇到前頭來的小喜子，說是舅太太來了。」

宋氏知機告退，周婷馬上站起來指揮丫頭們。「快，為我梳頭換衣裳。」來的可是真正的娘家人，這個舅太太是那拉氏哥哥的妻子，是那拉氏的親嫂嫂。

那拉氏是家裡的老來女，父親在世時很是寵愛她，可她與家裡的幾個哥哥並不是一母同胞的親兄妹，她是繼夫人生的，她的親娘又沒幫她生出兄弟來，跟前頭夫人生的哥哥們本來年紀就差得多，關係又隔了一層，父母親去世後同娘家的人也就沒往來得那麼密切了。

然而再不親密，也是娘家人，周婷不能有一丁半點的疏忽。女人在後宅裡頭立身的根本，有一大部分是靠娘家，原本那拉氏送回娘家的四時節禮雖然不錯，但也只是面子情。從她這裡開始，要是關係能緩和些自然好，就算不能，起碼不要讓別人說她跟娘家不親。

這一回大概是聽說周婷有孕過來祝賀的，舊的那拉氏既然跟他們不親，周婷也就不怕被她看出來。烏蘇嬤嬤眉開眼笑地為周婷綰頭髮。「還是家裡人惦記著主子呢，昨天送的禮品很是對症，都是補血的東西。」

「是哪一位舅太太來了？」周婷微微一笑，是不是真的想著她，見了來人就知道了。

「是三舅太太。」珍珠答道。

烏蘇嬤嬤一聽，立刻收住嘴角邊的笑意，微微皺起了眉頭。在她看來，周婷有孕這樣的大喜事，就算不是當家太太來，也該是二舅太太來，怎麼尋了最小的三舅太太？

周婷拍拍烏蘇嬤嬤的手，朝她笑了笑。「快請三舅太太進暖閣裡頭去，這大冬天的，就不要在堂屋裡見了。」

周婷現在不過是個多羅貝勒福晉，又一向不得寵，不能為娘家帶來實惠好處，他們只做表面工夫，也沒什麼大不了的。可周婷知道胤禛會當皇帝，未來她也不會讓別人的孩子當上皇帝，除非她自己不能生，而那個時候，跟娘家就不能只保持目前這樣的關係了。

前後幾個丫頭撐著油傘為三舅太太開路，一進暖閣就有丫頭把手爐遞到她懷裡。三舅太太看上去約三十五、六歲，穿著大紅撒金的裙子，頭上戴著素面白玉的首飾，一見著周婷，就站起來行禮。

「一家子親戚，嫂嫂不必這樣多禮。」周婷往炕上一坐，瑪瑙上前扶起了蹲了半禮的伊爾根覺羅氏，把她帶到另一邊坐下。

伊爾根覺羅氏臉上微顯詫異，而周婷也不多說什麼，指了指桌子。「怎的還不上茶？」

「知道三舅太太喜歡金壇雀舌，那茶不宜泡得久，剛碧玉去烹了，正要上來呢。」珍珠答道。

珍珠接過小丫頭手上的托盤，擺在桌前，周婷捏了一塊鵝油松仁卷，笑晏晏地同伊爾根覺羅氏說：「我原不愛這些油膩的，如今吃著倒還不錯，嫂嫂也嚐一嚐吧，咱們爺剛選了個南邊的廚子來，點心尤其做得好呢。」

伊爾根覺羅氏覺得周婷這架子太大了，往常她也曾來過，可沒有蹲了半禮還叫個丫頭把她扶起來的，一看後頭的小丫頭拿著剪裁四四方方的紫貂皮毛讓她當坐褥，語氣神態又與過去很不相同，就按住心裡的不滿，只覺得納悶，難道姑太太這是真的翻身了？

話沒說上兩句，小張子就過來了。「請福晉安，請舅太太安。」他行了禮，躬著身說：「主子爺從潭柘寺請了觀音像來，不知福晉要安在哪裡？」

「那紫檀的佛龕可得了？」周婷側過臉問瑪瑙。「折些漂亮的梅花插上，供些鮮果，等會兒我過去請香。」

「知道了。」瑪瑙屈膝站起來衝著小張子揮了揮手。「跟我來吧。」

「潭柘寺極有名氣，求觀音來也好保個平安。」伊爾根覺羅氏堆起了笑臉，細細打量起周婷身上的衣裳首飾，眼睛從上掃到下，直看到鞋尖上露出的珠子才收回了視線，神態愈發顯得親暱。

烏蘇嬤嬤見她這樣往周婷身上看，皺了皺眉。「主子爺一聽說咱們主子有孕了，立刻就去潭柘寺求了開光的觀音來。」

周婷也不說話，臉上帶著笑任由三舅太太看。敬人先敬衣，這個三舅太太原來很不為那拉氏所喜，覺得她行事太小家子氣，家裡派了她來祝賀，可能就是要讓她來看看自己過得到底好不好。

「我前陣子身子不好，聽說薩什庫添了個女兒，如今算一算，小丫頭該過整歲生日了？」那時弘暉正生病，那拉氏顧他都來不及，小女孩的滿月只派人送了禮去，並沒有親自到場。

薩什庫是伊爾根覺羅氏的長子，兒媳婦前頭生了個女兒，這回又是個女兒，心裡不太高興，卻還要笑著說：「可不是，那丫頭可結實了，小胳膊一圈一圈的。」

珍珠從後頭拿出個匣子來，周婷接過去往伊爾根覺羅氏面前一推。「這個拿回去給她戴著玩。」

「姑太太嫁出去還是眼前的事呢，一轉眼我那小子都當爹了。」伊爾根覺羅氏很會順著杆子往上爬。「只是到如今還沒有個正經的差事，我這頭髮都要愁白了。」

「薩什庫不是領了三等侍衛嗎，這還不算是個正經差事呀？能在宮裡頭打轉當差，別人削尖了腦袋也進不去呢！」正黃旗不過九十個名額，世襲就去掉一半，要怎麼升位置呢？周婷馬上止住伊爾根覺羅氏的話頭。

這事她已經叨念過好幾回了，原本的那拉氏不肯幫，現在的周婷更不可能幫，不懂的事最好還是不要插手。

「我記得阿瑪當時也領過三等侍衛，後頭才一路升上去到了正二品。」周婷微微一笑。「嫂嫂且寬心，薩什庫年紀還輕，又是個肯上進的孩子，只要他好好做，未必沒有像他瑪法那一天呢。」

這個孩子跟她的年紀也差不了多少，已經是五品了，在周婷看來，根本不需要這麼著急。現在沒有仗可打，老老實實地熬資歷不就得了？康熙是個重感情的皇帝，看他能在費揚古死後把那拉氏指給胤禛當嫡福晉就知道了，頂著祖宗的餘蔭，吃不了虧。

伊爾根覺羅氏笑容僵了僵，她早已經習慣那拉氏不肯相幫，今天周婷還算跟她說了軟話，心裡也沒那麼不舒服。「借姑奶奶的吉言了。」說著就轉頭說起暖閣裡的擺設。「這樣透的玻璃窗子，倒不多見呢。」

「這是咱們爺手頭的生意，本來是見對方老實才收下來，誰知道能做出這個。」周婷吹一吹茶盞裡的泉水，飲了一口。「聽說是過了年就要開始往外頭賣了，明天我再送些盆景給幾位嫂嫂。」

伊爾根覺羅氏是吃了午飯才走的，烏蘇嬤嬤去前頭送她，周婷則回後頭向新請來的觀音上香。她並未指望一次會面就能讓原來不親近的娘家人改變心態，到底是出嫁的女兒，要他們為她出力，恐怕得先見著好處才行。總歸康熙還有得活呢，胤禛沒那麼快當上皇帝，家裡的事還能再慢慢安排，現在要緊的是後院裡的事。

「鈕祜祿格格可好些了？」周婷雙手插在白狐皮手籠裡，珍珠跟瑪瑙一左一右扶住她。聽見她問，珍珠就湊在周婷的耳邊說：「鈕祜祿格格並沒有吃咱們送去的藥呢。」

周婷詫異地挑了挑眉毛。「那大夫開的藥她可吃了？」

沒事白折騰自己，這不是有病嗎？請來的是跌打大夫，又不是太醫，用藥的品質也因為身分的關係而有差別，這時候不吃上面賜的，反而認準了大夫開的……周婷啼笑皆非，她難道以為有人給她下毒？

「奴才去的時候，她身邊侍候的丫頭剛餵過她藥。」珍珠聲音愈說愈低。她也覺得奇怪，主子賜藥過去算是恩典，她不謝恩就算了，竟然還不碰那藥。

「她不碰就由著她吧！她那兒的丫頭少了一個，又躺在床上不能動彈，趕緊擇個老實規矩的補上去才好，可別又不知輕重地放了她出來。」這樣一個人周婷還真不放心，必須得有人看著才行。

珍珠點了點頭。「已經補上了人，主子就放心吧！這會兒憑她是得了魘症還是糊塗了，都逃不過去。」

出了李香秀這樣的事，也算給珍珠敲了警鐘。鈕祜祿格格看著正常，說不準就跟八阿哥府裡的楚格格一樣，萬一發病衝撞了主子可怎麼好！珍珠對新派過去的小丫頭千叮嚀萬囑咐，要她一有風吹草動就來正院回話。

周婷由瑪瑙領著去了院子裡剛理出來的小佛堂，觀音像已經被安放在佛龕裡，面前供著清水鮮果，花瓶裡的紅梅花開得正豔，一進屋子，撲面而來一股冷香味。

瑪瑙抽出三枝香點燃了放到周婷手中，珍珠則準備好了拜褥放在她面前，周婷定一定神，把香舉過頭頂拜了下去。

她本來是不信這些的，到了這裡不得不跟著相信。周婷還是不明白為什麼她會來到這裡，還在這裡遇上好幾個同鄉，有過得像馮氏那樣辛苦掙出一片天的，也有像李香秀這樣自己把自己害死的。周婷心底仍舊一片迷茫，對未來懷有無限的惶恐，她是知道大概的歷史走向，可她又能幹什麼呢？

真的跟小說、電視裡那樣指點江山？那她和她肚子裡的孩子都活不成；就這麼走一步看一步地隨波逐流？把自己的命運交到別人手上的感覺非常不好，時不時就跳出個不安分的來，不會人人都像李香秀和楚新月那麼蠢……

檀香裊裊，不一會兒室內就染上佛香味。周婷閉著眼睛長嘆一口氣，站起來把香插進香爐裡，凝望這尊白玉觀音像，手不知不覺就放到肚子上。都說為母則強，周婷是還沒做母親，就已經開始為孩子謀算了——或者說是為了自己以後的路謀算。在她察覺到李香秀是同鄉沒多久後她就死了，那麼現在這個鈕祜祿氏呢？

鈕祜祿氏也知道胤禛會當皇帝，看上去更不安分守己，願意待在後宅裡頭混吃等死。周婷沒這麼大的權力把她給放出去，若她真想要占據一席之地呢？

「主子，站久了冷，可要把地龍燒起來？」周婷看著觀音像發呆，瑪瑙不知道她還要站多久，便開口提醒。

周婷這才回過神來，衝著瑪瑙微微一笑。「回屋裡去，叫廚房做些糖糕來，才用了午飯，怎麼又覺得有些餓了。」

「主子這會兒是兩個人吃呢，自然比過去容易覺得餓，我早叫廚房準備了。一個山藥糕，叫她們拿鵝油炒紅豆棗泥餡，略微清淡，還有一個藕粉糖糕，也備著呢。」懷孕的女人容易餓，碧玉每天都要準備好幾樣點心預防周婷突然想吃。

山藥棗泥糕剛蒸出來，盛上來時還散著熱香，周婷捏一塊托在帕子裡咬了一口，珍珠為她蓋上哆囉絨的毯子，拿青玉小錘給她錘腿。周婷吃了一塊，又覺得肚子塞飽了，於是往後一靠，躺在大迎枕上，閉著眼睛拿手指頭摩挲上頭繡的錦鯉尾巴。

鈕祜祿氏的舉動已經很明顯了，不妙的是胤禛對她的態度還不大一樣，現在看著雖然還沒到上心的地步，可再這麼讓她折騰下去，萬一成了另一個李氏，該怎麼辦？

周婷現在比較了解胤禛的性格脾氣，鈕祜祿氏要分寵，還得一步一步先爬上來再說。雖說先下手為強，但難的就是這個「先下手」，她能怎麼辦？難道真的要下毒？

周婷閉上眼睛，丫頭們就把點心碟子撤了下去。她的內心還在掙扎，如果同鄉女要挖牆腳，她該怎麼反應呢？想著想著，就覺得身上倦得很，瞇著眼睛沒一會兒就睡著了。

胤禛回來時周婷睡得正香，他從外頭來先洗了臉、換了衣裳，才過來看她。珍珠坐在榻上繡鞋面，見到胤禛來了，趕緊站起來福一福身，轉身想把周婷給拍醒。胤禛做了個噤聲的動作，揮手要丫頭們都退下去，自己走到炕邊上坐下。

周婷是歪著睡著的，臉上兩朵紅暈，睡顏安靜祥和。胤禛伸手把她頭上的攢絲南珠珠花從髮間拆下來擺在炕桌上，免得擱頭，接著手指頭順著她的髮絲滑過臉頰，大拇指反覆刮著她的下巴。

愈是跟她相處得久，就愈是覺得她安靜從容；原本認為她不提要求、不會撒嬌、沒有趣味，現在卻覺得她是懂分寸明道理。今天那拉家來了人的消息瞞不過他，就連她們會面時吃了些什麼、說了些什麼，胤禛都一清二楚，按道理來說，她很有理由跟他開這個口，不過是從三等升到二等，並沒有什麼難處，況且那拉家的家勢又很端得上檯面。

李文輝——李氏的父親，在任內出了個不大不小的官司，他的官就是胤禛幫他疏通上去的，旁人都知道他的女兒是他的側福晉，一出事馬上就回報過來，就連李文輝自己也遞了信求到他門下。

可偏偏貪污是胤禛最痛恨的，登基後他花了很多時間整頓吏治，結果自己的人竟不乾淨。這件事原先他能睜一眼閉一眼，就算削官，也能不讓他太難看，可這官是胤禛幫著疏通的，不出三年就扯出這種事來，簡直是打他的臉。這樣一來，周婷不肯開口要求，被胤禛當作是不讓他為難了。

周婷掀了掀睫毛，半瞇著眼睛，看見胤禛的臉，反射性地露出一個微笑來。「你回來了？」說著就撐著手要坐起身。

胤禛把手往她肩上一按。「別起來，我不過來看看，等會兒還要去前頭呢。」

「可換過衣裳了？」周婷順勢躺下。「餓不餓？要不要用點熱湯麵？」

胤禛還沒來得及多說幾句，周婷這一串話就拋過去了。這男人喜歡聽這些雞毛蒜皮的關心，愈是瑣碎，愈是受用。

果然，周婷的話還沒完呢，胤禛就握住了她的手。「妳怎麼就在這兒睡了，也不回屋裡去，要是受了涼怎麼辦？」

「也不知怎的，才覺得餓了，吃口點心就睡著了。」周婷扭過身來把手枕在臉下。不單十三阿哥喜歡嬌氣的女人，胤禛也喜歡，借著有孕，周婷也慢慢展現媚態，總有一天，她會把他心裡妻子「正經無趣」的印象給磨掉的。

周婷一扭身，後背就空出一塊，胤禛還沒發覺，周婷就扯扯他的手。「幫我掖一掖毯子。」

他真的伸出手照做了，扯過毯子把她整個人都裹起來，只留一張臉露在外頭，這才問她：「今天妳娘家來人了？」

「是嫂嫂來看看我，讚咱們家玻璃好呢。」周婷伏著身不動，一句話把這場會面交代完了。她不說，胤禛也不再問，心裡卻已經打算好要把她姪子提一提位分。

「差人送些過去就是了，馮記一家投在我門下，內務府來問是不是我的私產，我就把他們歸到妳的產業裡頭去了。」胤禛輕描淡寫的一句話，倒真把周婷給說愣了。

還沒等周婷說什麼，胤禛就解釋起來。「我聽說妳把鋪子都關了，要憑出去？正好讓馮記開玻璃鋪子。內務府造辦那裡我已經說過了，有什麼生意他們自己會去找馮九如，妳就不必操心了。」

現在這椿生意有多賺錢，胤禛很清楚，怎麼會這麼突然就給了她？周婷的腦子轉不過彎來，總不可能是因為她懷孕了才給她的吧？她總覺得哪裡不對，卻又說不出來。「可是這玻璃生意有什麼不妥當的地方？」

「扎人的眼，說是妳的私產，行事方便些。」真實的顧忌胤禛沒說出來，皇阿瑪並不喜歡他的兒子往經商那一道去發展，允禟因為這個，有些不受皇阿瑪待見，他明明在語言方面很有天賦，偏偏那股聰明勁兒就是不用在正途。

那還算是她白撿了個便宜呢！周婷點了點頭。「爺也太小心了，哪家府裡沒個私產，大阿哥門下那些當鋪的生意就做得很大。」

胤禛微微一笑。「是很大，大得逼死了人。」

前兩天他才找人故意把大阿哥當鋪手下為了霸占典當品，害東西原本的主人自殺身亡的事情透露給太子，他根本不用特意去稟報，太子自然會把事一路捅到皇阿瑪跟前去，就看什麼時候他們這兩隻互咬起來。

周婷心裡打了個突，擺出擔憂的表情。「要不要緊？我與幾位妯娌還算熟悉，但是跟大阿哥的繼福晉倒真沒說過幾句話呢。」看他臉上的表情，這事不會是他幹的吧？

「皇阿瑪至多申斥幾句，也好教大哥管好下頭的人。」兩個兒子都會被記上一筆，老大馭下不周，老二不顧兄弟臉面。打仗大阿哥算是有勇，卻實在是個沒有半點謀算的人，若不是後頭站著一個朝中重臣明珠，早在八百年就被索額圖啃得連骨頭渣子都不剩了。

「過了年，老十四就要大婚，外頭府邸也開始選址了，我估摸著這回會離這邊近些，那兒玻璃就全由咱們出了，妳回頭問問母妃，看要什麼樣的。」自從生辰那天開始，胤禛就不知不覺同弟弟親近起來了，兩人時不時一處喝酒，倒把原來跟胤禛要好的胤禩、胤禟幾個隔遠了。

「這可得看看弟妹喜歡些什麼，他不是只喜歡弓馬嗎？」周婷略坐起來。「母妃之前還同我說呢，你們兄弟總算收起孩子脾氣，她也樂意看你們在一處親近呢。」本來就是自家兄弟，多好的助力啊，偏偏給別人當卒子去，親弟弟都不跟你好，你人品也太差了些。

不過，照這個樣子看來，說不定未來的歷史，還真的有可能改變呢……

第三十一章　意外請求

為薩什庫升等的事，沒兩天那拉家的人就都知道了，周婷這裡倒是一點風聲都沒有，等收到娘家送來的禮，仔細問過來送禮的下人，才知道原委。

烏蘇嬤嬤笑瞇了眼，珍珠等人臉上也都帶著笑，周婷卻有些惴惴不安，是那拉家的人又去求過了胤禛？還是那天她們說的話被人透露給他聽了？

她心裡嘀咕著，面上卻不顯，衝著這次前來拜訪的大嫂西林覺羅氏微微一笑。「原是這孩子自己上進，不然憑我怎麼說，我們爺也不肯張口的。」

調令要到年後才來，侍衛處先透了口風給薩什庫，伊爾根覺羅多的禮物剛送來，西林覺羅氏就上門來了。跟伊爾根覺羅氏相比起來，她同那拉氏要親近得多。

原本周婷這位姑奶奶在他們眼中為人再方正不過，一點都不懂得變通，有人求到她面前，她不是搖頭拒絕，就是做不了主，這回隨手就幫了這麼大的忙，那拉家的人全都活動了起來。

西林覺羅氏臉上笑得勉強。家裡震驚過後，紛紛都想趁這回周婷有孕再把關係拉近一點，洗三禮、滿月禮多得是機會，本來她也想順著路來，不想做得太急切，免得臉上不好看，卻實在沒辦法了。

「知道姑奶奶這裡什麼都不缺，不過這緞子是從南邊新來的花樣，我年紀大了穿不得這石榴紅，妳那些姪女們又是小孩子，壓不住這樣的花色。」西林覺羅氏說話、做事都透著三分親近，求人也像是在聯絡感情，這一比較，周婷就知道為什麼原來的那拉氏更喜歡她了。

「這孔雀紋的錦緞之前咱們爺才拿了一疋來，只是顏色我不大愛，是蟹殼青的，我才說呢，大年前誰不穿紅的，嫂嫂就送了過來，可見是疼我的。」周婷當然更樂意跟當家太太親近，她回去說話比那三嫂管用多了。

「這可是正好。」珍珠一邊上茶一邊笑言。「用這個做裙子，正好同主子爺新拿來的白狐裘配在一處穿。」

「也只能這兩個月穿穿新衣裳了，等顯了懷，這些可穿不得了。」周婷微微一笑，內心把西林覺羅氏的情況想過了一遍。她這是無事不登三寶殿，必然有所求的。「我記得小姪女也要到年紀外嫁了，怎不留著給她當嫁妝呢？」

幾個哥哥比她這個小姪女的年紀翻了一倍，要是他們想往上升，只會去找胤禛，不會到她這裡來說項，只可能是那孩子的事情。

「我來就是為了她呢！眼瞅著過了年就要大挑了，家裡的意思是想叫她撂了牌子，只是我一直對妳張不了口。」西林覺羅氏有些為難地說。

通過初選者，可留下寫有姓名的木牌子，稱為「留牌子」；複選除了更加嚴格審視外貌，同時也會考查秀女的手藝，如女紅、灑掃、應對等，未通過複選者，即遣送出宮，稱為

「撂牌子」，並由原車送回。

西林覺羅氏一看周婷的臉色，就知道她過得滋潤，不僅行事變了，連神情也跟過去謹小慎微再不相同。她想了想，繼續說：「那丫頭的事，妳哥哥已經為她相看好了。」

那個小丫頭她還有些印象，只記得家裡下了很多功夫教養，想必抱著大希望。皇子福晉是不用再想了，但怎麼都能指給宗室，這會兒要求撂牌子，又是為了什麼？

周婷沈吟了一會兒，指一指桌上的茶盞。「嫂嫂嚐嚐這茶，是剛得的，我如今喝不得這些，記得哥哥喜歡，等會兒包一包帶回去。」頓一頓才又開了口。「從沒有主子們不挑，我們就私下聘嫁的道理。依咱們家的家世，保不準兒會被哪家宗室給相中，撂牌子是家裡頭的意思呢？還是嫂嫂不想讓女兒辛苦？」

「我就老實同妳說了吧，妳不是外人，也算不得家醜外傳。」西林覺羅氏抽出帕子來按按眼睛。「我到三十歲才得了她，誰知竟是我命裡的冤孽。這孩子去年在花園裡把頭給磕著，雖是救過來了，可從此就丟東忘西的，底下的丫頭、婆子我發落了不少，可再怎麼教規矩，她也還是記不牢靠，跟過去就跟換了個人似的，咱們這才……」

西林覺羅氏的眼圈都紅了。「要不然咱們的姓氏擺在那裡，那能求撂牌子呢？」

「這話是怎麼來的？報個病也能免選，怎麼非要撂牌子呢？興許養養就好了。」她的年歲不大，再等三年也正當時呢。」周婷隱約覺得這恐怕又是一個同鄉來了，卻不能說出這話來，只好再探問。「可是怕報病，還得再選一回？這個我倒是能同我們爺說一說的。」

「是她不肯，非要去選秀，好話壞話都說盡了，也說不動她，死壓著她，只怕鬧出難堪來，到底是我的親生女，若是下頭奴才生養的，我哪裡能費這個心呐！」西林覺羅氏的眼淚這才淌下來。「再說，她還有堂妹們呢，要是出了亂子，我可怎麼對得起妳二嫂跟三嫂呢？」

「嫂嫂別急，這事我心裡有數了，不過是走個過場、騙騙孩子，教她死了這份心。只是宮中到底不比家裡，要是再鬧出些什麼事來，對咱們家更有損呢。」周婷這話還不知道怎麼跟德妃開口，說家裡有個姑娘撞傻了？不行，非得找個理由出來……

「不知她女紅可好？」周婷問道。複選最後要看才藝，光長得好看可不管用。

這話一問，西林覺羅氏就紅了臉。「原請了揚州的師傅教了這麼些年，也算小有所得了，可一磕了頭，她就再不肯碰這些，原先倒是能拿得出手。」道理說得嘴巴都乾了，那丫頭就是不肯碰針線，前頭乖巧了那麼多年，怎麼就變成現在這樣？這樣一想，她的眼淚又滾了下來。

頭一回麻煩周婷就是求這樣沒臉的事，他們夫妻也是真的沒辦法了。因是親生的女兒，下不了狠手，餓飯、抄書都試過了，也不知怎麼就鐵了心要去選秀。本想請個薩滿來幫她收收魂，本家無論如何都不同意，畢竟這事要是傳了出去，一家子女孩都不必嫁了。

「嫂嫂且寬心，這事我還是能辦，可別在宮裡出了亂子，上頭主子都看著呢。」周婷示意她回去好好交代。「嫂嫂就同姪女說宮裡的主子喜歡規矩的女孩，若想有個好前程，就叫她收斂著些。」

周婷送走了西林覺羅氏，就把伊爾根覺羅氏來的那天在屋裡侍候的丫頭都查了一遍。雖然貼身侍候的都是她親近的人，但一溜丫頭裡總會有個把嘴不牢的，難免把話傳到胤禛耳朵裡去。

周婷想了半天沒個頭緒，又覺得這像是胤禛故意的，他原本就幫李氏的父親求過官，也許這是他表達喜愛跟看重的一種方式呢。

但怎麼能這麼巧，他提拔的人就剛好是薩什庫呢？難道是胤禛在她的身邊安排了人？周婷被這個猜測嚇了一跳，可既然胤禛轉頭就辦成了這件事，估計本來就沒想過要瞞她，那麼他放人，是為了……保護她？

李氏的手果然不乾淨！周婷就這麼得出了結論，如果弘暉是因病死亡，沒有半點人為因素，那胤禛怎麼會安插眼線進來呢？恐怕不光她這裡有暗樁，李氏那裡一定更多。

周婷緊一緊身上的衣裳，珍珠趕緊換過掐絲手爐裡的炭，她擺了擺手，把手往手籠裡一藏。除非出門在外，否則她不肯用這個，再好的炭也有一氧化碳，吸多了總不好。

珍珠皺起眉頭。「主子自從懷了身子，就聞不得炭味了，這已經是最好的銀霜炭了，還是用不得，這可怎麼好？」

「我記得原先主子有一副掐金挖雲的羊皮手套，沒怎麼用過，先找出來用，我差人趕緊再做幾副出來替換。」瑪瑙的回憶一下子從箱裡翻了出來。「原以為再用不著它的。」

翻出來拿來一看，倒做得非常精緻，羊皮上頭還花工夫繡了紋樣出來，周婷看一看就丟開了。「哪裡就用得上這個。」

翡翠出了聲道：「要不，叫下頭匠人做個小一點的湯婆子來，用熱水不就沒煙味了？」

「說得對，我去交代。」珍珠點了點頭。

她剛要出去，就被周婷叫住了。「妳順路去看看鈕祜祿格格，看她那裡的丫頭侍候得可精心。」

珍珠應了一聲，轉身出了房門。

周婷轉著手上的絞紋玉鐲子，腦子動個不停。選秀一事可大可小，她既要分心力挑個老實的進門，又要看著她的姪女不出亂子，幸好宮中規矩嚴密，一道道門隔著，也不怕她跟楚格格還有鈕祜祿格格一樣，跟哪家阿哥來個「偶遇」。

不過……還真是光想都頭痛，乾坐著防範，不如主動出擊。周婷站起身來問：「爺在哪兒？」

「外書房。」瑪瑙答道。

「這個時候可有新做的點心？要鹹的。」胤禛偏愛吃甜的東西，嘴巴卻挑剔，下午這時間他更愛吃些鹹的。

「有昨天主子說想吃的鵝肉包子，還有水晶冬瓜小餃。」碧玉抿了抿嘴。「冬瓜餡裡拌了小蝦米仁，很鮮甜呢。」

「拿個紅底的食盒裝起來。瑪瑙，幫我換身衣裳，咱們到前頭去。」胤禛這兩天都歇在書房裡，那天晚上過後她腰痠手痛了幾天，也樂得好好休息。算一算日子，差不多又快到他忍不住的時候，正好拿這個當話題把他引過來。

小太監遠遠看見丫頭撐著大油傘過來，就往裡頭報。蘇培盛抬了抬眼，一看是周婷來了，趕緊報進去。「主子，福晉來了。」

胤禛正在喝茶看書，他這些日子愈發清閒，除了領著的差事，再不多插一手一腳進去。現在顯出才幹也沒用，還不如退在後頭看老大跟老二相爭，才好漁翁得利。他聽見周婷來了，衝著蘇培盛點點頭。

蘇培盛轉出去朝周婷行禮，周婷朝他笑了笑。碧玉身後兩個小丫頭還拎著大食盒，小張子跟小鄭子相互看看，咧嘴一笑。這幾天他們日日吃著周婷差人從小廚房裡送來的東西，肚子都圓了。

「路不好走，妳有什麼事差人過來說一聲就是了，怎麼親自過來？」胤禛放下書，把周婷拉到炕上去。

碧玉奉上小食盒，從裡頭拿出小蒸籠來，一打開來，一股熱氣。

「日日吃妳送來的點心，倒養成習慣了，這會兒還真有些餓。」胤禛笑道。

「爺挑的廚子，自然要讓你嚐嚐她的手藝。」周婷拿了烏木象牙筷子，挾起一個蒸餃放進細瓷碟子裡。「快試試，嚐嚐這餡兒。」

蒸餃做成拇指般大小，一籠也就三個，胤禛很快就吃完了，周婷一直笑咪咪地看著，這時才開口：「剛才我娘家大嫂來過了，說是年後就要大挑，想問問這回有什麼宗室子弟要栓婚？」

「怎的，他們相中了哪家？」胤禛知道自己會登大位，那拉一家是皇后的娘家，選秀時求個恩典再正常不過。

「哪能我們相呢，是想知道上頭有什麼意思。我大哥大嫂是說，家裡已經出了我，怎麼都不會再有恩典，不如就撂了牌子自行婚嫁。」周婷淺笑著說。

「這回大概是幫十五弟相看起來了，你們家是再出不了一個福晉的，自行婚嫁也好。」胤禛說道。他們幫老十五相中的嫡福晉是太子妃的妹妹，那拉家門第是不差，可還真比不過石家的瓜爾佳氏。

胤禛不覺得這是什麼大事，點點頭就同意了。「妳同額娘說說就行。」說完略一沈吟。「妳娘家可相好了人？要不要我幫忙看看？」拿婚姻來聯結關係，倒是皇阿瑪常用的手法。

「等我問問大哥大嫂，興許已經有譜了。」她嘴上這麼說，心裡卻打定主意不能讓胤禛作這個媒，畢竟不知道那個同鄉是怎麼想的呢！

「如此也好。」胤禛放下筷子，周婷抽出帕子遞過去給他。

胤禛見狀，一把摟過周婷的腰，手指頭在她腰窩處刮了兩下，讚道：「這件衣裳做得好，該賞才是。」

幾個丫頭早就退得遠遠的，隔著瓷畫屏風，根本瞧不出人影來。

淺丁香色把周婷的好氣色襯了出來，這樣嬌嫩又不顯得輕浮的顏色很適合在冬日穿。胤禛拿手指掐了掐衣服上繡的蝴蝶，調笑道：「蝶戲水仙，戲的是哪一朵？」

他的聲音就響在周婷耳朵邊，手指從她腰上虛指著蝴蝶圖案一路往上，在前襟繞了一個圈。

周婷這才發現自己胸口上也繡了一隻白蝶，瞬間臉紅起來，她拿眼睛瞥一瞥外間，微微推了他一下，伸出一隻手指頭點著他的鼻頭。「愈發沒個正經了。」

胤禛把她手指頭捉過來啃了一口。「我夜裡去妳那兒。」說著忍不住伸出兩隻手掌包住周婷的手揉捏起來，那一夜的滋味他可真沒有試過。

一提起這個，周婷立刻把臉埋在他肩上。她在心裡想過一百次古代女人應該有的嬌羞，可就是不知道該是什麼樣子，只好不讓胤禛看見她的臉色。

想不到這卻對了胤禛的脾胃。周婷本是虛貼著他，現在被他實實在在地一把摟住，兩隻手不住在她後背撫摸，順著肩胛骨往下，在屁股那兒捏了一把。經過周婷用手的那一夜，胤禛才嚐到一點做夫妻的滋味，原本那些女人哪裡敢跟他來這麼一套，不禁心癢起來。

「那件煙霞色紗衫可還留著？」那時候他一激動蹭了一點在上面，早晨他穿衣時就看見她偷偷拿帕子沾著茶水擦洗。

周婷斜睨胤禛一眼，在他胸膛擰了一下，扭過身往外走，到了屏風邊，又咬著嘴唇回轉來瞪他一眼，她頭上戴的鎏銀南珠珠釵順著她的動作晃動，燁燁珠光襯得眼波盈盈。

丫頭們正低著頭裝傻，沒料到周婷會突然走出來，趕緊拿紫貂毛的風領為周婷圍上，又罩上白狐裘，才出了書房。

蘇培盛聽見聲響，一個屈膝。「謝福晉賞。」

給胤禛送吃的時，每回都沒忘了他們，他的同小太監們的又不一樣，是分出等級的，周婷有意抬舉他，他自然也懂得投桃報李。

吃人的嘴軟，何況還拿到不少好處，蘇培盛明裡暗裡開始幫著周婷。「送福晉。」明的喊完了，又來了暗的一聲。「東院那邊往這兒探頭探腦的，不合規矩呢。」

原本他是想叫小張子送口信去，碰巧正主來了，可以當面賣個好。

周婷挑了挑眉毛。「知道了。」

這些女人會不安分她早就料到了，李氏倒了臺，現在整個後宅都在周婷手裡捏著，她們也只有在花園或迴廊上出花樣了。動這個心思的又何止是鈕祜祿氏，哪一個不把胤禛當成香噴噴的肉，就等主人錯開眼盯不緊的時候，撲上來咬一口呢。

翡翠為周婷打傘，瑪瑙扶住她的胳膊，兩人一路上都沒說話，快到月洞門的時候，周婷一抬腳。「去看看，東院哪個屋的不安分了。」

「是。」瑪瑙頭一低，不禁覺得吹在身上的風令人寒意陣陣。

「回去把我之前做的那件玉白色的寢衣找出來。」那一件本來做的是方領口，周婷差人改成桃心領，上回讓他嚐過了什麼叫「手如柔荑」，這一回就改成深V誘惑。

到了正院，周婷又先去小佛堂上了一炷香，只盼望她的孩子能平安生下來、順利長大，只不過，拜菩薩還不夠，還得拉攏好胤禛。周婷不奢望他能事事為她著想、為她考慮，但起碼在關係到後院裡的事時，胤禛心裡的天平得往她這邊傾斜才行。

第三十二章　大挑前夕

還沒入夜胤禛就進屋來，這一回烏蘇嬤嬤那關就不太好過了，但周婷也有說詞。「想是為姪女尋了什麼好前程，要同我說呢。」

然而現在烏蘇嬤嬤倒覺得這是好現象，主子爺非但沒去睡小妾，還時不時就歇在正房裡，知道他們不可能做什麼，就愈發覺得這是胤禛看重周婷，一迭聲地催碧玉去廚房加菜，嘴上還說了周婷兩句。「主子也真是，知道爺來，該加菜才是。」

「我如今不愛吃油膩的，已經好幾種菜了，還不算加了菜？」周婷指一指桌上擺著的幾個盤子。

胤禛坐到她身邊，把擦手巾擺在一邊。「這些就可，油吃多了起膩。這是什麼？」

「這是拿梨子同雛雞胸脯肉炒的。」周婷挾了一塊給胤禛。「是我說想吃些鮮甜的又不要擱糖，廚子剛琢磨出來的，我吃著倒好。」

胤禛眼下的心思全在周婷那雙手上。「既然妳覺得好，賞她就是。」

周婷聽了，朝著胤禛微笑。光這一天就打賞了兩回，之前那一點一滴的滲透也算是見到了效果。打鐵要趁熱，那件玉白色寢衣原是做出來準備夏天穿的，不過孕婦一向畏熱，現在拿出來穿也有理由。

一頓飯的工夫，胤禛的視線時不時落在她手上，周婷心裡很清楚原因。晚上沐浴時她特地拿軟布浸了羊奶包裹全身肌膚，這是顧嬤嬤告訴她的方子，說是前朝留下的老宮女提過後宮的妃子會這樣保養，現在的宮妃沒有這麼講究，也不敢過分奢侈，但周婷就沒有這類忌諱了。因為這樣，她本就細膩的肌膚更加柔軟有光澤。

胤禛果然喜歡，待用完膳、洗完澡，下人都退出去後，就握著周婷那兩隻手直往他身下移。周婷把臉埋進他胸膛，嘴角含著一點笑意，微微側過身子……

一直等胤禛過了第一回的興頭，才發現周婷這件玉白寢衣裡面露出的風情。要不是得早起進宮請安，他還想在早晨再來一回。

周婷這下可瞞不住證據了，衣裳上頭星星點點，胤禛乾脆剝光她，拿大毛毯把她遮起來。兩人勾著舌頭磨了一會兒，胤禛抬起頭來直喘。「今明兩天讓妳休息，等過兩天我再來。」

周婷的臉立刻紅了。原來他不是不知道，只是很樂意她主動勾引罷了。兩個人蒙著頭往被子裡一鑽，還是瑪瑙催了第二回，他們才起來穿衣服。

馬車慢悠悠地行在石板路上，周婷閉眼靠著枕頭養神，心裡盤算怎麼把她「姪女」的事給解決掉。穿越到現在，接觸的同鄉也不算少了，周婷已經明白過去她覺得可笑的想法或作法，至今仍塞滿了這些同鄉的腦子，好像一葉障目似的，讓她們只看到心裡的渴望，卻看不見外界的生存環境有多麼惡劣。

然而不論是李香秀還是鈕祜祿氏，都沒有直接危害到她，但這個那拉氏可不同，她們的姓氏一樣，若是她做了什麼不合現在規矩的事，丟臉的可不止她一個。

這是一家子的事，家裡其他未嫁的女孩子暫且不論，首當其衝受到影響的就是周婷。選秀不光是為了皇室宗室充盈後宮宮宅，也是為了看看每家的家教。例如太子妃，她選秀時不跟那拉氏在一塊兒，但周婷從平時的隻言片語也能知道石家家教不壞，光看她把太子的後院收拾得服服貼貼就知道了。

進了寧壽宮，周婷還沒跟德妃開口呢，大家就已經針對選秀的話題聊開了，先是宜妃提起來的，王貴人也講得很開心。按王貴人的身分，是沒資格湊到太后跟前說話的，但她肚皮爭氣，連生了三個兒子，最大的還到了栓婚的年紀，是以一討論到選秀的問題，妃子們也會搭個話頭給她。

「等天氣熱些辦了十四阿哥的婚事，就要輪到幫十五阿哥相看了。」宜妃說話脆聲脆語，笑晏晏的，讓人很是舒服。「就不知道她想要個什麼樣的兒媳婦了。」

王貴人雖然連生了三個兒子，卻到現在還沒正式冊封，就不知道會不會在十五阿哥成親前為她定下品級來。

太后笑了起來。「這倒真該先問一問。」說著指了指德妃。「瞧她同老四媳婦，親得跟娘兒倆似的。」

「還不是老祖宗眼睛亮，幫老四相看的時候，您就說這孩子好，這是偏心我呢，我自然喜歡她。」德妃這段時間真是事事順心，連看周婷的眼神都多帶了三分歡喜。

她一邊拍著周婷的手，一邊開口說：「咱們四阿哥也沒她這麼心疼我這當額娘的。」

「母妃這樣誇獎我，傳到咱們爺耳朵裡又要埋怨我，說母妃待我比待他還親熱，吃我的醋呢。」周婷順著杆子往上爬，一屋子人都樂起來。

王貴人這個真正的當事人沒能立刻接上話頭，等大家笑過了，她才站起來屈一屈膝蓋：「這事還是得太后娘娘您來定，經了您的眼，橫豎總有好姑娘指給咱們胤禑。」

她也盼康熙能幫她升一升位分，她比良妃的出身好多了，又生了三個兒子，總不會一直叫她在貴人位待著吧？心裡這樣打算，她就準備好等康熙去她屋裡時打起精神侍候。

請安出來以後，周婷按照慣例和德妃一起回永和宮，兩人一路上說著私話。「十四弟尋的府邸離咱們府倒近，之前我們爺還說呢，他也要出點心意給十四弟，說是玻璃窗戶的擺設全算在他頭上。」

「真是的，你們也不寬裕，安家的銀子才多少，他那裡盡有呢，何必要你們出。」德妃同天下當媽的一樣，兩個兒子都好，才是真的好。

「不說別的，玻璃窗子定能用得上，自家的生意難道還有收錢的道理。」周婷扶著德妃的手。「只是不知道十四弟喜歡什麼樣的，還有蒼鷹猛虎的玻璃屏，倒要教額娘給掌掌眼呢，免得咱們挑了他不喜歡。」

「原來他們兩個性子相左，怎麼都擰不到一塊，妳在這裡頭花了力氣，我很清楚。」德妃看著周婷的眼神慈愛非常。「妳是色色都好的孩子，如今坐了胎，我是再沒什麼好擔心的了，只盼十四的媳婦也同妳一樣，一家子和睦最要緊。」

她心裡打定主意要擇個家世不顯、為人老實的指到胤禛那邊去，樣貌就挑圓潤的，就算想得了胤禛的喜歡，也要等抽了身高、瘦下來再說。

「主子小心腳下。」珍珠跟瑪瑙一人一隻胳膊扶著周婷往寧壽宮走去，外頭穿著大毛跟衣裳顯不出來，若換上顯腰身的便服，便能知道周婷這肚子已經鼓起來了。

胎剛坐穩一陣子，太醫就診出來周婷肚子裡有兩個，胤禛聽了消息半天說不出話來，抓著太醫又診了一回脈，知道果然是兩個孩子後，立刻報信給宮裡，不獨德妃有賞賜，就連康熙都賜了一對紫檀嵌羊脂玉的如意下來。一胎雙生，這在宮裡還是從沒有過的喜事。

妯娌之中沒有不羨慕周婷的，原是好幾年空著肚皮沒消息，這次一下就來了兩個，都說她是雙喜臨門。宜薇更是把周婷說過的那些話當成聖旨，日日雞湯不斷，後來聽說周婷跟胤禛吃的東西一樣，就開始逼八阿哥也喝雞湯，為了這件事，胤禛還私底下說了句玩笑話。「八哥如今一張口就是一股雞湯味。」

八福晉也想開了，等著大挑塞人進來，還不如抬舉自己的丫頭，一出手就給了兩個。這兩個丫頭的待遇跟其他妾室不一樣，她也不拿捏她們，自己吃什麼，兩個丫頭就減個三成吃一樣的，求孩子都求到快走火入魔了，盯著周婷的眼神別提有多熱切，就盼能沾點喜氣懷上一個。

惠容跟十三阿哥愈處愈好，讓原本一人獨大的側福晉瓜爾佳氏很有危機感，但她已經扮習慣溫柔模樣，學不來惠容同十三阿哥的相處模式。乾著急也不是辦法，瓜爾佳氏就常拿孩子為誘餌把胤祥引過去——這些側室用的法子都差不多，而惠容眼看胤祥要被她拉回去，也就開始著急自己的肚皮沒消息。

大家湊在一處的時候，也會說些吉祥話，無非就是好好保胎、多顧著身體，養兩個白白胖胖的小阿哥。

惠妃有嫡親孫子，說起話來就更放得開。「正是這樣才好，多子多福，等十四阿哥的媳婦進了門，也該跟她嫂嫂似的一胎就懷上兩個。」

現成話誰不會說，如今誰還記得四福晉死了孩子之後的模樣，只看見她如今的風光。

「說不準是兩個格格呢！」周婷捏了個核桃仁往嘴裡送。她的下巴開始圓潤起來，臉上整天都是笑影。

她懷孕快要五個月了，胤禛不是待在書房就是來她房裡，這麼長的時間那些想要插進來的妾室硬是沒找到機會下手。

剛開始他們不過動動手，到了她有孕四個月，忍不住時淺淺地試了一回，竟也安穩，從那回開始胤禛就開了禁，雖不如過去那樣放開，卻總能解火，他竟然也安分到了現在。

「都說母子連心，算算月份也快五個月了，一口都沒吐過。」周婷挽著德妃的胳膊。「也不怎麼折騰我，要是男孩，哪能這樣乖呢。」周婷還是一口咬定肚子裡的是女兒，幾個妃子也知道她有些保留，就拿眼光去睨德妃。生男生女都跟別人沒關係，德妃就不同了。

聽周婷這麼說，德妃卻一點兒都不生氣，就算是女兒又怎麼樣，她快三十歲時才生下胤禛呢。在她眼裡周婷還年輕，只要兩人中間沒插著別人攪和，總能幫她生出嫡孫來。

「還是閨女少操心些。」德妃拍拍周婷的手，臉上的笑容沒斷過。

周婷在準備胤禛的婚事上幫了德妃很大的忙，一說到閨女少操心，她就不禁笑著說：「胤禛這會兒還一副小孩子脾氣，昨天竟叫他哥哥幫忙問，想知道自己的媳婦長得什麼模樣呢！」

這話胤禛在被窩裡跟周婷說過，想到這個，她有些臉紅。

也不知是不是懷孕的緣故，她覺得自己比過去更敏感了，胤禛還沒怎麼樣，她就已經喘到不行，只好拿帕子蓋住臉，怕被他瞧見情動的模樣。

胤禛一面緩緩抽動，一面說：「該弄個紅的蓋著才是，咱們大婚那天就該試試這些花樣。」

相處得愈久，他說起話來就愈是沒有顧忌，不光是房事上愈來愈放得開，有些前朝的事他也願意提上兩句了，例如康熙今天提了誰的官、太子跟大阿哥又為了什麼互掐了起來。周婷深刻地覺得，懷了孩子以後，她才算擁有了正常的夫妻生活，才算獲得第一道保障。

玻璃鋪子成了周婷的私產，賺的錢也算歸在她的私房裡面，這幾個月又跟內務府接上頭，太后和幾個得寵的妃子宮裡都裝上帶著花紋的透明玻璃窗戶，外頭的鋪子也依照計劃開張。馮記的匠人師傅經常有新穎的創意，周婷則跟馮氏合作愉快，什麼都能商量，畢竟在她心裡馮氏跟她是平等的。

馮氏本來就不卑不亢，說話、做事都滴水不漏，幾次下來周婷也感覺出她的態度跟一開始不同了，兩人偶爾能說上兩句閒話。她待在外頭，比周婷知道的事情更多，周婷跟她說話，也能知道許多事。

也不知是有意還是無心，馮氏只要被招來跟周婷說話，就要說上好些對胎兒跟孕婦都好的方子，喝綠豆水能去胎毒就是她告訴周婷的，特別是知道周婷肚子裡懷著兩個以後，就是聊閒話，也能拐到「好好養活孩子」上頭。

周婷心裡明白，臉上卻不顯。馮氏大概是知道原本的那拉氏自從失去弘暉以後，一直都未再有孩子，現在周婷有孕，跟歷史對不上了，就覺得這胎沒能生下來，看著周婷的眼神每每帶著些憂慮，倒讓周婷對她的觀感好了許多。

這一回幫胤禛在宮外的府邸裡裝的玻璃窗戶樣式，就是馮氏提出來的創意，既然算是胤禛送給他的，自然就要辦得好，光圖案就還送了三回才定下來。為了這事，康熙還特地誇獎了胤禛一回，拿他當例子勸說太子跟大阿哥要相互悌愛謙讓。

「可不是，咱們爺也沒個譜，回來吞吞吐吐好半天呢。」周婷抿著嘴笑。哪有叫當哥哥的去問弟妹相貌的，這一句出來，從太后到下頭幾位妃子都笑了起來。

宜妃先撐不住，拿帕子捂住嘴笑了好一會兒。「那妳怎麼說的？」

「還能怎麼回呢？我就說，等十四弟挑開了蓋頭，自然就知道了。」

周婷說完，靠在德妃身上笑，德妃點了點她的鼻子。「妳呀，這下好了，胤禎纏完了老四，又該來纏我了。」

宮裡的孩子都是錯開來養的，親兄弟之間反而不親近。胤禛和胤禎兩個如今愈走愈近，康熙為此很是讚許胤禛，胤禛也有意留下一個「友愛親弟」的印象，特地拉攏、哄著胤禎，很有當哥哥的樣子，讓原來與胤禎要好的八阿哥、九阿哥退開不少，整個後宮也都知道這對兄弟相處和睦。

宜妃自己兩個親生兒子五阿哥跟九阿哥就不親近，一個老實忠厚，一個精明異常，話都說不到一處去，反倒各自有親近的異母兄弟，她這個當額娘的說再多也沒用，看著德妃兩個兒子和睦互助，就很是羨慕。

說完兒孫事就又說到了選秀，小選過後就是大挑，幾個家裡有旁支姊妹送選的，就先報備一聲。太子妃微微一笑。「我那妹妹這回也到時候了。」

她這個妹妹是同父同母的嫡出，沒了索額圖，太子同康熙的父子關係倒比之前緩和了些，太子妃的妹妹至少也是個王妃，就不知會是哪家得了去。

都數了一遍，周婷才跟著開了口說：「我家裡有個姪女，剛到年紀。」

有一個太子妃的親妹妹在，周婷的壓力瞬間小了很多。就算有什麼好前程，肯定也是先落在太子妃她家，而且這回選秀有許多大姓出來的姑娘，按她大哥現在的官位，排也得排在後面。

說完了大挑又說起小選，宜薇乘機提起還在後院裡關著的楚格格的舊事。「大半夜的穿著白衣在花園裡晃蕩，嘴裡不知唱著什麼，可把人嚇壞了。」

周婷有意搭上一句：「我聽說上回走水的屋子就是她的？」

宜薇暗暗感激，衝著她點點頭。「可不是，屋子整個燒黑了，她一根頭髮都沒掉，出了這回的事，咱們爺也嘀咕呢。要我說下頭人小選該再精心些，幸好是賜到我們府裡，要是留下來侍候，指不定會出什麼事。」

幾個妃子一同點頭，佟妃皺了皺眉頭。「這麼說更該精心挑選了，這癔症不比別的，平時瞧著好好的人，冷不防地就犯病，誰能料得到呢？」

榮妃也接了一句：「如今下頭旗人的日子好過了，就不如早些時候懂分寸、知規矩了。」

德妃是小選上來的，聽各位妃子這麼說，臉色就有些淡，周婷趕緊接話上去。「還是要看各家的教養，教養好的，不論哪樣都好，教養不好就壞在根上，到了宮裡再怎麼教規矩，也是稟性難移。」

另外，既然宜薇都開了口，周婷也就不著痕跡地提上兩句：「別說八弟妹那兒的格格，我這裡小選指進來的也不怎麼對，落著雪珠了還去園子裡遢鞦韆，把腿給跌斷，都在床上躺好一陣子了。」

太后、宮妃跟妯娌們都吃了一驚，周婷不等她們問話，就繼續往下說：「我想請個太醫，她身分又不夠，外頭年紀大的跌打大夫難免力氣不濟，正骨又不比別的活，最講究快、準，她吃疼不過，整個院子都能聽見她喊疼喊了一整夜呢。」

雖說現在還是個格格，到底也是後院裡的女人，隨便就讓男人摸腿，就算是七老八十、頭髮花白的大夫也不好聽，周婷說著，就嘆了口氣。

那拉氏給長輩們的印象一向很好，寬容大度不嫉妒，原本李氏那樣得寵的時候，她也能穩得住，小小一個格格更沒有教她容不下的可能，都以為周婷這副模樣是在愁那格格的不規矩。

太子妃從胤禛生辰以來一直跟周婷保持著友好的關係，聽到這種妾室不安分的事，就說：「也是妳太寬厚了，才縱得她們如此。」

「妳肚子裡有兩個呢，不必為了這等奴才勞神。」太后一開口就算定了乾坤。「叫下頭小選時再精心些，不規矩的都不能留。」

這些小選進來的，不光是會賜給阿哥們當小老婆，還有可能被康熙看中，這一提，太后就覺得有必要整肅一下了，就算不為了孫媳婦，也該為了兒子。

太后不過說一句話，下頭人多忙了好些時候，直到大挑之前各家女子要進宮了，才總算把小選處理好。康熙還要拍老太太的馬屁，說皇額娘想得周到，幾個女人一、兩句話，硬是把有可能指進來讓自己丈夫當小老婆的女人給狠狠折騰了一回。

第三十三章　見微知著

選秀說白了就是皇家選美活動，雖然大家嘴上都說要挑才德兼備的女孩，但實際上還是得先看容貌，像鍾離春這種滿腹才華卻醜得出奇的女人，那只能出門右轉哪兒來的，回哪兒去，誰教有一句委婉的話叫作——「須擇五官端正的，才能見主子的面。」

凡是大姓，總會跟宮裡的妃嬪們沾親帶故，這樣的女孩有特權，不但車子能早些進宮，就算本人長得比較抱歉，也可以先留下牌子，到複選時再撂牌子，不僅面子好看些，婚配上也較容易。此外還得看看是不是身有殘疾，例如兩隻腳不一樣大、有點輕微斜眼什麼的，那樣鐵定第一回就刷下來了，就算有個當官的老爹，管事的太監、嬤嬤們也不敢把這樣明顯的歪瓜裂棗擺在主子們面前複選。

也別想著什麼蘇繡蜀錦映出好氣色，就算想剪個劉海、垂兩撮頭髮修飾臉型，也不允許。不管親爹、乾爹官當得多大，所有秀女都必須穿一樣的服飾、梳一樣的頭髮，想悄悄掐個花戴上都不行。穿上清一色的旗裝，想要遮掩缺點是難上加難，大家都是相同的衣裳、髮型，高矮肥瘦、眉目如何，全都一目了然。

那拉家的女孩這回被排在第一批，第一批是宮妃們的親戚，第二批是上一回留了牌子的姑娘，第三批才是家世不顯又第一回選秀的秀女。周婷是四阿哥的嫡福晉，那拉氏選秀時的身分是正黃旗步軍統領內務府總管費揚古之女，中間還有一長串官名，不費吹灰之力就排在第一批。如今這個那拉氏是副都統的女兒，按家世官位和周婷幫忙開了後門，也被排在第一批裡頭。

周婷是拜託太子妃遞的話，雖然她是小輩，但在別人眼裡畢竟是未來的國母，有些事容易吩咐，正好她親妹妹也要選秀，就一同打了招呼。周婷還沒親眼見過這個姪女，原主倒是見過，印象中就是個行止有度的大家閨秀，一動一笑都很中規中矩，現在換了個芯，還真不知道變成了什麼樣。

初選只要長得不太醜，又沒什麼大毛病，肯定能夠留下來，周婷的心從剛開始選秀就提了起來，就怕「姪女」出了什麼錯，她可不想被人說嘴啊！

剛送進宮選秀的秀女周婷是沒法看見的，她能夠見一見，也只有在妃子們引閱的時候，複選根本輪不著她去看，幸好一天下來她都沒聽見什麼消息。

到了第二天，那拉家送信過來，說是她這個姪女進入了複選，周婷一口氣總算鬆了下來，可緊接著她又開始發愁。要是這個同鄉跟楚新月、鈕祜祿氏一樣，想要來一齣花園偶遇，那可怎麼辦？宮裡住的不光是阿哥們，還有大BOSS康熙哪！

康熙對自己家的印象必須好，萬一要是引起他的「注意」，讓他聯想到自己四兒子的後院其實有些空虛，那她之前所做的一切就全都白費了。

周婷的狀態被胤禛察覺到了，他叫來烏蘇嬤嬤過來問了兩句。「福晉這兩日怎麼吃得少了？」

烏蘇嬤嬤知道內情，西林覺羅氏來訪那天，屋子裡只留下她，這畢竟算是家醜，就連珍珠跟瑪瑙都不知道，只以為周婷是到了現在才害喜沒了食慾，只好要碧玉變著法子換新菜色上來。

烏蘇嬤嬤頭一低。「恐怕是害喜了，福晉這胎懷得很穩，按說不該有這種反應，想來是每胎都不一樣的緣故。這回送上的藕粉，主子倒是都吃了。」

胤禛並不完全相信，但他想不通其中的關節，根本沒想到一個姪女去選秀，能讓周婷擔心成這樣。「這是開胃的東西，既然她愛吃這個，就差人去尋經年的老藕來，讓廚子做成藕粉進上去讓她吃。」

烏蘇嬤嬤這會兒覺得這位爺順眼多了，見他事事都想著周婷，心裡很為她高興，一屈膝蓋。「奴才知道了。」

她回去就說給周婷聽。「主子可沒瞧見，爺一聽說主子能吃下藕粉，就特地吩咐蘇公公交代人去尋老藕來呢。」

周婷聽了微微一笑，抿了抿嘴巴，等藕粉送上來的時候，特地差人送了一碗去外書房給胤禛。

夜裡胤禛就過來了，面前擺著一桌子菜，周婷只略沾了沾筷子，就拿著瓷勺子將藕粉往嘴裡送。「還是這個吃著好，既有些甜味又不膩人。」
胤禛初時還規矩，等撤了桌子，屋子只剩下兩人的時候，就坐到周婷身邊去，用手摸她耳垂上的蓮花墜子，伏在她耳邊往耳朵裡吹氣。「裡頭穿沒穿那件並蒂蓮的？」
周婷臉一紅，伸手推推他，偏過臉去斜他一眼。「爺說什麼呢！」
燭火映得周婷耳垂透著粉色，胤禛見她不認，也不逼她，只把手探進去握住一個掂了掂，嘴裡嘖嘖出聲。「原來那件恐怕不能穿了。」
周婷伸手捶了他一下，側身躲開。如今只要胤禛在屋裡，丫頭們就一個也不留，全退到屋外去，由烏蘇嬤嬤把門，換洗的衣裳更由她一手料理，院子裡一點也沒傳出他們房裡的閒話來。
胤禛摟住她的肩頭，伸手往她領口裡探，周婷顧著肚子，動作幅度不敢太大，還沒挪身就被胤禛捉住了手。「既不想讓我這樣，怎的那碗底還藏著一枝並蒂蓮？」
他把送到書房那碗藕粉吃盡了，才瞧見白瓷碗底下描了粉色並蒂蓮，這種隱晦的暗示調情很對胤禛的口味，他就吃這一套。
周婷見胤禛說破了，也不再假裝，靠在大迎枕上頭把臉偏過去，任由他的手在她身上作怪。胤禛知道她現在愈來愈禁不得挑逗，微微一弄就臉紅氣喘，偏又喜歡看她那硬忍著不出聲的模樣，手就往脖子後頭一摸，拿著辮穗遞到她嘴邊。
手指跟著就探到下面去了，直往她裙子裡面伸，隔著褲子揉那塊軟綿綿的地方。周婷瞇著眼睛張口咬住胤禛的辮梢，胤禛一上來就先捏了兩把，兩根手指頭放在外面磨動，嘴裡說著無比正經的話。「妳肚子裡頭有兩個，再嘸不下也要吃，米太硬就換軟的來，叫廚房換胭脂稻。」

周婷皺著眉頭應了一聲，外間的人哪知道裡面有這番風情，隔著大屏風，珍珠還問了一聲：「主子，裡頭可要添炭？」

雖然已是三月天，天氣仍有些微寒，不到真正暖和起來的時候。

周婷哪裡還能說出話來，胤禛動作不停，直弄得她面頰暈紅、眼波似水、胸脯不住起伏，才往外頭吩咐：「不必了，裡頭暖和得很。」

可真是暖和得很，周婷鼻尖上頭都沁出汗珠來，胤禛看了就幫她解開琵琶襟扣。她如今畏熱，便服裡頭只穿了薄紗衫子，隱隱綽綽露出肚兜上的紋樣。

胤禛彎腰貼著她說：「還說沒穿並蒂蓮的？」說著手指頭就在下面微微用力。

周婷急喘一聲，夾緊了腿扭動腰肢，拿眼睛瞪他，卻被他把辮梢從嘴裡抽出來，含著她的舌頭吸了好一會兒。

周婷渾身癱軟，坐都坐不起來，胤禛撤出手指頭，扯出肚兜一角細細擦手，把周婷抱起來往床上放，一把扯下帳子行夫妻事。

烏蘇嬤嬤一聽到動靜曉得了，經過了幾回，她已經很明白。本來想勸勸周婷，讓她保胎要緊，直到後頭見太醫三天一回請脈下來並無不妥，也就把話按了下來。爺能來主子的屋子，總好過到小老婆屋子裡去。

周婷軟在床上隨他擺弄，胤禛滿足地試了一回，想要再來又怕她身子受不住。倒不是他沒想起小老婆，本來妻子懷孕了換個人服侍也屬常理，更何況他還當了那麼多年的皇帝，可這後院裡就沒個他能瞧得上眼的。鈕祜祿氏看起來就不是安分的人，胤禛又在周婷這邊嚐過了百般滋味，各種花樣把他的舌頭養刁了，想再去啃塊別的肉，總覺得味道不對，捨不下眼前這塊。

他忍不住貼過去親親她的鬢角，拿帕子幫她擦汗，數著手指算月份。「還有五個月呢。」

話裡的意思再清楚不過，周婷靠在他胸膛上勾著嘴角：「哪裡是五個月，雙生子要早著些呢，興許再不到四個月就出來了。」

胤禛把手貼在她肚子上。「這麼小，都不信這裡頭塞了兩個。」

他雖有過孩子，但從沒像這樣親眼看著老婆的肚子一點點大起來，貼在上面還能聽得見心跳聲。周婷天天都要聽胎心音，這活兒被她交給胤禛，一開始是撒嬌求他，後來他養成習慣了，不必她開口自然就會貼過來，耳朵隔著肚皮找半天，一來二去，跟還沒見面的孩子倒生出了感情。

「這樣乖巧，要是女兒就好了。」周婷的手放在肚子上，她愈來愈覺得很有可能是女兒，都說女兒的貼心從肚子裡就能看出來，她的模樣比過去還要好上幾分，唇不點而丹，肌理豐腴，面頰上天天都跟抹了胭脂一樣。

胤禛心裡自然覺得兒子更好些，可周婷這樣說，他又不覺得奇怪，畢竟本來那拉氏就很想要有一個女兒。周婷沒錯過他臉上的表情，指指肚皮瞪他一眼。「小心生下來了同你不親近。」

「若是女兒，咱們再來就是。」胤禛把手貼在周婷肚子上，不知是左邊還是右邊那個在裡面微微動了一下，輕輕的，若不是胤禛拿手貼著，還感覺不出來。他一臉驚奇地抬頭。「這是孩子在動？」

已經到能明顯感受胎動的時候了，周婷也不解釋，任由他左邊摸一會兒，右邊摸一會兒，等著孩子再踢他一次。她突然覺得心頭有些暖意，原來這個男人還有這一面，這麼一想，臉上的笑容更深了。不管帳子外頭如何，在這帳子裡面，他同她也能算對普通夫妻了。

等到四月間春意更濃時，妃子們才開始引閱剩下的秀女，等到都相看得差不多了，這些秀女們才能由皇帝親閱，現在只由太后和幾位妃子選閱。

太后分批叫些秀女來說話，周婷跟著德妃去請安時正好碰上了，這才見到了她姪女。乍看上去，她同別的小姑娘並沒有什麼分別，笑的時候抿著嘴角，坐的時候併攏雙腿，可仔細一看卻能分辨出來——她的背太直了。

大家閨秀講究的是嬌貴，一個個坐在那邊時，總要透出些美態來，就算是宜薇，也沒有這樣昂著頭的。這樣一看，周婷就微微皺起眉頭來，但願這丫頭不要鋒芒太露，她還準備在最後一場把她給刷下去呢，可千萬別現在就得罪了人，等不到最後一場就出亂子。

「過來瞧瞧，這是妳娘家姪女吧？叫什麼來著？」太后見周婷來了，趕緊免了她的禮，衝著她招招手。

周婷扶著後腰走過去，珍珠跟瑪瑙一同出力攙著她，一坐下來，太后宮裡的宮女就幫她在背後墊上小枕頭。

「叫婉嫻，我上一回見她，她還沒留頭呢。」周婷笑晏晏地看著那個低身行禮的小姑娘。「一轉眼就是大姑娘了。」

「都說姪女肖姑，細看起來，這丫頭倒真有些像妳。」德妃表達出了很大的善意，這個小姑娘是不可能指給十五阿哥的，太子妃的妹妹早已經是內定的十五福晉了。她這樣的大姓姑娘更不可能留在宮裡，說不準就要指給宗室，往後見面的日子還長著呢，周婷又一向得她喜歡，她自然樂意給周婷面子。

小姑娘起先還低著頭，行完了禮就大大方方站著，臉上掛著笑，目光緩緩看向坐在上首的太后與妃子們，最後在周婷的大肚子上轉了一個圈。

「姪女還記著姑姑，額娘說妳向來最喜歡女孩，送了我好些小玩意兒呢。」這一開口就同周婷不像了。小女孩的聲音清脆響亮，笑起來就多了幾分活潑，話一出口，倒似跟八福晉才是姑姪。

幾個妃子暗暗挑了挑眉頭。雖說姑姪本就親，可也沒有這樣一開口就拉起關係的，宮中哪個不是人精，這小姑娘話是說得好聽，可意思也明白得很，過去她並未跟她姑姑有過親密的來往，記著的也都是些小時候的事。

周婷的目的算是達到了，不能顯得不親，可又不能顯得太親，從女孩子留頭到如今也該有個兩、三年了，印象還停留在那個時候，可見並不像她話裡說的那麼親近。

明白人心裡都有底了，幾個妃子笑而不言，太后問過一句以後，注意力就轉到下一個人身上，畢竟這麼多女孩子，總不可能只盯著一個人問。

壞就壞在這件事，那小姑娘一開始還緊緊盯著周婷，但很快就發現主子們對她沒了興趣，退下去後就低頭盯著鞋尖，恐怕是覺得失望了。接下來就是輪到她回話，她也不往周婷那邊看，連話頭都沒搭過去。

這就顯得難看了，周婷心裡的警報聲更響。恐怕不是個善類，不過一句話的工夫沒顧到她，她就開始當著所有宮妃的面甩她臉了，只怕真的不好安撫，這些秀女起碼還得在宮裡住兩個月呢。

要是能像看住鈕祜祿氏似的有個人貼身看著她就好了，可這是在宮裡，不是自家後院，能把一個小妾盯得風雨不透，教鈕祜祿氏想盡了辦法也還得繼續在床上躺著。

好湯好水、好吃好喝的不斷，身材都快比周婷還像懷孕的人了，可任誰都要讚周婷一句厚道寬和。

理由也是現成的，傷筋動骨一百天，更何況是長骨頭？就算她再怎麼嚷嚷著已經好了要拆開木板，硬是沒人理她，旁人還一副苦口婆心的模樣。「格格骨頭還沒長好呢，若真的好了，大夫自然會讓拆的。」

她是叫天，天不應，叫地，地不靈。身邊的丫頭不敢再聽她的話了，被趕出去的那個到現在還在外院待著，領不著差事、沒有月錢，往後也沒好婚事了，誰都不傻，幫一個沒寵的格格已經勉強，誰還想把自己給賠進去？

等看到西林覺羅家的姑娘，周婷也覺得乏了。她的肚子一天大過一天，腳上的鞋子也換成平底繡鞋，實在沒那個力氣再穿元寶底了，但就是這樣，她也天天堅持走路。

古代貴婦運動太少了，生孩子完全是體力活，她現在每天都繞著花園走一圈，一開始身邊的人還攔著，後來周婷堅持要走，好在春意到來，風吹著暖呼呼的，胤禛這才同意了，然而裡裡外外派了一圈人跟著，每次時間到了就叫蘇培盛去把園子裡的閒雜人等驅散，直把她當成皇后伺候。

德妃注意到了，關切地問了聲：「可是乏了？」

一句話就把太后的關注給拉了過來，她指一指身旁的宮女。「去幫她加個大枕頭，那小的頂什麼用呢。」

「謝老祖宗疼我。」周婷背著手捶了捶後腰。她不知道別人懷一個是怎麼樣，反正她懷著兩個，平時除了腰疼就是想睡覺，以前聽說的抽筋、頻尿現在還沒發生過。懷孕前她就天天吃酪，現在每天的蛋、奶、魚是定例，雞蛋吃不下就改吃鵪鶉蛋，大冬天別人那裡沒水果，她還能每天吃一盤，核桃、松子更是必備。

一天天堅持下來，把人養得又滋潤又豐腴，不抹粉皮膚也透著光澤，讓人覺得她懷孕了反倒比以前更漂亮。

「等會兒去我那邊吃一盞藕粉。」德妃笑咪咪地看她一眼。「聽老四說了，妳如今愛吃這個？」

「就是覺得滋味不錯，有些甜味又不膩。」孕婦不能吃高糖的東西，周婷就儘量避免這些，已經好久沒吃過雪花糖糕了。

「昨天送了櫻桃來，妳帶一籠回去，這東西吃著倒鮮。」德妃說。

她還沒多吩咐兩句，太后就把話頭接過去了。「我這裡難道就沒有了，還能少了她的？」

本來也存著要看看這些小姑娘教養的意思，吃相就是很重要的一點，太后這話一說，就提前上了點心，還特地幫周婷另外上了碗指甲蓋大小的熱湯圓，麵粉揉了菜汁進去，顯得青翠欲滴，拿勺子舀了一個吃進嘴裡，香噴噴的芝麻餡，一咬滿嘴都是香甜味。

幾個秀女一開始還拘謹，說了兩句話就開始放鬆了，然而都是大姓姑娘，教養不會差。

周婷不著痕跡地看向「婉嫻」，小姑娘抿著嘴，手裡拿著勺子就是不動，幾個姑娘都快吃完了，她才意思意思吃了兩顆湯圓。

收碗的時候是由嬤嬤們看的，例如看看碗裡剩下多少、白瓷上頭有沒有沾到胭脂。周婷知道婉嫻的分數不會高了，她的吃相看上去的確斯文秀氣，可東西卻沒動多少，這是要扣分的，才剛上了點心，到後頭吃魚、吃蝦要吐骨頭，看她怎麼辦。

因這一齣小小的插曲，到永和宮時德妃就問了：「妳娘家姪女說話倒像八福晉。」這樣的評價就算高了，好歹宜薇的家教擺在那兒，大方又不顯得輕佻，事事都能兜圓，同一個性格擺在一起，高下立見。

「這是我嫂嫂三十歲才得的女兒，家裡自然寵愛，前頭的哥哥姊姊年紀都大了，事事全讓著她呢。」周婷這樣算是委婉地打了個圓場。

德妃這邊周婷還沒好意思開口，胤禛卻已經幫她打過招呼了。宮女扶著周婷坐在炕上，德妃一邊差人幫她上牛乳，一邊虛點她的鼻子。「跟我也弄起鬼來了，胤禛早同我說過，妳這姪女家裡已經給相看好了？」

所以那丫頭才表現得這麼不經心，這也難怪，既然家裡有了安排，進宮選秀不過是走走過場，跟那些想博個前程的女孩子們不一樣，也就能理解了。只不過德妃雖然這麼想，卻不曉得事實並非如此。

周婷從沒聽胤禛提起過，聽德妃一說，嘴角克制不止地往上揚了揚。她接過珍珠遞來的碗，喝了口熱牛乳。「早些時候我大嫂來求過，我就說不合規矩，略跟爺提了提，誰知他竟然麻煩母妃來了。」

「哪裡麻煩，本來這回大姓就多，石家的小姑娘又是要有大造化的。」德妃這也算把內幕消息透給周婷知道。「妳這姪女還得多提點兩句，雖是相看好了，也不能錯了大譜。」

周婷低頭受教。「媳婦知道了，想她是小姑娘，心裡藏不住事，又才剛來宮裡，興許還不習慣呢。瞧她剛才沒吃什麼，借額娘這兒一碗牛乳送給她去。」說著周婷就使了個眼色給珍珠。送牛乳是假，提點兩句是真，再這麼不受教下去，之後那拉家小姑娘的前程都毀掉一半了。

珍珠去了不過一刻就回來了，周婷見時候差不多，也該到了前頭散掉的時候，就辭了出來。胤禛果然又在宮門口等著，周婷如今肚大，他生怕丫頭們扶不住她，踩空了小凳子，就親自過去把她扶到車上，這才蓋下簾子來。

只不過對胤禛好一些，皇阿瑪就對他左誇右獎、提了又提，胤禛這才明白原來親情最能打動康熙，提升好印象。

今天皇阿瑪還難得問了一句周婷的產期，雙胞胎生得早，一聽說在六、七月間，還把他從巡塞名單裡剔了出來，只說：「雙胎是從未有過的，還需你在府裡坐鎮，等生了，記得差人報信來。」

胤禛這才品出些味兒來，原來他對周婷的態度不同，竟也會讓皇阿瑪更高看他一眼。胤禛從前就知道康熙是個注重家庭生活的人，待他每一任妻子都很好，卻沒想到他也願意看到自己的兒子在這方面同他相似，也算是歪打正著。如今就是前朝，也知道四阿哥胤禛悌弟愛妻，八阿哥的好名聲原來能來得這麼容易。

胤禛不笨，周婷開個頭，他就能把兄弟關係拉近，自然知道怎麼利用現有的優勢，康熙一說，立刻加上一句：「如此也正好能去喝十四弟的喜酒。」

胤禛心裡高興，臉上還要裝樣，撇了撇嘴角。「四哥那酒量，我再不怕的。」

康熙自己同兄長福全的關係好，也希望自己的兒子相處和睦，偏偏最看重的兩個兒子互掐得像對烏眼雞，一見這兩個兒子關係這麼好，心裡很是高興，嘴上卻還要數落。「你四哥待你還不好？」

原就玻璃一事，他還問過胤禛，這些內務府由出錢就行，不必讓他掏腰包，胤禛卻執意要出，還說：「皇阿瑪出的算皇阿瑪的，兒子出的算是兒子的。」

現在康熙只要一為了老大跟老二的事生氣，就樂意多看老四和老十四兩眼，安慰自己說總還有對親密的，然後把責任全推在明珠跟索額圖身上。康熙很講究連坐，不論是罰還是賞，一家子總是一起。

看胤禛跟胤禎順眼了，他就覺得都是德妃兒子生得好，自己教得好，然後又想起過世的表妹孝懿皇后佟佳氏，覺得她的教養也功不可沒，接著又想到周婷。都說妻賢夫禍少，十四媳婦現在還沒娶進門來，周婷自然是大功臣，必須好好賞一賞。

兩人的馬車還沒到家，賞賜東西的太監就帶著單子到了。周婷莫名得了回康熙的賞賜，裡頭甚至還有一對紅珊瑚跟一尺高的紅珊瑚盆景。胤禛心裡更加篤定，對母妃好、對弟弟好、對老婆好，他阿瑪就會對他好。

「爺辦了什麼差事讓皇阿瑪這麼高興？」周婷扶著腰指揮丫頭們把賞的東西記錄歸檔。孩子還沒生下來呢，康熙要賞也不會在這個時候，更何況之前已經給過一對紫檀嵌羊脂玉的如意了，可看這些賞下來的東西，明明是給自己的居多。

除了四色筆墨紙硯明確是給胤禛的，其他的五彩緙絲、洋絨妝緞都是給女人用的。胤禛看了看入檔的單子和上頭貼著的字籤，臉上帶笑。「既是皇阿瑪給的，妳收著就是了。」好東西誰會嫌多，周婷睨了他一眼。「這才過了年多久啊，皇阿瑪賜下多少東西來了，你不怕扎人眼，我還怕呢。」

周婷心想：你還沒踏上大位呢，現在除了第一把交椅安在，第二把交椅也還活蹦亂跳呢，就算第二把交椅不計較，你也不是皇位第二順位繼承人呀，做人要低調啊！

胤禛略一思索，果然覺得自己最近鋒頭略盛，雖然面前還有老大吸引太子的火力，但時間長了肯定會引他敵視，老大允禔最近看他眼睛跟眉毛不是斜著就是挑著。「可是妯娌一處說話的時候，妳聽到些什麼？」

記憶裡妻子不是對這些事情敏感的人，她能說出這樣的話來，肯定是交際的時候察覺出來了。

「大嫂從來不多話，太子妃更是個端莊人兒，再說還有母妃護著我呢，如今誰不讚你同十四弟是兄友弟恭，皇阿瑪心裡也高興。」周婷往後頭一靠，躺坐在枕頭上。「母妃更是不用說了，太后上回還說起呢，你們不過小孩子脾氣，長大就好了。」說著拿出帕子擦掉鼻尖上的汗珠。

這些事就算原來不懂，這麼長時間也能看出來了。自古以來的皇帝很多都是骨肉相殘上了位，但自己當了爹，就不希望兒子走那條老路，何況是康熙這樣追求完美的人。「又有太子同大哥的例子擺在那兒，看你同十四弟自然就順眼順心了。」周婷默默伸出大拇指比了比。「我怕的是這一個呢，他心裡不舒坦，能給你好臉色瞧？」

論城府，大阿哥同太子沒法相比，失去索額圖的太子在康熙眼裡又成了好兒子，各方面也更端得住，但他愈是端得住，大阿哥就愈是暴躁，就連周婷這樣一天到晚只在後宅裡打轉的人，也聽宜薇吐槽過好幾回了。

胤禛默然不語，他現在處在一個不知往哪邊施力才好的處境，他知道要肅清吏治、改土歸流，只要這些事情從現在做起，到了他那時候就不會那麼難處理，可如今他連親王都不是，也不是皇阿瑪最倚重的兒子，門人不論數量還是品質，都比不過太子或大阿哥，前世忍了那麼久才當上帝王，重新忍一回真是難上加難。

蟄伏說起來容易，做起來難，胤禛把半邊身子壓到迎枕上頭，長吁了一口氣。周婷挑了挑眉，拍拍自己身邊那塊褥子。「你躺著，我幫你揉揉。」略涼的手尖輕按上他的太陽穴，一鬆一緊地為他放鬆精神。

胤禛緩緩合上雙眼，放輕了呼吸，周婷使了個眼色，珍珠就把手一揮。四下走動的丫頭全都站住了，輕手輕腳地退出去，周婷把身上蓋的哆囉絨毯子分一半給胤禛，不知不覺手就鬆了下來，兩人偎在一起睡著了。

第三十四章 選秀風波

之後胤禛的改變教周婷瞠目，好幾天都有種在作夢的感覺，她從來沒想過胤禛會這樣。本來他是三天外書房、兩天正院，按這樣的頻率往周婷的院子裡來，現在卻是天天上門。

前院後院分開來，周婷一手捏著後院，前院又有蘇培盛在，硬是沒教後院裡的女人們見著胤禛的面，更別提從周婷碗裡沾點肉湯喝了。即使是這樣，周婷也還是提著一顆心，她就怕一個疏忽被人鑽了空，胤禛這條半新不舊的老黃瓜本來已經不乾淨了，好不容易專寵了她一段時間，可不能再回到她剛來時那種狀態。

在這段時間裡，不論是他的身還是心，必須全都留在正院，直到她平安生下孩子來，或者說……直到她平安生下兒子來。若這一胎不是，她就得想別的法子了。

周婷摸著肚子靠在大迎枕上，轉頭望著窗外的玉蘭樹，朵朵白色的花兒開得正嬌。胤禛就坐她身邊看書，他現在閒得都有些不像原來那個工作狂人了，周婷敏銳地察覺到他的改變，卻說不出是為了什麼。

「在瞧什麼這樣出神？」胤禛在周婷身邊問道。他在這裡待的時間愈久，這間屋子就愈像是兩個人的居所，而非只屬於周婷的正院。

博古架上頭擺著他經常賞玩的牙雕佛頭塔，炕桌上有他常常翻閱的書籍，就連地毯跟坐褥，也夾雜著他喜歡的黑色與金色。大玻璃缸裡養了紅黑色的錦鯉，裡頭還種了水生花草，錦鯉繞著水草游動時，不時轉尾巴掉頭，整間屋子裡生氣勃勃。

這些不是一朝一夕就能改變的，周婷下了很多功夫，她揣摩胤禛的喜好，把他們倆的風格融合在一起裝飾屋子。本來胤禛一直是享受的那一方，現在他突然也開始出力了，會主動把自己常用的筆墨在周婷屋裡也備一份，有些常看的書，也擺一些在她這裡。

這一放，屋子裡立刻就多了人味，顯得熱鬧了。她的《飲膳正要》挨著他的《古文淵鑑》，雖是風馬牛不相及，但擺在一處，兩人無形間就多了許多話題。

胤禛剛開始不過想把事情做得更好些，既然現在只能在親情方面下功夫，他就打定主意要給人好印象，起碼也要做出樣子來，誰知這一試反而覺得待在周婷這裡舒心得很。

雖然現在不能做想做的事，但有些話跟妻子聊聊，竟然也能得到些不同的東西，例如放在她這裡的書，就由她親手分類，比原先只有籠統的「經史子集」四部法要細得多，也有用處得多。

胤禛是個實用派的人，覺得好就用，要蘇培盛領著小太監把他書房裡的書全又分了一遍，像這樣的小事一點點累積起來，胤禛現在也很樂意問周婷在想什麼，什麼樣的事情該怎麼做。他發現，愈是細瑣的事，女人就是比男人有辦法。

周婷還真沒想什麼，她一開始對胤禛的改變覺得奇怪，後來慢慢就習慣了，反正對她也沒什麼壞處，現在聽他問，就隨口說笑了一句：「在看這玉蘭花，倒真是『淡極始知花更豔』呢。」

這話一出口把胤禛嚇到了，他原本不過隨口一問，聽這句話，倒對周婷刮目相看，把周婷看得一驚，這才察覺出自己隨口說出現在還沒有的詩句，細想了半天才想起出處來。她小時候跟外婆住在一起時看過電視劇，這麼多年也沒囫圇翻過一回《紅樓夢》，這一句也不知怎麼就從嘴邊蹦了出來。

「可有下句？」胤禛放下手裡的書，充滿興味地盯著她。

周婷哪裡記得住下句，這一句還是突然跳到腦子裡來的，她搖了搖頭。「我不過隨口一句，哪裡就能成詩了？」

胤禛的文學水準不錯，當上皇帝後臣子還印過他的詩集，但他自忖自己的才能並不顯在這上頭，此時見周婷漫不經心說出來的話能都入詩，就起了興頭。

他差瑪瑙把紙筆來，就在炕桌上頭鋪開，把那一句詩寫了下來，看了半晌，寫了首自己的舊詩，對比下來還是覺得周婷說得更好，讚道：「想不到妳竟有詩才。」

不論胤禛再怎麼問，周婷都想不起下句來，只好搖頭裝作對不出來。胤禛見狀也不勉強她，只說：「文章天成，雕琢堆砌反失了原味。」

胤禛看著看著，捏著撒金小箋的手指一緊，突然勾出一個笑。他正愁著怎麼跟三阿哥搭上交情又不顯得唐突，三阿哥一向喜愛吟詩作對，拿這個去問再好不過。

大阿哥魘咒太子及諸皇子的事就是三阿哥揭發的，胤禛到現在都不知道他到底是為了什麼會去查探這件事，而皇阿瑪後來下的旨意裡也把原因一筆帶過。就算這次他不能查出原因，拉攏三阿哥也不會有壞處。

第二天議政結束，胤禛就拉住了三阿哥，把寫著周婷詩句的小箋遞了過去，他自然不能說是她做的，只道：「我昨天看著玉蘭樹，得了這一句，卻偏偏想不出下句來，知道三哥善詩文，還請三哥添上。」

這詩把本來就有些書呆氣的三阿哥給看住了，他嗞進嘴裡嚼了又嚼，才讚：「好好好。」他連說了三個好字，在心裡把那意境描摹一番，這回不必胤禛拉他，他就扯著胤禛的衣裳袖子直說：「去你家瞧瞧那棵玉蘭樹。」

胤禛有些怔忡，不太習慣允祉的突然親近，還是十三反應快，一把拉過十四。「成啊，咱們開個詩會！」

就算他跟三阿哥因為母親敏妃的事情有過不愉快，但看在胤禛的面子上，他也得把場面給圓過去。

胤禛嘴裡嘀咕：「寫詩有什麼意思，三哥那些清客我可受不了。」

胤祥衝著他擠了擠眼睛。「詩有酒更真，他們那些人就講究這個，我早聽說三哥那裡藏了好酒。」

簡單一句話，就把胤禛說樂了。

兩人各忙各的，周婷這邊的事就不容易辦了。她要珍珠送牛乳給婉嫻，順便跟侍候婉嫻的小宮女認識。一個屋子裡住著兩個秀女，人手不夠自然不能像在家裡似的，很多事情得自己做，小宮女偷偷說：「姑娘一點也不嬌氣，倒跟別家的姑娘不一樣。」

不嬌氣，心氣卻不小。珍珠送牛乳過去的時候，幾個姑娘正在交際，珍珠一直跟在周婷身邊，幾位姑娘都見過，眼睛一掃回來就報出一串姓氏，沒一個小姓的，其中甚至有太子妃的親妹妹。

周婷皺皺眉，指了烏蘇嬤嬤。「這事還是嬤嬤跑一趟吧，將大嫂請來。」

跟旁人實在不好說，這姑娘就像顆不定時炸彈，不知什麼時候才會爆炸，可別跟火山噴發似的，萬一現在看起來還不錯，許了門不錯的婚事，過幾年卻犯起病來可怎麼辦？

「咱們爺說你們府裡要辦詩會？」上面幾位妃子正在討論選秀的事，品評哪家姑娘好，三福晉自己有子有女，就算指進新人到三阿哥府上，橫豎越不過她去，而周婷已經得了德妃的保障，因此兩人就不如其他妯娌那麼關心，請完了安就湊在一處說話。

「可不是，我正頭痛這個，剛想著妳定是辦過的，所以過來跟妳取取經呢。」胤禛回來一說，她就明白了他的意圖，這是除了十三、十四之外，又開始拉攏其他兄弟了。

周婷覺得胤禛本來就應該這樣，之前那個不知變通、除了胤祥以外跟誰都處不好，只知「直中取」卻不知「曲中求」的胤禛才奇怪呢！

就連周婷都知道當皇帝得講究人望，連親弟弟都不支持你，還混啥鬼，也不知道他最後是怎麼當上皇帝的。算一算時間，她覺得這時胤禛也該開竅了，再不開竅，後頭可有苦頭吃呢。

因此聽胤禛一說，周婷就很積極地開始籌備，可是詩會上要準備些什麼她真不知道，酒菜還好辦，可其他東西該怎麼辦呢？電視、電影裡的詩人都是看雪賞月或者看盆花寫詩的，她要備點什麼才能不算「俗」呢？

三福晉帕子一抽，撇了撇嘴。她丈夫每個月不辦一次詩會就全身不舒坦，也難為他們每個月都能找出要寫的東西來，院子裡那些花樹果樹、亭臺樓閣都要被看穿了，這回找了個新地方，可有得鬧騰了。「妳備好酒菜，再多找兩個人侍候就行了，不必特地預備些什麼。」

「這哪行呢，我聽人說寫詩都得看著什麼才行，院子裡倒是有幾棵玉蘭樹，梨花也開得好。」周婷是真心想幫胤禛好好辦事，八阿哥的好名聲有一半是文人傳出來的。

八阿哥的書法不太好，康熙特別指了名家教他書法，拜了半個師父，一來二去就認識了很多文人。他生得一副好相貌，又慣會做人，口耳相傳，就是普通人也能傳出十七、八朵花來，更何況是皇子。

「妳精心了一回，就得回回精心了。」三福晉略微皺了皺眉頭。原本開府時明明帳面上餘錢很多，可再多的錢也禁不起丈夫這樣折騰，一會兒說什麼須得白玉盆襯著垂絲海棠才能入詩，一會兒又說什麼拿著瓷杯喝酒沒有趣味，採買了水晶杯、碧玉盞，什麼東西名貴就要什麼，還得淘換名人舊作，這可是真燒錢，要不是她巴得緊，還夠折騰幾回？

「可我想著，咱們爺頭一回辦就敷衍，不大好看呢，雖說我如今懷著身子精神不濟，也不能搪塞他呀。」周婷捏著帕角，一隻手撐在腰上，臉上笑得溫潤，心裡卻打定了主意，就是花費再多，也得把這個頭給開好。

德妃離她們兩個並不遠，聽了這話，心裡自然舒服，她裝作沒看見媳婦在跟三福晉說悄悄話，嘴裡忙著跟太后說：「依我說，這回賜人就該擇些有福相的，才好開枝散葉。」

宜妃聽了，眉毛一挑。

德妃這話她很贊同，她兩個兒子可還都沒有嫡子呢，也不是不急，但她是當娘的，跟兒子張不開嘴，而媳婦都很木頭，要是再進個機靈些的，就更沒她們的事了，這樣怎麼可能有嫡子呢？於是馬上接了一句：「可不是呢，為了子嗣著想，應該的。」

說完，兩個妃子彼此對視一眼，都明白了對方那點小心思，微微一笑，互相點頭示意。

佟妃根本沒兒子，她想的是怎麼趕緊自己生一個出來，阿哥們有親娘挑人，她才不插手呢，因此大家一片附和聲，太后也跟著點點頭。皇家還是多子多孫最重要，最好每個孫媳婦都跟四阿哥福晉一樣，一胎生兩個。老太太心裡想什麼就沒有瞞過人的時候，眼光一溜，就看到周婷身上。

這段時間四阿哥得了康熙很多次誇獎，後宮裡又有德妃和周婷不著痕跡地幫他做宣傳，形象好了不止一點半點，開年沒多久就受賞幾回。原本四阿哥都三十的人了，可高不高興卻全能從那雙眼睛裡面看出來，這才沒多久康熙就讚他「行止有度」，能得到這種讚譽與賞賜的，在兄弟之間除了太子，就只有他。

眾人也只是心裡羨慕，倒不嫉妒。太子安穩，又還有個大阿哥，其他妃子跟妯娌還真沒什麼想法，大家相處起來都和樂，就是太子妃待繼大福晉也很客氣。

「妳若真的想弄好，往後可有得磨了，那幫男人一個個嘴巴利得很呢。」三福晉未嫁之前也喜詩書，不然也不會被康熙指給三阿哥，成婚後兩人也曾一起品評詩作、字跡，但實在禁不住三阿哥一直辦詩會這麼折騰。當小姑娘時想著風花雪月，初成婚還抱著幻想，日子久了就只剩下柴米油鹽了。

她開口提醒周婷說：「花啊、果啊根本不用準備，他們自個兒會繞著院子找。」說到這句時就放低了聲音，她再看不上那些人，也得給丈夫留面子。

周婷衝著她笑了笑，心裡盤算並不一定要辦得很隆重，只要精細就行了，反正只要能入詩入畫的就行，還得說動胤禛把八阿哥也請過來。

這麼想著，周婷就帶著些歉意地看了宜薇一眼。光論書法，八阿哥同胤禛根本沒得比，文人們不是都稱讚八阿哥嗎？那就把兩個人拉出來當面比一比，只是這麼一來八阿哥的顏面可能就掛不住了。

宜薇正在關切這回的秀女有幾朵會落在自家院子裡，感覺到周婷的視線，轉頭回了她一個笑。

另一邊，德妃跟宜妃已經聊起這屆的秀女了。

「妳們家的教養再沒有錯的。」榮妃誇了太子妃一句。誰都知道這回太子妃的妹妹要當十五福晉了，大阿哥就是狂拍馬屁也比不上太子在康熙心目中的地位。

周婷微微出神，西林覺羅氏收到訊息，第二天就過來了，她問了又問，還是為了親閨女掛心。周婷暗自嘆息，卻不能瞞著她，把事情說了個清楚，西林覺羅氏愣在那裡半天，眼圈都紅了。

她進宮時家裡千叮萬囑，這才進宮就顯了形，把原來答應的乖巧知禮都扔到腦後去了，一個準皇子福晉，還有一些內定的宗室媳婦，她卻偏偏要往這裡頭攪和！

西林覺羅氏拉著周婷的手，拜託再拜託。「都是冤孽，只求妹妹能多看顧她，就算早些撂了牌子出來，我也絕沒有二話。」

宮中妃子哪個不是人精，眼睛一掃就能看出個大概來，小姑娘出了問題，以後就更不好婚配了。說是家裡已經相看好對象，可自從她撞了頭，哪家敢貿然來提親？那拉家四個兒子雖然襲了父親好些差事，可那是全攏在一人身上的時候顯貴，分成四份以後，哪裡還能金貴呢？

每次說到婉嫻的時候，周婷就只是笑，並不接話，大家心裡就明白了，自此在引閱時就有意無意地跳過她。但周婷又常借著德妃宮裡的東西送這送那，並未在外人面前顯得冷落了她，因此她一時也想不明白自己到底是哪裡沒做好，沒能入主子們的眼。

幾個妯娌請了安沒處去，就去了惠容的屋子，坐在一處嗑瓜子、說八卦。宜薇是不能往正牌婆婆那裡獻殷勤，惠容則是壓根兒沒婆婆在，周婷得到德妃的話，要她放鬆一下，三人才湊在一起。

「四嫂嚐嚐我這兒的松子，上回妳送來的紅松松子我說好吃，咱們爺特地去淘來的。」惠容指一指碟子。「拿這個做了松仁卷，倒不錯呢。」

周婷捏一塊在手裡嚼了一口。「是不錯，回去我也試試。」說完，周婷看見桌上有碟玫瑰糕點，先問過惠容才吩咐珍珠。「把這個送一碟子去。」這說的就是送給婉嫻。

周婷剛說完，就看見宜薇挑挑眉毛、斜了斜眼，周婷推她一把。「有什麼話就說，扮什麼怪樣子。」

「妳們家那個，可真是沈不住氣。」宜薇同周婷愈來愈熟悉，說話也就沒了顧忌。「咱們選秀那時候，妳我可有往誰的身邊湊過去了？」

她不用去湊，自然有別人湊到她身邊來，那可是早就定好了的八福晉呀！這話周婷沒說出來，但心裡也明白，上頭人都看著呢，行事落了下乘，就算面上不說，也會暗自嘀咕。

惠容的丈夫跟周婷丈夫關係好，周婷還明裡暗裡幫了她好幾回，這時她就出來幫周婷打圓場了。「許是剛來，心裡寂寞呢。」話雖如此，其實哪家進宮的姑娘這樣活潑，都怕一點兒行差踏錯就失了前程，周婷這姪女也不知是心大呢，還是糊塗。

才說沒兩句，珍珠就從啟祥宮回來了，她往周婷耳朵一湊，周婷的臉色都變了。八福晉有句話說得對，這果然是一個師父教出來的，婉嫻小姑娘在御花園裡走丟了！

此時的御花園不像後世一樣，只要買了門票，誰想進就進，就是住在宮中的嬪妃，也不是想去就能去的，就怕衝撞了什麼。想進園子，得先差人去打聽，看看是不是皇帝、太后或者比自己位分大的主子也在園子裡頭，一套流程走完才能進園子略微小歇，還不能逛得太遠呢。

這一票秀女全去了御花園，怎麼就能丟了她一個呢？難道她還真想來個走到偏遠的地方，去跟阿哥相會？進園子旁邊必須跟著一堆宮女、太監，她是怎麼避開這些人走丟的呢?!

「不是一堆人跟著嗎，怎還會不見？」周婷扶腰倏地坐了起來。

嚇得惠容趕緊扶住她。「出什麼事了這麼急？」一聽是婉嫻走丟了，也當場愣住。

宜薇安慰周婷說：「妳先別急，肯定是下頭奴才跟丟了，就這麼大的地方，哪能真的不見了。」

說著，她跟惠容兩人對視了一眼。這姑娘可真不是省心的呀……

周婷現在沒工夫計較旁人的態度，要緊的是在出事之前把人給找回來。她由惠容扶著坐正了，一迭聲地問珍珠：「妳是打哪兒聽來的？已經宣揚開了？」眉頭跟著緊緊皺了起來，要是已經宣揚開，這事就不好辦了。

珍珠搖了搖頭。「是我去啟祥宮，聽侍候的小宮女說的。本來一票秀女都在御花園裡賞花，幾個姑姑們在一旁侍候著，等到該回去了，才發現咱們家的姑娘走不見了，許是走遠了被花迷了眼，已經派人去找了。」

御花園本就算不上大，周婷跟著德妃去過幾回，如今正是海棠花開的時候，一些秀女得了太后的恩旨被帶到絳雪軒前面去賞花，那地方又能有多大？再說妃子們進園子賞玩還得坐輦，她一個小姑娘穿著花盆底，周圍又都是人，能走多遠呢？總不可能比那些太監跑得還快吧?!

最怕的還是她出了御花園，御花園就在坤寧宮後頭，再前面就是乾清宮，皇子們上朝議政的地方。雖說花園裡開了八道門，每道門也都有人看守，可萬一被她摸準了門溜出去，可怎麼辦？

「可問過幾個姑姑了？」周婷抿著嘴，神情擔憂。

瑪瑙一隻手扶著她，另一隻手為她揉心口，一面還不斷向珍珠使眼色，

珍珠也知道輕重，周婷如今大著肚子，這些話不宜在她面前說，就搖了搖頭。「並沒有問過姑姑。」其實她是問過的，就怕事情說出來周婷會無法接受。

周婷先是一鬆，接著又一緊，看了珍珠一眼。「妳一向最穩妥不過，有什麼話說出來也無礙，我受得住。」

不會是真的出了什麼大事吧？周婷之前看的那些電視劇又跳出來作祟了，什麼摔一跤就

毀了容、什麼看個風景就落了水，是因為風頭太盛所以被人陷害了？推下深井還是掉下池子？

珍珠瞄了瑪瑙一眼，兩個丫頭面有難色，周婷一再逼問，珍珠才說：「我瞧見幾位公公拿著長竹竿去了園子裡。」

啟祥宮裡的奴才找人比誰都積極，心裡不住埋怨婉嫻，人要是走失了，翻找一遍也就出來了，最怕的就是掉進水裡去，那他們可真的全沒活路了。

周婷先是一愣，過後才反應過來。這意思是竹竿往水裡戳了？剛沈進去的人只會往下掉，得拿竹竿往下面捅，知道有東西了，再差人下去撈，但這樣一來肯定是不能生還了。

周婷身子往後一仰，靠在瑪瑙身上。瑪瑙嚇了一跳，不住勸慰她。「這不過是例行的事，定是在園子哪個角落裡，沒找著人呢。」

宜薇拉住周婷的手。「鞦韆亭前頭的水池子才多大，又有欄杆護著，哪能掉進去呢？是這些奴才們慌了神才如此！」

下頭人還沒報上來，肯定是想找到人才能少受些責罰，要是真的找不著，也只能認命了。「妳如今身子不方便，我去幫妳問問，這些丫頭們也問不出個所以然來。」宜薇說著站了起來。

依她的身分，倒是能說得上話，周婷也不想去麻煩太子妃，更不想讓德妃知道。能瞞一時是一時，要是找到了人，報上去也好聽些，只要說迷路就行，頂多罰一罰下頭人。

周婷臉色雖然難看，卻並不多悲傷，她既不認識這個姑娘，跟她也沒有感情，再來又經歷過李香秀的事，知道這些女孩子如果自己不看清楚，總有一天會落了個悲慘下場。「妳受累了，我這樣子也不好走動，她們說的話沒分量，倒麻煩了妳。」

宜薇笑了笑，覺得周婷還真是綳得住，但嘴上仍安慰她。「園子裡總有奴才在，不至於落到水裡還聽不見響，妳就把心放下，我包管沒事。」要緊的不是那姑娘，是周婷，她懷著身子，萬一有個什麼不好，她和惠容都要擔責任的。

惠容被嚇壞了，她是真的沒經過事的小姑娘，選秀時也沒哪個姑娘出了這種事，臉色都白了。然而眼見周婷還穩當，不禁覺得自己也得鎮靜才行，於是握住周婷的手說：「四嫂別急，大不了就是走得遠了，宮中的屋子又長得差不多，最多是迷了路，定能找得回來。」

周婷衝她擠出一個笑，靠坐在瑪瑙身上，心裡直打鼓。萬一她不走運地碰上哪家的阿哥，再傳出點什麼流言來，可怎麼好呢？

過了好一會兒，都到前頭下朝的時候了，惠容見這樣乾等不是辦法，就說：「四嫂在我這裡用飯吧，妳現在禁不得餓。」一個眼色過去，立刻就有宮女出去傳膳。

一桌子的點心一塊都沒動，周婷勉強笑了笑。「也好，這麼等下去也不是辦法。珍珠，妳再去啟祥宮跑一趟，興許她已經自己回去了。」各門口都有太監守著，她能溜出去的可能性不大，最好是能自己回去。

珍珠一屈膝蓋出去了，瑪瑙拿碗舀了湯遞給周婷，她略嚐兩口就放下來，還是止不住擔心，這些工夫真要找一個人，都夠把御花園給翻過來了，怎麼還沒找著人呢？想著又不住安慰自己，沒消息就是好消息，要真的落在水裡，她可真不知道見了西林覺羅氏以後該說些什麼了。

周婷沒心情吃，惠容也不吃不下，珍珠回來得倒快，一臉喜色。「主子，人找著了，已經送回啟祥宮。」

周婷這才長長吐出一口氣。萬幸萬幸，要真是死在宮中，還不知道康熙跟德妃會怎麼想呢……她這才安穩地喝了口湯，差人去把宜薇找回來。

周婷謝了又謝，三人坐在一起吃了頓早中飯，宜薇心裡藏不住話，覺得周婷好，就樣樣為她考慮。「有什麼可謝的，要緊的是妳回去也該找找妳娘家嫂嫂，免得沒了前程往後埋怨妳呢。」

就是她不說，周婷也會找西林覺羅氏，這事她還真不能打包票了，能早點回去就早點回去吧，別想著折騰到最後一關的皇帝親閱了。

第三十五章 慈母賢妻

回去的路上珍珠站在周婷身邊，兩隻胳膊一起用力，穩穩扶著周婷，聲音壓得低低的。「主子，是咱們爺差人把姑娘送回啟祥宮裡去的。」一句話說的瑪瑙都側過臉來。

周婷看了珍珠一眼，細問道：「這是怎麼說的？」

前朝和後宮還有一段距離，御花園離永和宮也不近，他就算去跟德妃請安，也不可能碰上婉嫻呀？

珍珠拿眼角的餘光斜了斜，見宮女、太監都離得遠遠的，才輕聲開口：「據說是姑娘迷了路，正好咱們爺跟十四爺往裡頭來，就給碰上了，所以咱們爺才吩咐人把姑娘送回去的。」

瑪瑙長吁了一口氣。「幸好是咱們爺呢，要是碰上別人，可怎麼好呀！」

男女大防可不是說說而已，雖說各位阿哥身後不可能不跟著人，一班奴才看著，要做點什麼也不可能，但說出去總不好聽。胤禛好歹是婉嫻的姑父，隔著輩分也不算錯了譜。

周婷的心卻莫名跳了一下，然後又笑自己想多了。後院裡的小妾好歹是知道胤禛的動向才出擊的，她一個小姑娘在宮裡連個能打聽事情的丫頭都沒有，皇宮這麼大，她要真想著去碰運氣，肯定是腦子燒壞了。

胤禛照例在宮門口等著，妯娌們酸話說過了，兄弟之間也嘲弄過了，這兩人倒不在乎，已經習慣等到人在一處才回家。

胤禛見周婷出來，關切地問了一句：「可嚇著了？」

「我就這麼禁不得事？」周婷緩緩露出笑容。「心裡雖急，也知道她頂多是迷了路，總能找回來的。」

胤禛笑了笑，他是在瓊苑東門的夾道裡頭遇見婉嫻的，再幾步她就要走到景和門了，他眼前閃過那小姑娘不知避忌的笑容，眉心一擰。他是長輩倒罷了，十四弟還未娶親，當著他的面也這般無畏，就不叫大方了。

當著奴才們的面，也不好說什麼，胤禛托著周婷上車，一路跟著回到正院，還沒進門就瞧見下人們來來往往地搬東西。「這是在做什麼？」

周婷微微一笑。「我如今胎已經坐穩了，還把弘昀跟弘時放在南院也不像話，早就著手理了屋子，今天就叫他們挪過來。」

即使懷孕，周婷也沒停下這件事。一來是胤禛明確交代過的，這事雖然現在沒人說，但以後分辨起來，也會讓人說她一有自己的孩子就存了私心；二來就算她這胎生的是女兒，只要把這兩個兒子放在跟前慢慢養得親近了，也比較可靠。

周婷在自己面前擺了三個選擇，一是拉住胤禛直到生出兒子來；二是養好李氏二子，重點是弘時，他才剛周歲，抱過來以後再慢慢汰換掉身邊的人，就絕不可能同親娘親近；三就是後頭進來的人之中，家世不好的女子生下的兒子了。

這三條路一條比一條無奈，周婷算算自己的年紀和康熙在位的日子，慶幸她多的是時間，什麼事都不會一蹴可幾，現在安排起來正好。旁人是走一步看三步，她是走一步恨不能看三年。

周婷臉上的笑容不變，扯著胤禛的袖子問：「爺覺得怎樣？」

自周婷懷孕之後，胤禛就有意把這事往後拖，後來知道她懷了兩個，就更不著急把孩子挪過來了，就怕周婷太費心神對胎兒不利，如今見她早就準備好了，心裡跟打翻了調味瓶似的，又酸又澀。

原本周婷的寬和大度在胤禛眼裡是應該的，如今李氏和弘暉過世的事扯上了，她還能不遷怒兩個孩子，一心為了他們打算，就算是他，也覺得她不容易。

心頭一絲苦澀慢慢暈開來，他看著周婷的臉，半天說不出話，吸了口氣才說：「妳不必這樣費神，等孩子生出來再挪也一樣。」

周婷笑了笑，拉著胤禛往那兩間朝南的屋子走過去。「等孩子生下來才是真的忙亂呢，我吩咐人一點一點搬，叫她們一切都按著兩個孩子原來的屋子裝飾，貼身的人也一個都沒換，縱有不好的，也有烏蘇嬤嬤幫我盯著。」讓小孩子有個適應的過程才好，屋子裡的東西全是眼熟的，也不怕他們哭鬧。

胤禛兩間屋子都看了，轉過身來握住周婷的手，一路扶著她的肩回了正屋，之後揮退了所有人，把她抱到炕上摟住了。

周婷一愣，這還穿著大衣裳呢，也不知道吹的是什麼風，但還是配合胤禛，忍著不適靠在他懷裡。兩人緊貼著摟了半天，摟著摟著嘴巴就貼在一起磨了起來……

兩個孩子吃飽睡足，由乳嬤嬤換了一身新衣裳，才被抱到周婷面前來。二阿哥弘昀已經五歲了，人卻瘦瘦小小的，瞧著就沒什麼精神，上次一病養到現在，臉上的肉還沒能養回來；三阿哥弘時卻胖嘟嘟的，被乳嬤嬤抱著，還拿兩隻圓球一樣的小手去揉搓眼睛。

「快抓著小阿哥，免得把手上不乾淨的東西帶進眼睛裡去。」周婷肚子大了，只叫乳嬤嬤把弘時給抱過來摸了摸青頭皮。

三阿哥還不會說話，被乳嬤嬤抱著手磕了個頭；二阿哥已經有些懂事了，知道上頭坐著的是嫡母，一直壓著自己親額娘的女人。來的時候乳嬤嬤跟身邊的大丫頭對弘昀叮囑再叮囑，一定要待周婷親熱，然而他心裡還惦記自己的額娘，抬起眼睛咬著嘴唇看了周婷一眼。

小孩子最敏感，就算當著他的面什麼都不說，他也能察覺出身邊人態度的改變。他原本備受寵愛，突然間不僅親娘病得下不了床，親爹也不來看他了，不單丫頭們，就連乳嬤嬤在提起周婷時都萬分小心的樣子。他心中隱隱對周婷有些敵意，周婷摸他頭的時候，就把臉一扭不讓她碰，還抬起手想把她的手推開，被乳嬤嬤一把抓住往下按。

胤禛皺著眉頭發脾氣。「像什麼樣子，誰教你的！」

弘昀的樣子落在胤禛眼裡就是不敬嫡母，既然周婷慈和，那麼幾個孩子就必須孝敬她，他說著就狠狠瞪了乳嬤嬤一眼，後頭跟著的奴才被瞪得背脊發涼。

乳嬤嬤趕緊跪下來請罪，弘昀被嚇著了，身子一扭把頭藏在乳嬤嬤懷裡，看得胤禛直皺眉，心裡估算著孩子的年紀，嘆了口氣。

周婷勸著胤禛。「你也真是的，他還小呢。往常他身子不好，並不常來向我請安，如今到了陌生的地方，自然有些害怕，怎麼能這麼凶孩子呢？」

周婷一段話既扮了慈母，又暗指李氏不懂規矩，偏偏嘴上還趕緊叫乳嬤嬤把弘昀抱過來坐在自己身邊，拿出些事先就已經準備好的小玩意兒給他。

弘昀起先不肯，但到底還是孩子，見著顏色鮮豔的東西，忍不住拿在手裡把玩起來，周婷這時候才一句句慢慢問他「屋子好不好呀」、「住得舒不舒坦」、「有什麼想吃的」之類的話，不一會兒，弘昀就一手拿著布老虎，一手想去搆炕桌上的糖糕了。

瑪瑙絞了毛巾過來，周婷親自拉過弘昀的小手幫他擦乾淨，再捏了一塊糖糕給他，此時弘昀才不鬧彆扭，吃糖糕的時候還朝被抱在乳嬤嬤手裡的弟弟弘時揮了揮手。

胤禛看向周婷的目光都放軟了，他坐在周婷另一邊，握住她的手微微用力，周婷側過臉來對他露出笑容，反手握住胤禛的手。

弘時被裹得像顆粽子，看見有新鮮玩意兒也想要，咿咿呀呀兩聲，周婷就注意到了，拿了個小風車朝珍珠遞過去。珍珠笑咪咪地拿在手裡吹，弘時的眼睛就跟著轉，一笑就噴出個口水泡泡來。

罪不及其子女，更何況這兩個孩子身上還流著胤禛的血，周婷經過下午的事也想明白了。她能主動提出把孩子挪過來的事，胤禛心裡肯定高興，要不然不會破天荒地抱了她一下午。

就算胤禛再厭惡李氏，孩子總還是他親生的。現在是他沒想起挪孩子的事，等他想起來了，怪的人肯定不是他自己，而是周婷。她先一步做好，胤禛就會覺得她是個好母親、好妻子。

兩個孩子鬧了一陣子也累了，弘昀比弘時的精神還不足，五歲了還由乳嬤嬤抱著來回，等到他們都回了屋，周婷才提出意見說：「都養這麼久了，弘昀這身子怎還調理不好呢？明天是不是把太醫再請回來看看，該吃什麼、喝什麼的，也好有個數。」

胤禛心裡清楚這個兒子活不久，本來就沒抱著希望。「我瞧他福薄，妳不必那麼花心思。」

弘昀上一世就一直七病八災，能活到十一歲上本就很勉強，調理身體的藥不知喝了多少，就是不見好，是以這一世胤禛也沒存著太大的期望。

周婷皺了皺眉頭，在心中默默把這話來回反覆了三遍，也沒能明白胤禛的意思，她想了想才開口：「爺怎麼能這麼說呢，我用心養著就是，我瞧弘昀雖有不足，精神卻還算不錯。」

這個時代孩童的死亡率太高了，就算生在皇家也一樣，父母之間討論一下並不過分，但胤禛的語氣卻讓周婷覺得奇怪，好像他早就知道弘昀活不久一樣。她不再把話題往下延續，反正她盡心盡力地養，時不時展示給胤禛看，要是這樣還有個什麼不好，起碼胤禛不會覺得她動了什麼手腳。

兩人又說了幾句話，周婷就把話題帶到詩會上。「我今天還問了三嫂，三哥府裡常辦這個，來的人喜歡吃什麼、喝什麼，也已經有了譜。只有一件事，到時候是不是開了院子給他們賞玩？我好先吩咐下去，叫下頭人不要亂走。」

其實主要的目的是看好下面那些女人，不能像八阿哥府裡的楚新月一樣，一個沒看緊，就被八阿哥的幕僚撞見。

「他定要瞧瞧我們院子裡的玉蘭樹，妳想想在哪處設宴好些。」胤禛解開腰上繫的荷包，往炕桌上一扔，往後一仰倒在大迎枕上，轉著手裡的扳指。允禩的好名氣一半是當朝進士何焯幫他傳出來的，何焯曾在允禩身邊侍讀；而同允祉交往的人裡，不乏與何焯齊名之人。既然他有心要在江南文士之間博個好名聲，自然要在這方面也下功夫，前面有允祉又有允禩擋著，任誰都不能說他別有居心。

周婷在腦海中回憶了一遍園子裡的賞玩路線，想了想就說：「如今春暖，最適合在水榭中擺宴，我叫人把大件的家具清出來，多擺上些桌椅。三哥要瞧的玉蘭樹不獨正院裡有，園子也有幾株，桃花、梨花開得正豔，池子裡頭再放些禽鳥，總能有可看的東西，也算應了春景。」

胤禛應了一聲，還在想著允祉這回請來的汪士鋐。他與何焯齊名，曾在翰林院任職，又在康熙的南書房走動，不必立刻就拉攏過來，只需為自己說上幾句好話，也能先將名聲傳開來。

「你可請了八阿哥？我琢磨著，咱們在院子裡開宴這樣大的動靜，瞞不過左邊府裡的耳朵，不如大大方方把八阿哥也請來。」周婷說到這裡，故作小心地瞧了胤禛一眼。「我知你往日與他並不親近，既然皇阿瑪稱讚你，你總不能只親近自己的親兄弟吧？論起來你們既是兄弟又是鄰居，還這樣涇渭分明的，豈不是辜負了皇阿瑪的安排？」

周婷是抱著私心的，胤禛當了皇帝還不斷被非議，有多少野史小說、電視劇戲說他的皇位來歷不正，她穿越過來這些日子裡，已經知道名聲對一個人多麼重要，印象分能加一分是一分，就算到時他並不是滿分，有個八十分也行，起碼不至於讓人隔了幾百年還在吐他的槽，杜撰他搶了自己親弟弟的皇位。

說完了以後周婷心中有點打鼓，她對歷史只知道個大概，但八爺黨赫赫有名，萬一這時候兩人已經互掐起來，也不知道這位爺會不會遷怒她。不過能說的她還是要說，不光為了胤禛，也算為了宜薇，她是這樣一個爽朗的女子，往後丈夫一旦不好，她也不會快樂的。

胤禛對允禩有種生理性的厭惡，一開始兩人就不親近，後來允禩又是他爭皇位最大的敵手，聯合老九、老十不說，甚至還拉走了自己的兒子弘時。平時面對現在的允禩，他還算能綳得住，此時躺得正舒服，一聽見他的名字，不禁皺起了眉頭。

周婷靠在胤禛身邊輕輕拍著他。「交情交情，得先有交往才能處出感情來，你同十四弟一母同胞尚且如此，跟八阿哥難道就例外了？要我說，你把他也請來，到時候在水榭裡鋪開筆墨酒菜，也好多了解彼此一點。男人間的交際我並不是很懂，可三哥那些清客們，不就是這樣常聚在一起的嗎？」

說了一大段，筆墨才是重點，周婷知道那些文人稱頌的對象，沒一個不是擅長詩書琴棋的。論到八阿哥，雖然文人們都稱讚他，但據周婷所知，他在藝術領域還真沒什麼拿得出手的，胤禛光是一筆字就能壓倒性地勝過他了。不怕不識貨，就怕貨比貨，到時把兩人排在一起，自然能分出長短來，想來胤禛也不會那麼傻，在他的地盤上自然知道怎麼揚長避短。

胤禛現在看重的是康熙對他的評價，想到皇阿瑪把他們兩人安排成鄰居，宴客時不邀請他，場面就有些不好看了，到時候往朝上一說，他剛建立起來的好形象不免就要打點折扣，更何況允禩來了，還能把何焯一起帶來，於是勉強點了點頭，說道：「明天我下帖子給他。」

周婷笑了笑。「今天八弟妹也幫了忙呢，我大著肚子，下面又沒個說話算數的人，只好麻煩她去啟祥宮吩咐了一回。」她忖著胤禛的臉色又幫宜薇說了兩句好話：「其實她就是熱心腸，也不知怎麼的不討皇阿瑪喜歡了。」

康熙對她有意見，有長眼睛的人都能看得出來，哪個阿哥家裡一指就是好幾個宮女的，還個個長得一臉富相，就差在臉上刻「好生養」這三個字了。

胤禛嗤笑一聲，拿起桌上洗好的果子咬了一口，酸得直皺眉頭，知道這是周婷愛吃的，就遞過去給她，看著她就著自己的牙印上咬了一口，勾了勾嘴角。「她再能幹，只要無子，就不會得皇阿瑪喜歡。」

這個「無子」是後院女子皆無所出，她要是老老實實地不巴著丈夫不放，後來的允禩也不會被說畏妻如虎。

周婷張了張嘴欲言又止，胤禛挑了挑眉頭。「跟我還有什麼不能說的。」

他伸手摸了摸她的背，周婷這才壓低了聲音。「我也不是沒去過那邊府裡，那院子可比咱們家滿得多，八弟妹如今只求個女孩，自己身邊的丫頭原說要配出去，也留下來給了八阿哥，這再沒消息……」後面的話就不再往下說了。

胤禛整個人都愣住了，神情掩飾不住詫異。他的思維跟康熙一脈相承，在這一點上所有兄弟都很相像，護短得令人髮指，就是在他拚命打壓允禩的時候，也沒想過他是真的「能力不夠」，只以為他是怕老婆。

胤禛扭過頭來看看周婷的臉色，就見到妻子面頰一紅，扭過臉去弄著衣襬，聲音低得都要聽不見了。「又不是只這一畝地欠收，畝畝顆粒無收呢。」總不可能畝畝都是鹽鹼地吧，那就只能是種子炒熟了發不了芽。

周婷扭過頭去看玻璃燈，不去看胤禛臉上的表情，他卻把爪子伸過來往她的肚皮一摸，一邊一下正好踢個正著，胤禛咧開嘴笑了，心裡自滿：種子是好種子，地也是好地。

自從周婷說了那樣的話，胤禛在見到八阿哥的時候，總會想起她那句「畝畝顆粒無收」來，遞詩會帖子給他時展現出前所未有的溫和，心頭沒來由地就生出一股優越感，表情和善得讓胤禩心裡的小人緊緊擰了一回眉頭。

胤禩覺得奇怪，面上卻還是一派溫潤笑容，話也說得客氣。「多謝四哥相請。」宜薇沒少在他耳邊叨念四福晉人善良厚道，周婷一肚裡懷了兩個娃娃，他也不是沒羨慕過，但他對胤禛還真是沒什麼好感，向來都跟他不親近，現在胤禛冷不防釋出了善意，胤禩還覺得古怪呢。

胤禛的性子說好聽點叫「恩怨分明」，說難聽點叫「目中無人」，他能看見的、想到的全是他喜歡的，換句話說，你要是不受他待見，那面對面相遇時，就算他朝你打招呼，但眼裡根本映不出你這個人來。

胤禩很長一段時間在胤禛眼裡都是透明的，他們倆年紀雖然差得不多，但論起身分那就差得遠了。一樣是生了皇子，德妃等了三年就晉妃位，居一宮之首，而胤禩的生母良妃等了這麼長的時間，不久前才剛能正經受媳婦磕頭。

胤禩不是個軟弱的人，表面上有多溫和，骨子裡就有多執拗，對老大跟太子都是這樣。雖然他在他們倆面前向來都是客客氣氣，不得已的時候也會聽他們的話辦些小事，但心理上其實一個都不親近，老四這樣的態度，在他的眼裡也就是個陌生人。

現在這些皇子們還沒到拉幫結派的時候，胤祺一直以來為母爭氣的目標也已經達到了。良嬪總算晉了妃位，能夠獨居一宮了，然而他長期因生母身分而產生的自卑感，並不會因為母親晉位就消失不見。在他看來良妃能爬到現在這個位置，全是自己努力的成果，想要母親得到更多厚待，還是需要自己上進再上進，直到所有人都忘記他有一個出身低賤的母親。

老大拿他當聽話的跑腿小弟，指使這個、指使那個，太子更是從沒拿正眼瞧過他，兄弟之中他就只同老九跟老十交好，就連曾經說得來的老十四，也因為同胤禛又親近起來而漸漸疏遠了。

就算如此，詩會還是要去。胤祺並不蠢，雖然他不明白為什麼胤禛一直以來的行事風格突然變了，好像只是一眨眼的工夫，他就變成皇阿瑪嘴裡的好兒子、好丈夫、好哥哥，但他敏銳地感覺到他的不同——禮下於人，必有所求。

可胤祺想不明白胤禛還能求什麼，論身分，他生母德妃早就是一宮主位，憑著官女子的出身，得了皇阿瑪十年寵愛，更不用說胤禛的養母了——佟家的嫡女，在冊的皇后。

出於直覺，胤祺知道胤禛最近這些舉動背後的意義沒那麼簡單，卻又想不透他的真正意圖。現在跟太子相爭的就只有大阿哥一人，大阿哥也是被明珠捧了這麼些時間，早已經騎虎難下。到現在皇阿瑪都沒透出半點能動太子的意思，下面的阿哥們不過是爭一爭地盤利益，對於大位，還真沒什麼想頭。

面上笑咪咪地接過帖子，胤禩等轉過身去，才皺了皺眉。

議完政，胤禩同九阿哥胤禟湊在一處說話，把那張灑金帖子拿出來給他看。「做了這些年鄰居，也不過是生辰才過府一聚，往常可從來不曾有這樣的邀請。」

胤禟抽出袖子裡的手絹，擦擦鼻尖上的汗珠。四月天已經慢慢熱了起來，他生得肥圓，一動就止不住出汗。「這回去的都是三哥那些人，四哥從來都沒站過邊，難道這一回是想好了往那邊站？」他一伸手，比了個「二」。

誰都知道三阿哥跟太子更親近些，這回胤禛主要請的人是三阿哥，胤禟眼睛一轉，覺得很有這個可能。

胤禩卻微微搖頭。「他向來兩邊不靠，這些日子突然對老十四熱絡了不談，皇阿瑪也讚了好幾回，若真是兄友弟恭，怎麼從前不待老十四親近？」他跟胤禟鐵得能穿一條褲子，說話間就少了許多顧忌，這想法他在胤禛面前連提都沒提過。

「這話我曾對老十四說過，他這些日子瞧見我都不太搭理了。」胤禟翻了個白眼。他們幾個都覺得老四不正常，偏偏人家一母同胞，有親娘牽線搭橋，旁人說了不過兩句，他就扭頭走了，拉也拉不回來，明明是為他著想，卻感覺像是在挑撥他們兄弟感情似的。

「他們可是親兄弟。」胤禩壓低了聲音，勾勾嘴角露出個笑容來。「你同老十四說這個，豈不是枉為惡人？」

「橫豎說過了。」胤禟把手絹捲起來塞進袖子。「你不想去就別去，我就不樂意瞧他那臉色。」

「那帖子上頭可不單請我一人，把何先生也請過去了。」胤禩撣撣袖子，把帖子合起來放好。「自然要去。」

「嘖，也不知老四這葫蘆裡賣的什麼藥。」胤禟往椅子上一坐，抿了口茶。「要我說就不需顧忌這麼多，去就去了，就只當是去吃茶用飯的。」

胤禩聽了，只是默默垂下眼，喝了口茶，不再多說。

第三十六章　不安於室

周婷按照現代旅遊的方法，在園子規劃出一條線路來，到時安排人手在這四周侍候，也不怕有顧不到的地方。

後院的女眷自從出了鈕祜祿氏那件事之後，就一直都老實待在屋子裡，開宴之前再差人盯得緊一點，也不怕她們亂跑。至於鈕祜祿氏，她腿上的夾板才剛拿下來，幾個小丫頭眼睛都不敢錯開，就怕有一點疏忽，這位不長眼的主子就出了什麼差錯，到時倒楣的可是她們。

鈕祜祿氏悶得直在房間裡打轉，身邊的小丫頭還得勸道：「主子快歇歇吧，這腿還沒好完全呢，該走慢點兒才是。」

這話鈕祜祿氏都聽出繭子來了，正不耐煩，翡翠就過來傳話：「明天府裡要辦宴，請的都是男賓，還請各位主子各自避開，不要衝撞了。」

話音還沒落，鈕祜祿氏的眼睛就亮了起來，看得身邊的桃兒一個哆嗦，趕緊上前扶著她的胳膊往屋子裡面攙。「主子歇歇吧，當心站久了累。」

她一個眼色使給還站在門口的菊兒，菊兒趕緊扶住鈕祜祿氏另一邊的胳膊，把她往屋子裡架。兩個丫頭對了會兒眼色，心頭一緊，這主子可別又是想往外跑了吧？自撤了夾板，她這念想就沒斷過，要是宴請賓客那天跑了出去，她們都別想活了。

宋氏把翡翠招到屋裡，溫言細語地問：「不知福晉那裡可有什麼需要效勞的，我們日日得福晉的眷顧，還是能幫上些小事的。」

上一回胤禛的生辰宴就是她擬的菜單，滿心以為這一回周婷也會叫她過去，誰知道她卻把平時的請安也給免了，她幾乎都照不到胤禛的面。

翡翠再不機靈，也知道宋氏說的是什麼。「都辦好了，格格不必操心，德妃娘娘那兒賜下來的顧嬤嬤原先在宮裡就是辦這些的。」

跟在宋氏身邊的丫頭蕊珠拿出個包袱來，宋氏翻開來指了指。「這是我為小阿哥做的鞋子，才剛得的。」說著就脫下手上一枚玉戒指往翡翠手裡塞。

翡翠推了兩把沒能推回去，只好接過來往袖子裡攏。她接過丫頭手裡的包袱。「格格有心了，主子定然會喜歡。」

院子裡的女人眼見走不通別的路，全都卯足了勁往正院裡的人求，不說周婷身邊幾個大丫頭，就是院子裡灑掃看門的，也得了許多好處。

看到翡翠臉上帶著笑出了門，蕊珠就說：「上回被那邊的搶了先，這回可算能顯出來了吧。」

她嘴裡的「那邊」，指的就是鈕祜祿氏。鈕祜祿氏在得知周婷懷孕時曾送過一些小衣裳，最後非但沒能討好，反而被胤禛罰去學規矩。

懷了孕的主母還死霸著丈夫不放，哪家都沒這樣的規矩，要是換一個會憐香惜玉的主子，她們還能哭上一哭、鬧上一鬧，可胤禛的性子擺在那裡，誰都甭想玩這招。院子裡誰不感嘆李氏的慘狀，她們全都要在周婷手下討生活，她一說免了請安，她們連院子也出不得了，就算有想露頭的，也得看看自己比不比得過李氏，這樣一來，除了討好周婷讓她鬆口，就再沒別的辦法了。

「小衣裳還得接著做。」宋氏沒有因為蕊珠一句話就寬了心，她往外一瞧。「那邊屋子那個，妳再探探去。」

鈕祜祿氏自從出了從鞦韆上跌下來的事，也沈寂了一段時間，畢竟腿上上著夾板，能往哪裡去呢？可宋氏知道她不是個省心的，平時幾個丫頭碰在一起也閒磕過幾回牙，知道她不安分。

宋氏閉上眼，琢磨了一會兒，覺得這是個露臉的好時機，就等著鈕祜祿氏再出點什麼亂子來呢！

翡翠得的玉戒指往烏蘇嬤嬤那裡一放，烏蘇嬤嬤刮了刮她的臉皮。「收下吧，當是攢嫁妝。」

周婷收了包袱讓珍珠檢視了一會兒，拿出來一看的確是宋氏的針線，就往炕桌上頭擺開來。「倒是精細呢。」

往這上頭花工夫，總好過時不時去外院探腦袋，周婷雖然收下東西，卻並不打算用。

「收起來吧，再挑幾疋絹紗過去給她，讓她看好院子才是正經。」

這一回去吩咐的就是珍珠了，她一進門，先是笑。「主子說針線費眼力呢，要格格不必做這些了。這是春天才得的絹子，知道格格愛這玉色的，特地拿來給格格呢。」

宋氏早已不是當初專挑素色的鮮嫩小姑娘了，臉色雖還好，卻撐不起這樣淡色的衣裳，可衣料是周婷賜下來的，她必須道謝，還得裁了衣裳穿。

珍珠一眼就看見鋪在桌上的藕合色緞子，看打樣就是做小衣裳的，趕緊攔著。「格格要再進上來，咱們這些人可擺到哪裡去呢？主子說了，格格打理這院子已經夠辛苦了，再不能叫格格費這力氣的。」三言兩語就把周婷的意思給帶到了。

「這哪裡費工夫了，一手一腳的事而已。」宋氏知道自己的主意打對了，眼睛往鈕祜祿氏的屋子一看又轉了回來，臉上露出笑容來。「這原本就是應當的。」

鈕祜祿氏日日都在想要怎麼出頭，她本來打算做好幾件小孩子的衣服，很快就能博得好感，可以得到周婷的青睞，在胤禛面前混個臉熟，等到她承寵以後，生下弘曆就是遲早的事。原本一切都已經打算好了，卻沒想到周婷並未鑽進她的圈套裡。

明明主母懷孕了，就該找個母家沒地位的抬起來好避免妾室來爭寵，怎麼周婷一點都不急？不光是自己，一院子的格格們竟都沒見著胤禛的面。在鈕祜祿氏心裡，占著正妻位置的周婷就是個背景，不管是當主母還是當皇后，全都要讓道給她，自己上位不過是時間問題。

鈕祜祿氏不斷扳著手指頭算日子，難道真的要讓她等到康熙五十年時才生下弘曆？

桃兒坐在廊下做繡活，眼睛時不時往屋子裡瞅一眼，眉頭皺得死緊。菊兒快步走過來俯在她耳邊輕聲說了幾句，兩人交換了個眼色，還沒來得及做什麼，就聽見裡頭的鈕祜祿氏揚聲喚她。「菊兒，進來給我換杯茶。」

菊兒暗暗嘆了口氣轉進屋子，只見鈕祜祿氏把茶杯一推。「喝著滯嘴，換一杯來。」

周婷不是個苛待妾室的主母，但也不會錯了譜，上頭發下來的東西，一層層賜下來，還得分承過寵和沒承過寵的。鈕祜祿氏剛進府，既無寵愛又無資歷，自然不會有什麼好茶葉，就算存下來一些，也要用來待客。

再換一杯，也還是一樣的茶葉，菊兒小心翼翼地說：「要不，去隔壁屋子討一些來，咱們這裡就只有這種。」

「胡說，前些天派東西的時候不是送了新茶來，怎的這麼幾天就沒有了？」鈕祜祿氏在家裡也不曾喝過好茶葉，條件擺在那裡，就是她再想高貴，也擺不起譜，但她卻滿心以為進了四貝勒府就不同了，就算現在還達不到周婷那般標準，吃香喝辣總是有，卻沒想到進府一年了，在胤禛眼裡就跟沒她這個人似的。衣裳是每季在做，可用的料子都不如人；首飾是每季在打，可到她這裡卻是素銀子居多，她往後可是要當太后的女人啊！

「那是要留著待客的，總不能失了體面。」菊兒有些為難，她是府裡的家生子，早早就定好以後要到主子面前侍候，嬤嬤教規矩時，總是分外強調這些細節，誰知竟被指到鈕祜祿氏身邊。就算她是小家子出來的，行事都帶著村氣，也不該連這些都不知道。

「拿那個來，我在自己的屋子裡，竟連喝杯茶也不成嗎？」鈕祜祿氏帕子一甩，指了指對面的屋子。「我瞧福晉那邊的大丫頭去宋格格屋子裡，妳可知道是做什麼去了？」

菊兒頭一低。「說是宋格格做了些小衣裳送去給福晉，福晉叫珍珠姊姊送了幾疋絹紗去。」說著不敢抬頭看鈕祜祿氏的眼睛。

之前那個幫鈕祜祿氏說話的丫頭，雖說沒打沒罵只是攆出了院子，但誰都知道她往後的日子好不了了，誰還敢跟這樣的主子一起犯渾呢？老老實實侍候幾年就能放出去嫁人，偏偏跟了個不長腦子的，她們心裡都在為自己打算，這幾年還有得熬呢。

鈕祜祿氏咬著嘴唇捏緊了拳頭，不過是個無子的格格，就算四爺當了皇帝，宋氏也只是個嬪。鈕祜祿氏心裡氣憤不平又要強忍住，手掌心上掐出一排指甲印子，她一扭身站了起來。「咱們往宋格格屋子裡去。」

桃兒趕緊放下繡活跟在後頭，兩個丫頭在鈕祜祿氏看不到的地方都苦著臉。

才進了宋氏的屋子，宋氏的丫頭蕊珠就過來相迎。「鈕祜祿格格怎麼有空到咱們格格屋子裡來？」說著拿帕子掩了掩嘴。不是用勁地在繡小衣裳嗎？整個院子都知道她那獨特的十字繡法了。

偏偏鈕祜祿氏沒聽出她話裡的意思來，只一笑。「妳們主子呢？」

「前頭宴客，咱們也不能出門。」宋氏從後頭繞出來，獨她一人在三間正屋住著，其他都是一間間的小屋子。「肯定熱鬧得很呢，妹妹才來沒多久，往日辦這樣的宴，院子裡頭都要紮花兒呢。」

這就是在騙鈕祜祿氏，像菊兒、桃兒這樣的丫頭，都知道只有冬天辦宴才會紮花。

鈕祜祿氏一聽，臉上果然露出神往的表情。

宋氏暗自嘲笑她，此時蕊珠上了茶來，宋氏就指了指。「這是福晉剛送來的，妹妹也嚐嚐。」整個院子才多大，那邊才鬧騰，這邊就能聽見了。

鈕祜祿氏抿了一口，誇上一句：「只姊姊這裡茶葉好，不知道前頭宴客，都有些什麼人呢？」說著就轉了轉眼珠子。自從來了這裡，她就只見過胤禛一面，詩會倒是個好場合。

宋氏心裡多少有點怪她上回連累了自己，讓周婷冷待她那麼長的時間，見鈕祜祿氏露出這副模樣，就了然地笑了笑，恨不得她再折騰兩下，於是故意半遮半掩地說：「上一回福晉還叫我擬菜單，這一回就全由顧嬤嬤料理了，沒用著我，我哪裡知道有些什麼人呢。」

宋氏接著算了一遍。「左不過是爺那些兄弟們，十三爺、十四爺定然要來，其他的就不知道了。」

不提十三、十四還好，這一提，鈕祜祿氏兩隻眼睛都在發光，把正端點心給她的蕊珠給嚇了一跳，直往宋氏那裡看，菊兒跟桃兒則是暗暗叫苦。

宋氏本來不過想挑撥一下，但又怕真的出了大事，周婷會不放過她，便不敢再往下說，叫蕊珠包了一包茶葉，送鈕祜祿氏出門。「妹妹常來坐，福晉剛賜了絹子下來，我想著要做夏裳穿呢。」

鈕祜祿氏心不在焉地出了門，菊兒跟桃兒趕緊跟在她身後，一進屋子，她就開了衣櫃挑揀起來。「這件太素，這件又太豔了。」說著皺起眉頭來對著小妝鏡試了好幾套衣服。

菊兒推了桃兒一把，桃兒苦著臉上前去。「主子，並不出門，怎要換衣裳呢？」福晉可是特別吩咐過的，再要鬧出什麼來，她們倆都沒命了。

「外頭又有人守門？」鈕祜祿氏這才轉身來看了兩個丫頭一眼。

桃兒死命點頭。自從她們主子溜進院子從鞦韆上摔下來，東院的門禁就更嚴了，沈婆子見誰都板著一張臉，就只對宋格格屋子裡的丫頭有幾分笑，對她們就跟看賊似的。

鈕祜祿氏喪氣地放下衣裳，轉眼間就又笑開了，她坐到妝檯前，比起新打的珠花。「妳去院子邊打聽打聽，我就是想聽個熱鬧。」

兩個丫頭對視一眼，桃兒嚥了嚥唾沫，轉身出去了，菊兒則留在原地。一個看著她，一個去打聽消息，好歹探聽點什麼來回給鈕祜祿氏，也好讓她不再鬧。

兩人算盤打得好，可惜的是桃兒連院子門都沒出，沈婆子就拿眼睛斜了斜她。「姑娘有事出門還請晚著些，這會兒院子裡可都是貴人呢。」

桃兒回去稟報，氣得鈕祜祿氏砸了個杯子。

這次從屋子出來，桃兒拿著自己翻找出來的粗銀戒指往沈婆子手裡塞，沈婆子掂了掂，又塞了回去。「我可不敢開這先例，要是姑娘出去衝撞了誰，可沒老婆子的命在。」

還是蕊珠看見，過來說了一句：「沈嬤嬤別繃著個臉，把桃兒妹妹都嚇著了，她能有什麼事，不過是去取些絲繩絲線。」

她一邊說，一邊朝沈婆子使了個眼色。沈婆子連忙堆起笑來，放了桃兒出門去。

院子裡早就熱鬧開了，就連正院也能聽得見喧譁聲，都說三個女人敵過一群鴨子，這些男人也不差了。

周婷往暖閣裡一坐，旁邊站著四個大丫頭，隨時準備替她出去吩咐事情，其實東西早就已經備下了，因是男客，就沒讓丫頭伺候，各院的院門也都關緊，叫小太監看著，這時候就怕出了什麼突發狀況。

這些人連尋常院子也要遊出花來，更別說胤禛家裡了。胤禛的品味在兄弟裡頭是排第一的，造院子時他就時不時會過來看一圈，指點幾處花木栽種、樓閣安排之類的，花木不曾掩了樓閣，樓閣不曾壓了花木，恰到好處，林木時疏時密，遊玩起來處處都是景緻。

三阿哥胤祉很喜歡這些。「往常也曾來過此間，卻不曾開院相待，果然是藏著好地方自得其樂呢。」

正是春盛日暖之時，湖中現游魚，舉目有花草，眾人坐在亭間，就有小太監送上酒水，裝酒水用的白瓷杯在杯底繪著大小形態各異的紅鯉，胤祉見了就又讚一聲。

一旁的胤祥從鼻子裡哼出聲來，他來全是看在胤禛跟胤禛的面子上，胤禛趕緊拉了拉他。這一路走過來，胤祥不知拆了胤祉多少臺，再這樣下去，兩人臉上都掛不住。

胤禛朝胤禛點頭示意，側身把胤祥擋住了。胤禩見狀，露出意味不明的微笑，轉頭跟胤祉聊起詩文來。

水榭中已經安排好了宴席，幾位上了年紀的已經走累了，正好就在此歇下，喝酒吃菜，再鋪開筆墨，一有佳句就聯上。

主題還是胤禛一開始提出來的那句「淡極始知花更豔」，汪士鋐先提筆寫了下來，引得何焯技癢，胤禛身為主人，自然不能少寫，一圈下來，胤禩的臉都綠了。

要論詩才，他自認在兄弟間是持平的，可論到書法，他實在不想承認自己最差，就連大阿哥，康熙也沒有特地派人去教他寫字，本來是談詩的，汪士鋐一下筆，胤禛自然就把話題帶到書法上。

胤祥在這方面也是強手，明裡暗裡損了胤祉兩句，胤祉卻沒放在心上，有個對照組在跟前，誰還會把這些放在心裡呢？就連一向同胤禩親近的何焯，也不得不承認胤禛的字寫得很有水準，一來二去，兩人聊得竟還算投機。

八阿哥起先還能插上兩句，愈到後頭愈是說不上話，幸好他一向會做人，轉過頭就去跟三阿哥帶來的人聯絡感情去了，在那些人裡頭又博得待人寬和的印象，挽回了一點顏面，可到底還是讓這些江南文人留下了「八阿哥的字實在上不了檯面」的評價。

遊園足足遊了一天，各方人馬都滿意，胤祉覺得自己展示出了文采和大度，胤禛初步結交了些文士，胤禩雖不幸成了對照組，但他腦子轉得快，也算小有收穫，胤祥損過三阿哥就已經圓滿了，至於胤禎，他灌了兩罈三阿哥帶來的好酒，樂得很。

周婷嚴陣以待了一整天，一點事也沒有，除了有個清客上完茅房差點走錯路，叫小太監找了回來，連杯子都沒砸掉一個。她長長地吁出口氣來，捶著腰問瑪瑙說：「那邊院裡也沒什麼事吧？」

說到這個，桃兒還真的去要了一把絲繩絲線，她一路走一路打聽，看見有小太監經過，就站住腳問兩聲，也問出個七、八成來，回去就拿話搪塞鈕祜祿氏。「說是主子爺開春宴，邀些人做詩寫字呢。」

鈕祜祿氏的興頭剛起來，桃兒這兩句話哪能滿足她對春宴詩會的想像？她不停地問了又問，桃兒把她認識的、記得的吃食都說了一遍，鈕祜祿氏還不滿足，眉頭皺了起來，埋怨她。「妳就打聽了這些？我問的是做了什麼詩！」

桃兒根本就不認識字，小太監們一直近身侍候，倒能說上兩句，可她聽過就忘了，想了半天就逼出來幾個字。「好像有一句是咱們主子爺做的，叫什麼花，什麼更豔。」

鈕祜祿氏這一天腦子裡都在思考現在還沒問世的詩句，就想著能有一句應景的傳出去，好一鳴驚人，此時聽到桃兒連個詩句都說不好，氣得從椅子上站起來，一把掐住桃兒的胳膊。「妳這腦子，一共才幾個字，就沒一句記全的！」

桃兒吃痛不過，菊兒趕緊過來拉住鈕祜祿氏。「咱們都不識得字，問了也是白搭，不如使了銀錢給小太監，那些寫壞了的紙總要交給他們燒掉，拿一張過來就是。」

鈕祜祿氏喘了口氣，鬆開手重新坐回椅子上，揮了揮手。「妳去吧，叫她留下來侍候我。」

菊兒連連點頭，使了個眼色給桃兒，桃兒就抽抽鼻子往外廊一坐。

菊兒經過沈婆子眼前時，還得解釋道：「挑的顏色主子不愛，還是我去。」

花了些時間才挑到一張完整的，菊兒謝了又謝，塞了個粗銀戒指過去還不夠，小太監直看著她手腕上的細銀鐲子，菊兒忍痛脫下來給他，捏著張紙回了院子。

鈕祜祿氏細細辨了兩回。「這句是咱們爺做的？」

菊兒哪裡敢說不是，直點頭。

鈕祜祿氏把手一鬆，腦子飛快轉了起來。怪不得如今周婷又有了身孕呢，她臉上的笑容止也止不住，把「淡極始知花更豔」這句詩又來回唸了好幾遍。

第三十七章 餘波盪漾

胤禛一進正院，周婷就扶著肚子迎上去了。「爺今天可累了吧，我在屋子裡坐著，還能聽見前頭的響動呢！」

「說了多少回偏不聽，妳身子沈了不需起來，這些讓丫頭們做。」胤禛說著，解了腰帶上的掛飾扔到托盤上。

周婷還絞了毛巾遞過去。「我坐了一天，這幾步路哪裡就累著我了？今天前頭可有什麼新鮮事？」

胤禛擦了一把臉，把毛巾扔進銅盆裡，扶著周婷的手往屋子裡去，看見炕上已經鋪上竹席坐褥，就先問：「怎麼才四月天就用這個了？」

「不知是不是天氣愈來愈熱了，我一動就要出一身汗，爺只坐在薄褥子上就行，我得坐這個。」孕婦畏熱，別人春裝穿得正豔，周婷現在就恨不得能換上夏天的衣服了。

「竹子的不比象牙的好，我記得庫裡有象牙枕席，怎不拿那個用？」胤禛拿起茶盞喝了口茶。「單子都在妳這邊擱著，妳要什麼就叫蘇培盛去取。」

周婷抿了抿嘴角。「我嫁妝裡倒是有一張象牙席，只是尺寸如今對不上了，想著裁開來用，又太糟蹋東西了。」

她一緩過神來，就把那拉氏的嫁妝單子拿到手裡了。上頭有些什麼東西她清清楚楚，現在那張單子愈來愈長，除了胤禛給的，康熙賞賜的也羅列在這上頭。

「往後妳想起這些東西，就差人去吩咐他。」胤禛捏了枚奶油蜜棗往嘴裡放。「不必回過我了。」

站在外間的蘇培盛低了低頭，這算是把私庫也移交給福晉管了，本來單子在她這裡，鑰匙在蘇培盛那裡，這會兒算是明明白白地把掌管的權力都交給了老婆。

周婷一聽就知道胤禛今天很高興，他一高興就喜歡給人東西，這脾氣大概同康熙一樣。上回賜下來的耳瓶竟是宋朝的，周婷再不接觸古董，也知道價值不菲，若不是胤禛說要擺出來，她還真怕小丫頭有失手的時候呢！

至於他的私庫，她還真不想插手。男人都該有些私房錢，現在他給得痛快，往後又反悔了，可怎麼辦？再說，她也不需要把關得這麼嚴，有蘇培盛在，他要是從庫裡拿點什麼出來給小老婆，不出書房門她就能知道了。

胤禛的確很高興，周婷幫他辦了一場成功的詩會，從器具到遊園路線無一不教他滿意。胤禛並不是個耽於享樂的人，但他樂於享受，周婷把一切都安排得恰到好處，為他在文人那邊拉了不少印象分，他自然怎麼看她怎麼順眼。

今天胤禛也算是懂了，周婷是說為了兄弟和睦把八阿哥給請來，但達到的效果卻是意想不到的。胤禛憑著一手好書法硬生生把胤禩的字襯成八爪蟹，那字實在教人看不下去，他很是享受了一回這些文士們的讚揚目光，特別是在他們比對過自己和胤禩的字之後。

胤禛是上次爭位的勝利者，這次他一樣會勝利，但也許並不需要用那樣慘烈的方式。他不會忘記自己上位之後的那些非議，能多拉一些人站在他這邊最好，一個名士可以影響一方文人，他這時候做好功夫，以後的阻力就會少許多。

「我特地吩咐把皇阿瑪剛賜下的粉青釉荷葉筆掭拿出來，爺可瞧見了？」周婷不接口胤禛私庫的事情，把話題又拐回了詩會。「還是三嫂說的，他們最愛賞玩這些，可沒給爺丟臉面吧？」

「皇阿瑪賜下來的自然都是好東西，三哥把那個借去了，說玩兩天就還過來。」胤禛往周婷肚子邊一躺，問她：「這兩個小東西可淘氣了？」

「再乖巧不過了，嫂嫂們都說我好福氣呢，這樣兩個不鬧騰的，以後生下來也省心。」周婷微微嗔他一眼。「如今可不是小東西了，我都恨不得能叫人幫忙捧著肚子走路呢。」

隨著肚子月分愈來愈大，周婷就愈是擔心胤禛會去睡小妾，她想好了一萬種對策，卻都沒用上。胤禛也不知道是怎麼了，就是不能吃肉的時候，也樂意留在她這裡喝湯。

胤禛聽周婷這麼說，勾了勾嘴角，拿手貼過去。「難道我不曾幫妳托著它？」月分大了，行事愈來愈不方便，之前還算是別有滋味，現在卻怕她太過吃力。

周婷聽了臉一紅，伸出手拍了胤禛一下。他不去後院，得益的是自己，是以更加用心揣摩他的喜好，力求讓他把正院當成他的窩，目前也算初見成效，至少他如今不在外書房，就在正院裡。

她伸手摸上他的後背輕輕摩挲，現在這個動作已經不那麼容易做了。周婷在心裡咬牙，實在不行的話，非常時刻只好用非常手段了。

周婷摸了他一會兒，又問：「可做了詩？」

胤禛這才把聯的詩拿出來給周婷看，他覺得這些詩作尋常，倒是何焯的字很有看頭。周婷一接過來就看見「那一句」，心頭猛然一跳。「爺怎麼把這句也拿出去了？教人怪不好意思的。」

「我哪裡會說是妳做的，只說這是我偶然得來的。」現在的女子愈發被拘束，李清照、朱淑真之流都是宋朝的事了，作詩不要緊，但只能在閨閣裡流傳，傳出去就是失了女子的莊重，就是善詩文的，也只是當小姑娘時寫過兩句，例如三福晉，只是她如今也已不大動筆墨了。

周婷還是不放心，這世上的穿越者可不只她一個，萬一被人聽到了，識破來處可怎麼辦？她捏著紙的手微微用力。「可有人對出來了？」

「全在這兒，倒真沒那個意境。」胤禛看周婷對著玻璃燈細看詩箋的認真神情，覺得很是新鮮，想不到有一天他竟然也能跟她論一論詩了。

「這句是何焯的，這句是汪士鋐的，這句是汪灝的，他與何焯同為進士。」汪灝這個人倒是胤禛的意外收穫，胤禛如今看人只看實用不實用，汪灝是治過河的。他想到這裡，微微一笑，點著頭說：「這一句是八弟的。」

周婷雖說受過的古詩文教育不算多，但她記得的都是千年流傳下來的金句，全看過一遍才說：「左右不過這些老詞，再不能比『日出江花紅勝火，春來江水綠如藍』更好些了。」既是賞春，自然做的也是關於春天的詩，何焯的詩裡還有兩句好的，其他都很普通。

「能出其右的還有幾句？」胤禛難得有心情跟老婆聊些風月，手一摟搭在了周婷的肩膀上。「妳就沒看出些什麼來？」

「我不懂這些，只是瞧習慣了你的字，倒覺得這一些都沒你寫得好。」要周婷品評書法肯定不行，但她知道胤禛的書法是康熙都稱讚的，說他寫得好，肯定沒錯。

胤禛笑了，大家都喜歡被誇獎，周婷雖然沒說到重點，但胤禛卻喜歡這份直白，真要叫她論筆、論墨、論鋒，那才是班門弄斧呢。「老八也太沒長進了，跟了何焯學那麼久，竟一點也沒學到。」

八阿哥的字其實算不上差，但那得看跟誰比，何焯、汪士鋐全是當世有名的書法大家，那些清客們的一筆字也很拿得出手，他的字擺在這些人當中，就顯得分外慘不忍睹了。

「倒是硬脾氣。」周婷拿過瑪瑙調的花蜜鹵子抿了一口，就把杯子遞到胤禛面前。「這個好，爺也嚐一口。」

「妳又知道他是硬脾氣？」這評價倒沒說錯，胤禛挑了挑眉毛，仰頭一口飲盡。

「就只有他的字不帶拐彎的，你說硬不硬？」周婷指著幾處轉折說道。人家的字都是圓潤的，偏偏八阿哥就是直角。

周婷一說完，又輕輕掃了胤禛一眼。她現在的命運跟胤禛連在一起，他不好她也不會好，八阿哥現在不突出，但以後會是強而有力的競爭者，現在這時候重視他總沒錯。

「倒也不算說錯了。」胤禛趴在周婷身邊，聞她口中吐出來的花蜜甜香，不由意動。

周婷看他的眼睛就知道他又想了，現在就是用手也不能滿足他，難道真的要她動口？

胤禛摟著周婷貼上來，她現在身上都是軟肉，一捏就是一團，特別是那兒，被他一頂都陷下去了。胤禛一邊在後面磨著，手一邊往前面探，聞著她頸上肌膚帶出的溫熱香味，在炕上就蹭了起來。

周婷靠在枕頭上不動，任由胤禛磨蹭她，她一面臉紅氣喘，一面抽出帕子來遞到他手裡。她把眼睛一閉，下定決心要是他還能守得住，下回她就用嘴試試。

「主子，一院子都熄燈了，要不咱們也熄了，明天再看吧，蠟燭燒得多了，回頭管事嬤嬤又要磨牙了。」桃兒小聲地說道。

自從菊兒拿回了詩箋，鈕祜祿氏就沒撒過手，一直盯著看，眼裡的光芒嚇得兩個丫頭都不敢湊過去，晚飯時，因為宴席而賜下的好菜，鈕祜祿氏也沒吃上兩口。眼看院子裡只有她們一間屋子還亮著燈，菊兒嚥了口唾沫，上前一步。「主子，明天再看吧。」

鈕祜祿氏把那張紙箋往妝匣裡一塞，落上鎖，把鑰匙放進荷包裡。菊兒見狀，忍不住動了動嘴角，卻沒出聲，把目光轉到別處，心中則不住嫌棄她小家子氣，不過是一張紙箋而已，用得著這麼寶貝嗎？

桃兒跟菊兒兩個打地鋪守夜，鈕祜祿氏坐在床鋪上眼睛盯著帳子頂，突然無聲地笑了起來。她手裡緊緊捏著被角，怕自己出了聲，這簡直是天上掉下來的好事，原來她的姻緣一直都在，只不過是換了個時代。

鈕祜祿氏長嘆一聲，菊兒聽見了爬起身來。「主子，可是要茶？」

「不用。」鈕祜祿氏臉朝裡躺下來，只要她一翻身，就能看見一整間屋子，馬桶就放在另一邊，天一熱就是一股騷味。

鈕祜祿氏咬了咬嘴唇，現在只欠一個機會，她就可以搬到正院裡去，一步步富貴登天。

園子裡的粉荷打出花苞時，周婷的肚子已經很大了，行動坐臥都不方便，早早就被太后免了請安。「妳這麼大的肚子站在我跟前，我都給揪著心，反而不舒坦了。妳回去好好歇著，就是請了我的安。」

德妃也幫忙相勸，周婷自然樂意，推了兩回就應下了。她身體沈得就差點被抬著走了，再這麼一大早就進宮請安，一坐一個上午，哪能撐得住？

雖然不再進宮，周婷卻沒斷了跟德妃的交際，老是借著胤禛的手送些小東西給德妃，包括家裡調好味道的花蜜鹵子、開胃的紫薑。太醫建議周婷常吃這些東西，說是適合孕婦，她吃了覺得好，細問過後才知道，原來上了些年紀的女人吃更合適，就要胤禛送一份去給德妃。

「這些東西母妃那裡都有，妳只管差人捎句話就成，哪裡需要準備這樣一盒子進上去？」胤禛感到好笑，又覺得窩心，嘴上雖然唸周婷，其實心裡也很高興。

「你們爺們哪能像女人這樣細心呢？母妃吃了覺得好就行，孝順就是在這些小地方呢，什麼寶石珠玉，母妃那邊才真的不缺這些。」天氣愈來愈熱，周婷早已經換上薄紗衫，瑪瑙拿著葡萄金蝶的團扇站在後頭，時不時幫周婷打打扇子。

這話倒是正理，愈是普通平常，愈是能見人心。胤禛大大方方地把食盒進了上去，德妃果然高興，真的每日不間斷地服用。她已經到了更年期，吃這個最相宜，過了半個月，就覺得整個人鬆快多了，加上是胤禛親自拿來的，就是不吃，心裡也受用。

德妃臉上的笑容止都止不住，還拿給康熙看。她已經很少承寵了，康熙不臨幸妃子時，也會偶爾去她們那裡坐坐，德妃正在吃紫薑，就直接幫胤禛打廣告了。「咱們四阿哥跟四福晉孝敬上來的，往日吃著太醫院的藥，也沒有這個好呢！」

康熙愈發覺得胤禛是個孝順兒子，這麼一想，就覺得他行事端正，約束手下也很有力。大阿哥的當鋪逼死人的事被太子捅出來，兩個人在御前爭論，康熙各打過他倆五十大板後，就開始考察兒子們私產的經營狀態，王府插手生意本是平常，但奪人營生卻不能取人性命。

眼看康熙就要巡塞去了，秀女的前程得先決定，正好各宮的主子們也看得差不多，把名單再排一排，就準備定下來了。

周婷這下不得不進宮去了，自那回婉嫻在御花園走失後，她就讓珍珠去提點過她，話沒說得十分透，效果怎樣她也不知道。但自此之後，婉嫻沒再鬧出什麼大事來，頂多就是聽說跟這個拌了一回嘴，跟那個嘔了一次氣，雖然顯得不莊重，但說出去也還能當成是小孩子胡鬧。

同屆的秀女處得好的，嫁人之後也能互相走動，有的甚至還會變成一家人，婉嫻這般行事，影響的是她出嫁之後的交際，可這跟周婷扯不上關係，她懷孕還得理家事，也不可能樣樣都顧得到，有人時不時來回報就行了，就是西林覺羅氏，也知道自己這女兒不可能有個好將來了。

既然前程已定，妃子們便不再每隔三、五日就領著小姑娘們說話、喝茶、吃飯了，還有最後一回的皇帝親閱，基本上妃子心裡也都有數了。裡頭幾個身分不顯的，皇帝這回大概要自留，幾個妃子不禁在心中暗暗品評了一回。

王貴人卻很著急，兒子都要娶親了，她卻還在貴人位上待著，後頭又有鮮豔的小姑娘不斷湧進來，暗地裡很是埋怨，吃虧就在出身啊！

周婷不能看皇帝親閱，上頭坐著公公，她得避嫌，但她能從太后跟德妃那邊聽到一些消息。

「叫妳別來請安，怎的又來了？還有妳也不坐輦，累著可怎辦？」太后不斷叨念著。

周婷一身淡紫色繡葡萄的常服，看著就覺得清爽，她頭上不戴鈿子，只簡單地插了兩把白玉扁方跟一支八寶攢珠的珠花，整個人透出精神來。

「雖說老祖宗心疼我，但我也想念老祖宗和母妃呢，一段時間沒來看看，心裡惦記得很。」周婷甜笑著說。

周婷挨著德妃坐在下首，一番馬屁拍得太后合不攏嘴，指著她就笑。「妳同老八媳婦做鄰居才多久，竟也學得口齒伶俐起來。」

「這我知道，她這是關在家裡悶了，進宮來看熱鬧呢。」宜薇輕聲一笑。「老祖宗別被她裝樣給騙了，她可愛玩鬧呢！」

八福晉的說話風格大家都習慣了，見周婷臉上沒有不悅，也就跟著笑起來，一群女人閒聊了一陣子，才說到秀女的事情上。

「按道理萬歲爺要親閱，只是這回時間緊，而這一批的秀女人數又多，就想著再選一回，年紀小的就放回家裡去，過三年再來。」佟妃算是妃子裡的總管，雖然職稱未定，卻早已掌管宮務了。

「妳妹妹這回是有造化的。」這時候流言也傳得差不多了，太后說起來就沒了顧忌，拍著太子妃的手。「妳們是親姊妹，現下又成了妯娌，倒是好事呢。」

「這是老祖宗抬愛她呢。」太子妃也很高興，家裡又出一個皇子福晉，這不僅僅是皇帝看重太子，也看重她們石家。

說到太子妃的妹妹，周婷心裡就咬了一回牙。她剛剛得到最新消息，婉嫻原本跟石家小姑娘交好，兩人行動都在一處，不知怎麼的就生分了起來。

這些女孩子之間也有小圈子，石家小姑娘是其中的領頭人，如今婉嫻在啟祥宮的日子不好過，原本的圈子不要她了，別的圈子又融入不進去，只能整日悶在屋子裡不出來。

太子妃微微一笑，又把話題轉到周婷身上。「我聽說妳那姪女同我妹妹倒要好，兩人常在一處說話做事的，就不知以後有沒有福氣當一家人了。」

雖然太子妃說話這麼委婉客氣，然而誰都知道那拉家這個姑娘不太受教，御花園走失一事到底還是被報了上來，在主子們面前留下壞印象，就算留到最後，也不可能被指婚。

就在一個宮裡，又是嫡親的胞妹，石家小姑娘肯定得過太子妃各方面的照顧，不會不知道她們倆鬧翻了的事，然而周婷也不介意，只微微一笑。「這也是她們的緣分。」只這一句，再不多說。

太子妃見好就收，她對周婷的印象一直不錯，但再親也親不過一母所出的妹妹。石家小姑娘在她面前告了狀，她差人了解過後，的確是那拉家的女孩不對，自然要幫著妹妹。就周婷這一句話，下面妃子的家人想要跟那拉家結親，也得再等等看了。

有了這一齣，周婷再差珍珠去看婉嫻的時候，德妃就開口了：「妳是個好孩子，我也相信妳們家的教養良好，怎麼這個姑娘聽說行事不大莊重？」

周婷只當德妃是在提醒自己，捏著帕子笑了笑。「我這姪女就是太過嬌慣，含在嘴裡怕化了，捧在手上怕跌了，家裡什麼都依著她，才會養成這般性子。」

周婷跟她大哥本非一母所生，她與她姪女這層關係也近不到哪兒去，但既然是一家子，德妃就怕婉嫻連累周婷在宮中的風評。

德妃聽了周婷的解釋，勉強點了點頭。「我就說，妳的教養極好，想來一家子出來的也錯不了。」

珍珠是聽德妃說完話才去啟祥宮，她一路上都在生氣，按說這姑娘看上去嬌怯怯的，很有大家閨女的模樣，怎麼現在給主子惹出這麼多事來？珍珠知道周婷在妯娌關係上下了多少功夫，幸好這回只有一個太子妃的妹妹，要是幾個妯娌家都有人在選，那還不得罪光了?!

是以這一次過去，珍珠就帶著警告的意思。她臉上帶著笑，進了啟祥宮，石家小姑娘不用說，自然是住在朝向最好的那間屋子，她那裡也熱鬧，圍著一群小姑娘，前程差不多定下，也就沒什麼機鋒了，湊在一處還算和樂。

婉嫻的屋子也不算差，跟她同屋的女孩不在，她一個人坐在窗前翻書，珍珠還沒進去，就聽見書頁簌簌響動個不停的聲音。

走進去一看，婉嫻那窗戶就正對著石家小姑娘的屋子呢，珍珠行了個禮。「給姑娘請安。」

婉嫻一見珍珠，眼睛就亮了起來。「珍珠姊姊來了，可是我姑姑進宮了？」

這幾日婉嫻才真的知道什麼是叫天，天不應，叫地，地不靈。原本周婷在宮裡，各方面都幫她打點，偶爾還差人賞東西過來，這些秀女與宮中的嬤嬤也看在眼裡。如今周婷一不進宮，這些賞賜就斷了，她也就失去顯擺的資本，又因平時不會做人，手上的銀錢花光了以後，就沒人聽她的，因此更盼望周婷能進宮來，好歹占著姑姪的名分要些東西。

「姑娘這話說的，主子不進宮，奴才哪裡跟進來呢？」珍珠也不是空著手來的，她把盒子往桌上一放，眼睛一掃就知道桌上的茶是涼的，便出去喚了宮女進來換過。

婉嫻藉機垂頭嘆息。「這宮裡頭的日子可真是艱難，不過因為說錯一句話，如今連小宮女也使喚不動了。」

珍珠努力繃住嘴角，臉上的笑都僵了。「姑娘說的哪裡話，今天在寧壽宮裡頭，太子妃還說姑娘同她妹妹交好呢。」

婉嫻扯出一個笑，盤算好怎麼樣都得單獨見上周婷一回，這樣才好開口把自己的要求說出來，於是走過去扯著珍珠的袖子說道：「好姊姊為我想想法子，我想見姑姑一面。」

珍珠心裡打了個突，直覺知道婉嫻這回還會給周婷惹麻煩，便不立刻回應，借著倒熱茶不著痕跡地抽出袖子，一面向婉嫻遞茶，一面笑咪咪地推託。「這事我還得回主子，今天主子去了德妃娘娘那邊，下回不知什麼時候才會進宮呢，如今主子身子愈發沈了，爺不許她多挪動的。」

誰知道婉嫻聽了這話眉毛一擰，就要喝斥，然而她到底還記得現在自己全指望周婷，便壓住心裡的不滿，強笑道：「姑姑身子不便我也知道，可我真的有話要對姑姑講。」說著就脫下手上一只金釧塞在珍珠手裡。「還請姊姊幫我想想辦法。」

不過就是想要錢罷了！婉嫻很是不耐。宮裡的奴才都是一個樣子，嘴上說著多難多難，其實就是想要銀子，給了她們，再難的事也方便了。

她的涵養不到家，心裡這樣想，臉上就顯出輕蔑的神色，把珍珠氣得一噎。

她在周婷身邊侍候，就是尋常娘娘身邊的大宮女，也不會露出這樣的臉色，但她只裝作沒瞧見那金釧，而是低頭打開盒子。「這是咱們主子送來的常州梳篦，一套十二把蝴蝶式的，主子說了，給姑娘玩的。」

婉嫻見珍珠不接，還以為她嫌少，想到她是周婷身邊的大丫頭，眼界高也是正常的，就收回那金釧，裝模作樣地拿起一把梳篦來賞看。「這是瑪瑙的？」

珍珠心中已經看輕了她，笑了一聲說：「這是玳瑁的呢，主子說了，這花紋是小姑娘愛的，特地帶來送給姑娘。」

胤禛既然大方地給她一整套抽絲象牙席、象牙枕，周婷也就對他幾個孩子大方了一回。大格格那裡，她一出手就是二十四個象牙跟瑪瑙雕成的花草昆蟲，髮間、衣上都能裝飾；兩個男孩如今還小，用不著貴重的東西，就差人做了十二生肖花布玩偶給弘昀，他手裡抓著就不肯放了，弘時更小些，周婷便命人做了十二個不同顏色小布偶掛在悠車上，他現在一睜眼睛就要抓玩一回。

周婷愈是對孩子盡心，胤禛就愈是給她體面，硬是沒問過一句「後院裡頭哪個方便」的話來。周婷也慢慢琢磨出了些心得，只要她不先開口，按胤禛現在的行事作風，是不會自己主動提出來的，她也不會假大方地幫胤禛安排侍寢的女人。既然她當作沒這回事，旁人也不會多嘴，就連蘇培盛這樣的近侍太監都不開口了，底下人要繞過他去跟胤禛賣好，也得先掂掂自己的分量。

「這樣漂亮的東西，我得當面謝謝姑姑呢，自我進了宮來，她就一直這麼照料，不當面謝一謝，心裡難安。」婉嫻正暗自盤算著這些梳篦的價值，她已經知道她身邊所有東西都能拿來賞人用，她覺得再平常的東西，在奴才眼裡也是貴重的，因此在心中估計一下價錢，好賞給宮女跟嬤嬤們。

珍珠冷眼看著婉嫻在盒子裡翻弄。真的見面了，恐怕主子難安，於是打定主意回去要勸周婷別見婉嫻，理由也很充分，大著肚皮呢，哪裡能這麼自由地來去。「姑娘有這份心就成了，主子哪裡就要聽姑娘一個謝字呢。」

見珍珠橫豎就是油鹽不進，婉嫻的眉頭皺了起來，臉色開始不好看了，開始盤算身邊有什麼能給的。她帶進宮的銀子不算少了，西林覺羅氏忖著她的脾氣，出手很大方，就怕親生女兒在宮中吃虧，光散碎銀子就給了五包，心想哪怕她得罪了人，也能用錢開路。

就這麼多銀子，還是被她用得差不多了，不怎麼貴重的首飾也都已經給了人，剩下這幾樣都是她準備面聖那天要戴的，能褪下一只金釧來算是不錯了。她想了一會兒，還是決定給珍珠一對金釧，手腕上的東西不要緊，她還有別的鐲子能戴。

這麼想著，婉嫻就把另一隻胳膊上的金釧也脫了下來，笑晏晏地遞過去。「只當是我謝謝珍珠姊姊一趟趟的跑腿。」

珍珠這回不收可不行，另一邊一群小姑娘有些已經注意到這邊的動靜了，婉嫻昂著頭，眼睛的餘光朝窗外瞥了瞥又收回來，笑意更深。

珍珠忍氣含笑接了過來，婉嫻又有話說：「我在宮中左右無事，想做些針線，不知姊姊能不能帶疋紗進來，海棠紅的就很好。」

這是剛給了好處就要人辦事了，那兩只金釧簡直快燙掉珍珠的手。她見識多，臉上還能硬撐著笑容，心中卻實實在在覺得這位姑娘沒教養，也不再勸她，只說：「我回去同主子說，下次進宮再來回姑娘。」說著一刻也不停。「主子那裡還等我侍候，不好在姑娘這裡躲懶，我這就去了。」

「送姊姊出門。」婉嫻送珍珠到門口，珍珠辭了又辭，快步往外走去。

婉嫻依著門站了一會兒，一雙眼直往石家小姑娘屋子裡瞄，輕輕哼了一聲，轉了回去。不過是個不受丈夫待見的，有什麼好風光！

第三十八章 癡心妄想

周婷臉色古怪地聽完了珍珠的回稟，不禁猜測婉嫻要做什麼。是想訴一訴苦，還是告石家小姑娘的狀？要是訴苦，周婷還能聽上兩句，畢竟婉嫻年紀還小，還沈浸在幻想中，面對真實世界的殘酷，難免覺得夢想幻滅；要是告石家小姑娘的狀，那周婷就得老實不客氣地說一句，人家是未來的皇子福晉，按她的表現，不可能再高過人家，還是夾緊了尾巴乖乖做人吧！

「見一見也好，後頭她還有妹妹們要進宮呢。」再這麼不省心下去，周婷在宮中花費的功夫都要折掉一半了。

家中女孩的婚事算是聯繫關係的一種方式，周婷其實很需要這樣的網絡，她的孩子更需要。見了還能知道婉嫻求什麼，要是不見，周婷就等於是瞎子過河，只知道她撲騰，卻不知道她是為了什麼撲騰。要是見了以後能把她的心思給掐乾淨，就更好了。

「主子……」珍珠欲言又止。這邊到底不是在自己家裡，說得太明白是給周婷丟臉，只好把婉嫻給的一對金釧拿出來給她看。「這是姑娘賞了奴才的，奴才推託不過。」

這一只就有五、六個環的金釧總有七、八錢重，金子還是高級貨，她就這麼隨手給了？周婷看著又嘆了口氣。「既是給妳的，妳就收著，若不喜歡，也能打些別的花樣。」這都能打一對釵了，別說是耳墜、鐲子。

惠容挑了挑眉頭。「這出手可真夠大方。」這樣的東西雖然尋常，也不是每個人都能賞出來的。

周婷微微一笑，打定了主意，就同惠容說：「我這做姑姑的再不說話，只怕大嫂也要怪我呢。」

德妃點點頭。「妳身子重了，也別跑得太遠，就在這後頭的花園裡坐吧，我差人預備一些點心茶果。」

惠容見機告辭。「那便不打擾母妃了，我那裡還得再看一次禮單呢，咱們爺說了，十四弟從小都跟他一處，這大婚的禮必得辦好。」

「妳們有心。」德妃笑咪咪地差人送惠容出去。

周婷朝惠容點頭示意。「等我方便了，再鬧妳去。」

德妃知道周婷的難處。「日頭一盛人就易乏，我去後頭歇晌，妳同她說完了話，若想靠一靠，屋子也是現成的。」

周婷點點頭，要珍珠帶著三個宮女去請婉嫻，把她帶過去。「實不是我這個當姑姑的愛擔心，我這個姪女，不大認得路的。」

周婷起身送德妃進去小歇，差人先去永和宮小花園那邊等著，等婉嫻到了，她才慢慢走過去。

婉嫻早已在亭子裡等待了，她其實是第一次近距離見到周婷，見她走過來了，便伸著頭看過去。

遠遠的還看不清長相，只知道很雍容的樣子，上回見到周婷是在寧壽宮，她坐在德妃身邊，只聽得清聲音，並沒有細瞧五官。等周婷走近了，再細細打量，婉嫻不禁在心裡評論起來：臉盤圓潤，眉毛彎出自然的弧度，眼睛很有神，嘴唇也紅潤，看上去氣色非常好，長相只能算是中上。

婉嫻的目光在周婷臉上打了個轉，皇家挑媳婦是這樣的標準，那按她的姿色，必定高於十四福晉，這樣想著，就露出幾分得意的笑容，捏著帕子不住想著那個石青色的影子，嘴角一抿，淺淺露出一對笑渦。

一坐下來，珍珠就拿著帕子幫周婷拭汗，她沁掉鼻尖上的汗珠，笑吟吟地開口：「宮中規矩大，比不得家裡舒坦，這些日子可有短少什麼？」

她在打量周婷，周婷也在打量她。十一歲的女孩，勉強能看出幾分以後的容貌，粉嫩的宮裝襯得人更嬌嫩了，坐姿看起來是經過訓練的，看起來還像那麼回事。

婉嫻是特地打扮過的，出啟祥宮時還專程去石家小姑娘的屋子門口轉了一圈，去接她的珍珠死命催著，要不然她說不定還會假裝要去寒暄，其實是想炫耀一番呢！

「並沒什麼不慣的，只是同年的女孩子們不大和善。」婉嫻滿不在乎地說道。

周婷臉上的笑容差點就持不住了。「妳們個個都是家裡嬌養的，凡事不要起衝突，往後妳們難道就不走動了？」

正好瑪瑙上了點心，周婷就指一指說：「永和宮小廚房最擅做這些奶油餑餑，妳也嚐一嚐，回去的時候再帶上一些。」

瑪瑙上過點心後就站到亭子外頭，周婷怕婉嫻說些不合時宜的話來，就算是德妃身邊的宮女，也得防著，更何況她這裡還住著幾個小貴人呢！現下只剩珍珠留在亭子裡侍候，幾個宮女也知道規矩，全都站遠了。

「謝謝姑姑想著我。」婉嫻一笑就露一雙酒渦來，拿了塊點心在手上，就是不動，嘴裡只不停地扯來扯去，從周婷身上的衣裳料子說到頭上插戴的首飾。「姑姑，這串珠子是水晶的吧？」

「妳既然喜歡，下回進宮我讓珍珠送一串給妳。」周婷摸摸掛在脖子上的紫水晶長鍊，含笑不說話，等著看婉嫻能撐到什麼時候。

果然沒幾句話，婉嫻就先忍不住了。「既是在永和宮裡頭，婉嫻想去給德妃娘娘請個安，不然不合規矩。」

「母妃正歇晌呢，等她起來，妳那裡的時辰也差不多了，但妳這份心我會告訴母妃的。」周婷拿指甲蓋挑了挑花糕上的糖粒，咬一口嚥進嘴裡。

婉嫻咬了咬嘴唇，一計不成，又生一計。「上回姪女在御花園走失了，若不是四爺跟十四爺，不知還會走到哪裡去，姪女想要當面謝一謝呢。」

周婷兩隻眼睛像探照燈似地往婉嫻臉上射去，沒錯過她在提到那兩位爺時嘴角那一點點甜蜜的笑容，於是沈住氣說：「妳雖與妳姑父一向少見，但總是親戚，哪裡還用謝。」提到周婷的時候是姑姑，提到兩個阿哥就直接稱爺了，哪門子的家教！

「妳姑父便罷了，妳往後嫁了也總要過來走動，但十四弟是外男，我幫妳帶個謝字就成，當面見不合規矩，妳前程未定，別讓人多口舌。」周婷完全擺出姑母的架子來，一口一聲「姑父」，死咬著不鬆口。

這姑娘是不是腦子被門夾過了？周婷心裡微哂，名分定在那兒，既然已經是姪女輩的了，就不可能再肖想，她以為這是順治的年代，能姑姪同侍一夫嗎？如今這可是實實在在的亂倫！

「我聽說，十四爺就要大婚了……」

婉嫻一句話還沒說完，周婷就頓悟了，敢情她看上的是十四，不是胤禛？

珍珠已經不敢抬頭了，周婷拿眼睛掃了掃她。「珍珠，我的象牙扇子落在裡頭了，妳去幫我取來。」趕緊把珍珠差出去才好，不然她不安心，周婷也憂心。

珍珠應了一聲快步走出去，瑪瑙微微側過身體想進亭子，珍珠朝她給了一個眼色，她就又站定了，把身子背過去。

周婷再看向婉嫻時，目光就滲著冷意。「十四弟大婚，自有皇上、母妃同一家子兄弟來操心，屆時妳已出宮了，這杯喜酒定是喝不著的。」周婷乾脆把話挑明了說，茶盞落在石桌上的聲音，把婉嫻給激了起來。

「我喜歡十四爺！」她咬緊牙關，眼裡迸出光芒，直直地盯著周婷的臉。說完了一次，見周婷沒有反應，又說：「我喜歡十四爺，哪怕給他做小，我也要嫁給他！」

周婷完全呆住了，第一次張著嘴巴說不出話來，直到婉嫻又咬著牙重複一遍：「就是做小我也要嫁給他！」

此時周婷才算醒過神來，立刻扭過頭去朝四下看了看，宮女們都站得遠，瑪瑙站在亭外挺直了背，珍珠出了亭子，正拖慢步伐緩緩朝德妃宮裡前進，這才吁出一口氣，轉過頭來盯著婉嫻的臉。

「還求姑姑成全我！」婉嫻自顧自地把話往下說：「那天我在夾道裡遇見十四爺，我瞧見他衝著我笑，我的心就不是我自己的了，若離開他，往後的日子也過不得了。話已經說了出來，還求姑姑千萬要成全我，我日後自有報答姑姑的時候。」她先是眉目含羞，說到後來時又帶著一種執著，望著周婷的眼神似有千言萬語。

周婷一口氣差點提不上來，悶在胸口吐又吐不出，嚥又嚥不進，拿著帕子的手緊緊捏成拳頭，還得壓低了聲音喝斥道：「噤聲！這話妳只當沒說過，我也當沒聽過，妳的身分擺在那裡，這事絕無可能，最好絕了這想頭！」

要是放在別處，周婷自己就能做主把婉嫻給看管起來，就是娘家大哥來了，也只有感謝她的分，可這是在宮裡，一想到她這言行舉止有可能漏了出來，被別人知道以後傳出去，周婷就不停出冷汗。她的日子才好過起來，要是鬧出這樣的事，胤禛會怎麼看她?!

婉嫻垂下頭去，死死咬著嘴唇。那道石青色的影子在她腦海中盤踞不去，她堅信老天送她來這裡一遭是有原因的，原本她一直覺得那個人是四阿哥，是她在現代時把劇照放在枕邊櫃上、心心念念的四爺。

她偷偷溜出來，就是為了能有機會見他一面，而她果然見到了——冷漠的眼神、抿緊了的嘴角，不是她想像中會給她溫暖微笑的那個人。等她的目光轉到胤禛身上，才終於明白自己來到這裡是為什麼。

就是為了遇見這個人，既然遇見了，那他們之間就是有緣分的。胤禛挺拔的身材、爽朗的笑容和見到自己時些微的不自然，都教婉嫻心肝亂顫，一想到他，婉嫻聲音裡滿滿都是情意，含怨帶嗔、千迴百轉。「姑姑怎的不憐惜我？」

「咱們家嫡出的姑娘不會讓人做小，妳到底是真不明白還是假不明白？十四福晉完顏氏的阿瑪是正二品，妳阿瑪也是正二品，憑這個妳就不可能去做小！」周婷深深吸了一口氣。道理已經說不通了，這個人完全依靠自己的想像在過活，必須盡快把她送出宮去！

婉嫻突然抬起頭來，眼裡滿是驚喜，笑容止不住地擴散開來，一點也不見剛才的幽怨。「這麼說，我要是嫁了，就能當正妻！」她的嘴角彎出弧度來，一對笑渦更深，滿臉都是喜色，好像一轉身，她就成了十四福晉。

周婷看著婉嫻的眼神冷冰冰的，她到底是沒有腦子，還是只能看見她想要的？

周婷垂下眼簾，再抬起來時語氣變得如同之前一樣和軟，臉上帶笑。「說了這一陣子的話，我乏了，讓珍珠送妳回去，等我精神好些，再招妳過來說話。」

婉嫻先是被周婷的態度弄得一愣，接著便泛出點點淚光來。「姑姑不肯成全我是不是？覺得我很可笑是不是？認為我的感情不值得一提是不是？」婉嫻想起了她看到的四爺，再看著周婷時，眼神就充滿了憐憫之情。

周婷簡直想要一巴掌拍死她，好讓她別再丟人現眼，但還是努力穩住聲音安撫她。「這事我知道了，光我說了不算，我還得問過妳的阿瑪跟額娘才是。」說著又對著婉嫻笑，扯得臉皮差點就要僵了。「妳且去吧！這兩天安分些，好前程都落在把持得住的人身上。」

這海棠石凳上似有針在扎她，周婷說完這話擺了擺手，珍珠也正巧走進亭子，趕緊過來扶住她。

周婷握著珍珠的手微微用力，眼角的餘光朝婉嫻看過去。不能再拖了，她有本事從御花園跑出來，就有本事跑去阿哥所找胤禛，到時什麼名聲都完了！

周婷面上帶笑，扭過頭去對婉嫻說：「妳且等等，這奶油餑餑妳帶些回去，分給同屋的姑娘嚐嚐。」

宮女去小廚房準備時，瑪瑙留下來看著婉嫻，珍珠扶著周婷的手進屋去，宮女則跟在後面三步遠的地方。

周婷緊緊握著珍珠的胳膊，低聲問：「那個侍候她的宮女同妳相熟嗎？」

珍珠微微垂著頭，心裡一緊，知道周婷說的事很重要，便豎耳朵聽身後的腳步，壓低了聲音。「主子的意思是？」

「不能叫她再留在宮裡頭了。」對珍珠沒什麼好隱瞞的，周婷身邊能做事的就只有這幾個丫頭。「妳既同她相熟，叫她想個法子讓婉嫻生場病。」

宮裡都是貴人，生場病不會立刻就挪出去，可要是反反覆覆、時好時壞，那必定得出宮回家。

珍珠點點頭，領命而去。

侍候婉嫻的小宮女喜妞每回都會從珍珠那邊拿到東西，此時見她跟在婉嫻身後，忙不迭過來行禮問好。「珍珠姊姊好。」

珍珠衝著她笑咪咪地點點頭，眼睛一掃，喜妞手腕上戴的，正是她上回給的一對絞銀鐲子。婉嫻沈浸在自己的思緒裡，看也沒看喜妞一眼就進了屋子，在窗臺邊坐下了。

喜妞已經習慣婉嫻的性子，好起來見誰都笑，一扭頭就又板著臉了，她見狀也不湊過去，只屈一屈膝蓋。「姑娘有事就吩咐奴才。」

珍珠笑嘻嘻地把喜妞拉到一邊，仔細地問她這幾天婉嫻都做了什麼、說了什麼。「我們姑娘在家裡嬌貴慣了，有不周到的地方，妳就替她遮著些吧。」說著拉過喜妞的手，裝作親熱的樣子，從袖子裡拿出一隻鏤空雕花的金手鐲套到她手上。

喜妞低頭一驚。「姊姊這是做什麼？」說著就要掙扎。

珍珠笑容更深，拉著她的那隻手更用力。喜妞沒能掙開來，就在臉上陪笑。「珍珠姊姊這是做什麼，我再不敢不精心的。姊姊有事，只管來吩咐我就是了。」

不是喜妞不想要，是她根本不敢要，若這東西是婉嫻給的，她倒是敢收。啟祥宮的小宮女們都指望靠著秀女發筆小財呢，特別是分到婉嫻屋子裡的喜妞，她比旁人得的都多，可若是珍珠給的，她就不敢收了。

啟祥宮平時都空著，只有大挑時才會分派宮女進來侍候秀女，能分進來的都是平時就有些機靈勁的，喜妞不笨，婉嫻手上鬆才會時時賞她，珍珠卻肯定是有事相託。

哪知珍珠就這麼把手縮了回去，那隻燙手的手鐲就這樣掛在喜妞手腕上，跟絞銀鐲子一碰，發出一聲脆響來，驚得喜妞趕緊把手收回去，怯生生地看著珍珠。

「別怕，這是妳該得的。」珍珠挑的這個地方可以看見四周一排屋子，旁人要聽她的話卻不容易。她目光往石家小姑娘那邊屋子一掃，就又轉到喜妞身上。「咱們家的姑娘不慎染了風寒，時好時壞病情反覆，多勞妳盡心侍候呢。」

喜妞瞪大了眼睛，見珍珠臉上還是帶著尋常的笑容，就縮著肩膀，扯扯嘴角喃喃道：「姊姊這話是什麼意思？」

珍珠臉上帶著笑容，手心卻捏了一把冷汗，偏偏身子立得正，努力持平，讓自己不往喜妞耳朵根上湊，免得引人注目，所以兩人中間的距離，還能再隔著一個人。

日頭正盛，秀女們大多回自己的屋子歇晌，小宮女們趁著這當口躲懶，誰也沒注意角落裡頭的珍珠和喜妞。

「想來妳也聽到些風聲了。」珍珠抿著嘴微笑，伸手撥了撥碧玉耳墜。「咱們家的姑娘有了前程，她一向嬌養，旁人還有盼頭，她卻不想受這個苦呢。」

喜妞連大氣都不敢喘，背後起了一片細毛汗，這就不能再裝不懂了。手腕上的金鐲子沈甸甸的，面前的珍珠正笑吟吟地盯著她，她身上是件綠衣，領口、袖口一片精細的繡花，說話時垂著雙肩，不擺不動的樣子教喜妞心裡起了駭意，嘴上不自覺地跟著她說起來：「是呢，這會兒天氣反覆，姑娘貪涼的事情也是有的，我不過盡了本分。」

珍珠身子一鬆，抬手拍拍她。「那就勞妳費心了。」說完轉身就往啟祥宮門走出去，捏著帕子搓手。

一直同喜妞相好的榮兒見珍珠走了，湊過來問道：「同妳說什麼了，這麼半天？」

喜妞斜了她一眼。「人家宮裡有親戚呢，交代我多照顧些。」

這會兒她牙也不顫，汗也不流了。既然是家裡已經商量好的，喜妞心裡的顧忌也就沒了，橫豎四福晉是婉嫻的親姑母，總不會害她沒了前程，就一心一意琢磨著怎麼讓婉嫻得風寒。

「還是妳運道好，我那屋子裡三個，還沒妳屋子裡一個給得多。」榮兒眼饞地看著婉嫻住的屋子。「那可真是個散財神仙呢。」

「再胡說小心嬤嬤罰妳。」喜妞身子一扭。「我去瞧瞧是不是歇了晌，她愛踢被子呢。」

喜妞眼睛一轉就想出法子來。五月天白日裡熱，晚上的風還是涼的，只要在夜裡幫婉嫻關窗時留一道小縫，到半夜起來值夜時繞過去把窗子撥開，第二天一大早再給關上，任誰都只當是婉嫻自己不心著涼了，怪不到侍候的宮女身上去。

珍珠一進屋門，就衝著周婷行禮，周婷指一指桌上的茶。「已是溫的了，妳也喝一盞吧，事情可辦妥了？」

「妥了。」珍珠謝過了賞，拿起茶盞，側著身子一口喝盡。她還是頭一回辦這種差事，緊張得不得了。

周婷微微一笑。她剛來古代就知道了，在後宅裡，主子能弄死下人，下人也有千百種法子讓主子不好過，她躺在床上那段日子，要是珍珠跟瑪瑙一個疏忽，她就有可能再也醒不過來。喜妞只要願意，就有法子讓婉嫻病倒，然後她再求一求德妃，反正宮裡也沒誰看中她，等一挪出去，這燙手山芋就不用她來管了。

心算是放下了一半，一直板著的臉也有了些笑意。「又折了只鐲子吧，等回去叫瑪瑙開箱子揀一只足金的給妳。」

瑪瑙嘴一扁。「這樣的好事主子竟想不著我，偏便宜了她去。」

周婷拿起奶油餑餑咬了一口。「妳瞧瞧她身上的衣裳，下回再有這事，妳也穿件綠衣裳來。」

宮女一色全是綠衣，珍珠就算走來走去也不顯眼，瑪瑙看著自己身上的杏色衣裳，咬了咬牙。「我一回去就做綠衣裳！」

三人半真半假地笑了一會兒，周婷就靠在枕頭上睡著了。

在喜妞的「特別照顧」下，婉嫻很順利地生病了。吹了一晚上的涼風，第二天起來就頭暈腦脹，天氣冷熱反覆，很容易感染時疾，除了她以外，啟祥宮還有另一位秀女也染上風寒，早兩天就挪了出去。

婉嫻知道生了病就要挪出去，說不定會趕不上康熙親閱，她早早準備好了舞蹈，想要在那一天獻藝的。周婷不肯拿紗給她，她就剪了自己的夏季衣裳，天天拿針縫啊縫的，廢了件衣裳，總算是縫出兩條彩帶了。

嬌養的女孩本來身子就弱，原本病了只要蒙頭睡一覺，發發汗也能好個七、八分，偏偏她閒不下來，拿著針線熬精神，這一熬就燒了起來。婉嫻自己知道不對勁了，縮在屋子裡躲起來，直叫喜妞上熱茶，一杯接一杯地往下灌，裹著被子發汗，同一屋的秀女見她行事古怪覺察出來，就去找了嬤嬤。

一開始只是幫同屋的秀女換了間屋子，並不單獨把婉嫻給挪出來，就要親閱了，誰也不可能抱病去見皇帝。症狀輕時宮女們還能看顧著，後來總不見好，嬤嬤就開始擔心其他秀女一同染病。病一個、兩個還好說，要是一片都病倒了，那啟祥宮的嬤嬤跟宮女必定難逃處罰，於是等了兩天，就把婉嫻單挪了出去。

生病的秀女幾乎沒有前程可言了，就是有，也要等到下一輪，還得看年紀是不是合適。喜妞輕易就掙到照顧婉嫻的差事，日日為她侍候湯藥。

婉嫻被挪出啟祥宮時燒得迷迷糊糊的，另一位秀女離開時有相熟的姊妹前來送別，嬤嬤們緊緊盯著，就怕跟她接觸過的秀女也染上病。到了婉嫻這裡，冷冷清清的，還是石家小姑娘念著她過去的好，送了些小玩意兒來，讓嬤嬤連勸一句「姑娘們當心分寸，別過著病氣了」都沒對象。

喜妞照看著婉嫻，一時精心、一時疏忽地讓她病情不斷反覆，但還拿捏著分寸，不敢太過。只是婉嫻是個閒不住的人，她藥頓頓都喝，人也天天躺著哪兒都不去，可心卻沒停下來，不斷差喜妞去啟祥宮打聽事情，不是問石家小姑娘又得了誰的賞，就是問今天又是哪個娘娘召見秀女，十個問題之中有八個要拐到永和宮上頭去。

婉嫻天天都在盤算她排的那支舞，便給喜妞銀子叫她去弄座白屏風過來。這麼大一件東西喜妞弄不到手，就連白布也難得，因為宮裡沒事不許用白的。最後喜妞幫婉嫻弄了些青布過來，婉嫻就拿胭脂點在手指上頭，硬是一邊轉圈跳舞，一邊在青布面上點出一幅紅梅圖。

喜妞慢慢也琢磨出心得來，如今侍候婉嫻的人就她一個，婉嫻有什麼話也只能跟她說，說得多了，難免就露出些意思來。

喜妞愈聽愈心驚，看著婉嫻，心底涼成一片。她日日趁著拿湯藥的工夫去前頭探聽消息，雖然周婷不再進宮來，但珍珠卻時不時被她派進來送東西，順便關心關心姪女婉嫻的「病」怎麼樣了。

「珍珠姊姊，妳可不能坑我呀。」喜妞苦著一張臉說道。

喜妞衣裳上頭有很濃的一股藥味，珍珠聞見了，微微一笑。「妳且寬心吧，等咱們姑娘順利出了宮，一家子人都要謝妳呢。」說著拿出一個小小的荷包來。「主子說了，給妳首飾怕扎了人的眼，這金銀福珠妳就拿去玩吧。」

已經跨出第一步，也回不了頭了，喜妞只當婉嫻是真的「偶感風寒」，一咬牙就把那荷包接了過來。荷包用的是平常布料，入手卻不輕，她衝著珍珠點點頭。「我自會精心侍候姑娘。」

「我不坑妳，這真是家裡的主意呢。」看出了喜妞的擔憂，珍珠拍拍她的手安撫了兩句。「妳只管看好了人，別教她出了什麼岔子。」

這話倒是真的，周婷一回家就請西林覺羅氏過來，這件事情珍珠知道得算多了，但周婷還是在西林覺羅氏前來時把珍珠遣出了內室，只留下烏蘇嬤嬤一人。外間隱隱能聽見裡頭的啜泣聲，最後西林覺羅氏紅著眼圈出來了。

周婷一面相送一面寬慰她。「嫂嫂別急，婉嫻雖病了，我卻差人看著她呢。這一輪沒希望，下一輪再上進也是一樣的，橫豎她年紀還輕。」說的時候她下了重音，把「下一輪」三個字說得特別用力。

西林覺羅氏臉色煞白，轉頭回去就叫丈夫施力把女兒快點接出來，這一輪平安出來，下一輪她還沒超過年紀呢。要是實在不行，就說女兒病了，關到外頭莊子上去，一輩子吃喝不斷也就罷了。

喜妞有了珍珠做保，一顆心算是放下，卻也不大敢進婉嫻的屋子，離親閱的日子愈近，她就愈是瘋瘋癲癲的。皇帝親閱秀女會問些琴棋書畫之類的問題，喜妞原本在啟祥宮時就見過秀女們偷偷拿書出來背，至於畫畫，也算上得檯面的才藝，可扯著兩根布條跳來跳去又算是什麼？就是薩滿，也不會把腿給架到頭頂上去呀?!

直到康熙親自訂下日子來，才算放話把染了病的秀女給挪出去，那拉家的人早已經在宮門外頭等著了。婉嫻被兩個力壯的嬤嬤抬上小轎，她一聽到消息人就軟了，抖著嘴唇半天說不出一句完整的話來。喜妞怕她又出什麼亂子，趕緊上去扶住她往轎子裡塞，可婉嫻的手卻緊緊扒著門不放，硬是掰斷了一片指甲。嬤嬤跟太監們面面相覷，最後還是婉嫻自己氣力用盡暈了過去，才順利抬出了宮門。

西林覺羅氏差人來報說平安到家時，周婷心裡一鬆，忍不住唸了一句佛。「包些藥材送過去，問問人怎麼樣了，讓大嫂小心看著。」

誰知道婉嫻一醒過來，就差點哭嚎得整個院子都聽見了。西林覺羅氏親自堵了她的嘴，一面心疼她，一面恨她不爭氣，摟著陪她流了半日眼淚。

本來周婷說的那些話，西林覺羅氏並不全信，就算心氣高，目標也不可能那麼大，結果婉嫻自己斷斷續續把話全說了出來，嘴裡又哭又喊地不斷反覆念著「胤禛」、「十四福晉」。

西林覺羅氏真的很想死，她的眼神一個個掃過房裡的丫頭，那些原本侍候婉嫻的丫頭之中，有膽子小的膝蓋一軟當場就跪在地上。幸好裡頭的人不多，西林覺羅氏又為了婉嫻的顏面，不能她一出宮就立刻發落這些下人，她們才算是暫時保住了一條命。

不論如何，總算把事情掐在可控制的範圍內了，辦完了這樁事，周婷才有心情理會今年大挑進新人的事情。八福晉那裡雖說給了自己丈夫兩個福相的丫頭，但肯定還是會進新人，這幾天隔壁府裡就已經在打掃屋子，後宅都要塞不下了。

周婷這裡也準備起來，還是安排在東院，讓宋氏看著。反正一隻羊也是趕，兩隻羊也是放，橫豎進府來的只是格格，前面還有好幾個排著，一時之間輪不到後來的，加上又已經得到德妃的保證，所以周婷並不怎麼急。

可她愈不著急，新人就愈不進門，康熙都已經帶著太子還有胤祥出發去巡塞了，該來的秀女卻遲遲沒來。周婷微微有些納悶，聽說宜薇那裡這回進了四個，前兩天已經抬進去了，怎麼她這邊還沒消息呢？

第三十九章　初感陣痛

天氣愈來愈熱，前面大廚房的菜就沒有周婷這裡的可口了，這也是她故意的，廚房用的食材都由採買經手，她這裡是瓜果鮮湯，前面是大魚大肉，沒吃兩回，胤禛就又天天跑過來用膳了。

「爺熱不熱，要不要先來個冰碗？今天有水晶肚呢。」周婷換上了寬鬆的夏袍，頭髮梳得鬆鬆地綰起來，因不出門，只在腕上掛了一串手串，溫柔細語的樣子別有一番風情。

胤禛把帽子一摘，接過冰帕子貼在臉上。「冰碗倒不必，昨天喝的那個酸梅湯可還有？那東西開胃。」正說著，宋氏就過來了。

新人的話題就這麼擺到檯面上來說，周婷是有意看看胤禛的意思，明明知道宋氏別有所圖，還是把她叫了進來。

「福晉吩咐妾為新來的妹妹歸置屋子，已經好了，就不知擺設上頭該怎麼樣。」宋氏知道胤禛此時會在，還沒到用膳時間，她過來也不算亂了規矩。宋氏身子往下福時柳條似的腰微微一偏，彎成一道秀美的曲線。

周婷已經感覺到胤禛的目光在宋氏身上打了個轉，但她還能穩得住，拿起水晶盞喝了口酸梅湯，臉上帶著笑。「這事妳瞧著辦吧，橫豎不會越過了妳去，照著之前幾位格格的規格辦就成了。」

「哪個人要換屋子？」胤禛一開始還留意了宋氏一下，到後來注意力又被拉到歸置屋子這件事上頭。

「爺可真是的，我雖大著肚子不能進宮，可該辦的事總不能不辦，昨天還聽說八阿哥府裡這回進了四個呢。我想咱們這兒怎麼也該指人進來才是，得先把屋子理了，到時才不至於忙亂。」周婷捏著水晶盞的手指微微用力，幾顆冰珠子在杯子裡打著轉，心頭這才泛出點酸味。撇除她讓不讓，還有胤禛想不想呢，剛剛對著宋氏那小蠻腰，他可沒少瞧。

誰知胤禛回過神來，就略略一笑，看著周婷說：「是這事情，我忘了同妳說了，前些日子母妃提起來時，我已經拒了。」

這輕描淡寫的一段話，把一屋子人都給震暈了。

周婷不敢置信地看了他一眼，胤禛拒了妾！

這還是下旨意之前的事，本來德妃看中了一個武氏，出身不顯，人又生得圓潤，很福相的樣子。

兒子跟她愈來愈親近，德妃也愈來愈有當娘的樣子。「你媳婦懷著身子的人了，你切不可教她煩心這些事。」她忍了又忍，總算沒把那句「切不可同李氏般對待」給說出口，但看向胤禛的眼神中，也透出了這層意思來。

胤禛難得在親娘面前有些愧意，她這是不知道李氏下了黑手，要是知道了，恐怕得背過氣去，畢竟弘暉本來也很得她疼愛。胤禛在心裡嘆了口氣，對妻子的愧疚感又被勾了起來。

他在德妃面前垂著腦袋。「原就想請額娘回絕這個，兒子那裡並不缺人侍候。」

一方面是因為愧疚，另一方面是因為胤禛本來在女色方面就沒有多大的慾望。他就是那種寧吃精、不吃多的人，對女人也是一樣，靠著數量取勝這種事他是不會幹的，他偏好那一口，就會天長日久地吃下去，直到吃厭了為止。

周婷是他還沒吃上幾口就限量不給吃過癮的新鮮肉，宋氏擺在他面前就顯得有些乏善可陳了。他心裡糾結了一番，還是被周婷臉上不常見的那種笑意給感染了，衝著宋氏擺擺手。「妳回完話就回妳自己院子去吧，就要傳膳了。」

宋氏是沒資格留下來吃飯的，哪怕是李氏，也不能跟周婷同一桌吃飯。

外頭的僕婦已經拿著食盒等著了，周婷一反應過來，就朝胤禛笑得軟綿綿、甜蜜蜜的。她很清楚胤禛吃哪一套，不必知道他回絕小妾是為了什麼，只要曉得自己得了好處就行了。

宋氏見胤禛發了話，心頭就跟灌了黃連湯似的，又苦又澀，低低頭退了出去。

烏蘇嬤嬤跟在宋氏身後，扯出一個笑來。「煩請格格留步，那擺設還得老奴去取呢。」鑰匙掛她身上呢，她把宋氏那點小心思摸得透澈，不就是眼看著周婷月分要到即將生產，爭不過懷孕想爭月子嘛！

烏蘇嬤嬤在心裡冷笑，手嘴都不停，明裡暗裡說了些不軟不硬的話。「咱們主子身子重了，如今連起身都難，老奴雖不中用，這些事還能做主，往後格格有什麼事，交代老奴辦就是。」

宋氏暗暗掐著手掌，起身都難還霸著爺不肯放，旁人已經吃不著肉了，還不分些肉湯喝！她肚子裡埋怨，臉上還是帶著笑。「嬤嬤這說的哪裡話，我是怕怠慢了新妹妹，教人背後說福晉不寬厚，就是我的罪過了。」

「看格格說的，府裡哪個不知道，主子是允了格格管東院的，可見是信任格格呢，格格再不必事事來回。」烏蘇嬤嬤給宋氏碰了個軟釘子。

一回到東院，宋氏就問蕊珠：「今天『那邊』又出什麼亂子了？」

鈕祜祿氏一天不鬧一場笑話，這院子的人還覺得奇怪呢！

蕊珠的嘴一扁，眼睛往鈕祜祿氏的屋子瞄了瞄。「今天又嫌菜色不好了，唸著要吃水晶膾呢。」也不看看自己是什麼身分，敢要這個、要那個，格格的分例擺在那兒，雞鴨魚鵝便罷，折騰什麼水晶膾呢。

「到廚房去，告訴她們是我要的，妳到那邊分半盤子去。」宋氏挑了挑指甲，她自己不能折騰，總有能折騰的人。

「主子這麼抬舉她做什麼，她那樣哪裡是個識抬舉的。」蕊珠跟了宋氏多年，一直是宋氏的心腹，說起話來也沒多少顧忌。「別等主子抬舉了她，她就去攀高枝。」

那次獻上針線活的事大家都看在眼裡，不是沒罵過鈕祜祿氏是個馬屁精，見她沒有因為這件事情得到好處，人人心裡都快意呢。

「不讓她去鬧一鬧，我跟爺都照不著面。」宋氏內心酸苦，愈發覺得日子艱難。她的年歲比周婷大，再不生養，以後就沒機會了。

「奴才這就去辦。」既然是把鈕祜祿氏當槍使，那就沒什麼好擔心的了。蕊珠一轉身往院門口去，眼睛微微一側，就瞧見桃兒又坐在廊下抹淚。鈕祜祿氏這個傻子，連身邊的丫頭也攏不住，遲早把她那些麻煩事都給翻出來。

胤禛主動拒妾讓周婷心頭起了些異樣的感覺，但很快就又被她給壓住了。只要想想後院裡面睜大著眼珠子的女人們，她就不能放鬆自己，日子還是得照樣過。

康熙帶著太子去塞外，原本監國的事情就輪到留在京中的兒子身上，胤禛攤到的差事正好是戶部的，他想讓康熙留下好印象，光口碑好沒用，能辦實事才是真的。他夜夜在書房裡點燈熬蠟，再沒時間去想宋氏之類的後院女子，僅有的一點休閒時間，也到周婷那兒去了。

周婷這裡熬著酸梅湯，拿烏梅、烏棗、冰糖熬足了時辰，加上冰塊後盛進雕了花的水晶碗裡，每日幫胤禛送去一些，有時胤禛也會自己過來同她扯些閒話，說些不要緊的事，順便摸一摸周婷肚子裡的孩子。

這一日正摸著，烏蘇嬤嬤就滿臉喜意地過來說：「家裡的大夫人送消息過來，說是六姑娘的病已經大安了。」

這個六姑娘就是婉嫻。周婷眉毛一皺，細問起來：「前幾日還說水米都不進了，今天就大好了？」

玩什麼不好，偏偏來絕食這一招，拿自己的身體開玩笑，現在突然又好了，別是又想出什麼新花招來了吧?!周婷剛要差人去娘家府裡瞧一瞧，就覺得肚子裡面輕輕一抽，跟抽筋似的，讓周婷腰痠得坐著動不了了。

烏蘇嬤嬤一看，趕緊問：「可是陣痛了？」

周婷沒有經驗，但這時卻很明白地知道自己要生了。她不敢輕易挪動身體，只動動脖子輕輕點了點頭。

只這輕輕一下，屋子裡就跟炸開了鍋似的，珍珠跟瑪瑙原本一個在絞帕子、一個在遞冰碗，這時都放下手裡的活，不用烏蘇嬤嬤吩咐，就出了屋子指派小丫頭去燒熱水、叫穩婆。

胤禛一口酸梅湯剛到嘴邊，嚥也不是、吐也不是，屋子裡的女人們都比他要鎮定，小紅綢、小弓箭早就準備好了，產婆跟太醫也都就位，胤禛就這樣被烏蘇嬤嬤客客氣氣地請了出去。

翡翠快手快腳地把早就縫好的幾大張薄褥子拿出來，全部鋪在床上，準備等一張濕了就抽出來，這樣一來下面還是乾淨的。

兩個力大的壯婢把周婷扶到床沿上，她慢慢坐下來靠躺在枕頭上，這時才算穩住了氣，剛剛停住的腦袋又開始轉動起來。「碧玉，妳去廚房弄點吃的來。」

周婷沒這方面的經驗，卻知道這時候要是不吃點東西，接下來很可能挨不下去，最好是吃點高熱量的。可她表面再鎮定，心裡也是慌的，滿腦子只想到巧克力這種現代超商裡就能買到的東西，一點也想不出在古代該吃點什麼。

「說得是，這會兒不吃些，等會兒怕沒力氣呢。」顧嬤嬤聽到消息就過來了，一進門聽見周婷這麼說，就轉頭吩咐身邊的碧玉。「燉上一砂鍋雞湯，再弄些個好嚼好嚥的點心來。」

烏蘇嬤嬤年紀比顧嬤嬤輕，知道她是德妃派過來的，早就排了輩叫得親熱。「姊姊說的是，這才剛陣痛，不吃些抵不住。」

若是生產慣了，自然不用那麼久，可主子只生養過一回，還隔了這麼些年，這第二回恐怕不比第一回容易多少。

周婷此時還有力氣吩咐事情，她對烏蘇嬤嬤說：「嬤嬤，妳去請爺回書房，我這裡時候還長，就這麼叫他站著，也不是辦法。」

胤禛本來就不可能像普通丈夫那樣站在產房外頭等她生出孩子來，他自己抬腿跑了不如她差人請他回去。要是她想得沒錯，這會兒聽到消息，東院跟南院都要熱鬧起來了，那一群女人還能不藉著這個機會往正院裡鑽？

「再去把大格格同兩個阿哥那裡看好，叫侍候的人不許忙亂，什麼時候辦什麼事，不必跟我乾熬著。」周婷喘了口氣，繼續說道。

兩個阿哥就罷了，年紀還小，想等也等不住，乏了就會睡的，大的略微懂事，小的那個根本不知道什麼叫生孩子。大格格卻是肯定要等的，她的心思一向如此，就怕不討周婷喜歡，凡事都要做到十二分，周婷這裡已經收了好些她做的小衣裳了。周婷想到這一層，先差人去知會一聲，到時胤禛看在眼裡，也不怕他覺得周婷剛生孩子就不顧念庶女跟庶子。

「還有南院跟東院，都差人去吩咐，若有奴才們趁亂走動，不問情由就先革三個月的月錢，再去管事嬤嬤那邊領板子。記得同東院幾位格格說我這裡忙亂，不必過來了，要是宋格格有什麼話說，就先攔了她。」又一陣疼痛襲來，周婷擰著眉忍住，思緒飛快地轉了一回，思考還有什麼漏了沒想到的。

這一套套跟著吩咐下去，顧嬤嬤在心裡暗暗點頭。她在宮裡這些年，很清楚跟個明白主子比跟著個地位尊貴的還要強一些，見一屋子人都被周婷指派著辦事，剛有的一絲忙亂很快就平復下來，也不禁佩服她事事都想得周全。

安排完這些，周婷就不再說話了。人都有脆弱的時候，她現在很想念現代的醫師、護士和白色病房。冰盆被挪到外間，剛才還大開的窗戶全都被關得嚴實，一絲風都不透，使得周婷額頭上不斷淌下汗珠來。

這時應該要洗個澡的，周婷原本的年紀不輕了，不比什麼都不懂的小姑娘，這些事她多多少少明白一點，可她更明白按照現在的情況，這些丫頭們肯定不敢讓她洗澡的，烏蘇嬤嬤跟顧嬤嬤更不會點頭，她也就歇了這個心思，趁著下一波痛楚還沒上來前先瞇著眼睛養精神。

離孩子生下來還有很長一段時間，胤禛沒打算親自看著，沒人家裡的女人生孩子，還要男人看顧的，等到要出來了，他再過來也來得及。

胤禛早已經不是剛當父親時的心態了，妻子生孩子雖與側室不同，但周婷畢竟不是第一回了。他指派蘇培盛留下來，眼見事事都在譜上，院子裡並沒有因此慌亂起來，烏蘇嬤嬤也能獨當一面，就點了點頭，抬腿往書房去了，只留下話來：「等到將生，差人過來報給我。」

小張子跟在胤禛身後回到書房，小鄭子則眼睛一轉留了下來，自有丫頭請蘇培盛往偏房裡去，好茶好果子地供著。

小鄭子躲了個懶，挨在蘇培盛身邊侍候。「公公，您說這要多久？」蘇培盛斜他一眼說：「等著就是了，偏你多話。」

小鄭子頭一縮，把桌上的熱點心捧起來端到蘇培盛面前。「公公吃。」然後又疑惑地扭過頭去。「我聽人說生孩子都得喊，怎的福晉不喊？」

蘇培盛抬手彈了他的腦袋一下。「胡說什麼，那能這時候就喊起來？」說著不再理他，只坐定了休息。

院子裡一件件事都是丫頭分派下去的，他跟顧嬤嬤一樣在讚嘆周婷這會兒還能施手段，把胤禛看得死死的，但心裡卻惦記著周婷上回話裡透出來的意思。

太監雖是無根之人，卻不是親戚家人都死絕了的，不到走投無路，誰也不會進宮去，可年紀大了總要有人奉養，像他這樣手裡有兩個錢的還算好，那更苦的連死後埋葬都沒個著落。

周婷上回問他可還有親人，他就知道周婷這是有意提拔了。原本周婷手中的莊子、店鋪就不算少，如今又管著玻璃鋪子的生意，聽她的言下之意，是想找個人去看著，除了烏蘇嬤嬤的小兒子，還有一個名額。

蘇培盛經歷過跟見過的不算少了，但太監不能置田做買賣，若不是主子的恩典，手頭上能捏著的就只有死錢，他還怕老了被哄騙光了呢！眼下他倒正有一個姪子，要是能透過周婷的關係把他給放進玻璃鋪子裡，就算只是學徒，往後他要當差就得看著蘇培盛的面子，再不敢怠慢他了。

蘇培盛也知道周婷求的是什麼，還暗自感慨要是她一開始就懂得施這些手段，李氏也不會一家獨大了那麼久。

這邊蘇培盛打定主意要幫周婷守好門戶，那邊屋裡周婷睡過一覺又醒了，肚子正覺得餓，碧玉就把雞湯盛了上來，周婷也不管上面那一層油了，拿起來就喝了一碗，吃了半隻雞還覺得不足，又就著瑪瑙的手啃了半塊餅。

剛吃完覺得肚子不空了，身上的疼痛就鮮明起來，剛剛的陣痛她已經習慣了，現在又更加重一點。周婷喘了口氣，叫瑪瑙把大枕頭墊在她背後，讓身體有個角度，腿支起來，這才感覺好了點。「嬤嬤們也別只站著，坐炕上歇著吧，生孩子再沒這樣快的，別累著了，後半晌使不上力。」

周婷聽說過有產婦一生就生了一天，她自己沒經歷過，不知道到底多久才能生出來，只知道產道得開到七、八指寬才行，她才剛發作，肯定沒那麼快。

不一會兒周婷又想起來上廁所了，瑪瑙和翡翠扶著她去內室，珍珠和碧玉一個看著廚房，一個輪下去休息，院子裡的丫頭說話、行動都不敢高聲，正院裡倒比往常還要安靜。

石榴巴著門往正院裡看，守門的婆子嗤了一聲。「姑娘還是進去吧，生個孩子沒那麼快。」

石榴臉一紅，轉身就往屋子裡走。

原本這些婆子還算客氣，李氏這裡為了日子好過，也常常賞東西下去，可爺就這麼乾晾著主子，再不過來了。這些婆子跟丫頭能來南院當差，自然都是些求上進的，眼見沒油水也沒出頭的日子了，態度就漸漸改變，如今李氏身邊只靠兩個大丫頭石榴跟葡萄在支撐。

石榴嘆了口氣走進屋子，葡萄正在幫李氏打扇，見石榴進來，就放下扇子走出去悄聲問：「怎麼樣了？」

石榴看了看躺在床上的李氏，搖搖頭，葡萄跟著嘆一口氣。「菩薩保佑福晉生下小格格來。」

葡萄一說，立刻就被石榴一把堵住嘴，狠狠瞪了她一眼。石榴扭頭看了看四周，才壓低了聲音。「如今不比過去，這話傳出去，可沒人保得了妳。」

好歹現在福晉沒有虧待她們，主子眼看著不中用了，可她們這裡該有的東西一樣沒少，要真是不順福晉的意，再怎麼拿捏也不為過的。別說她們這些奴才，就是主子，沒了爺的看顧，就是個空殼子。

石榴想著，就又嘆了口氣。她的年歲愈發大了，原先還指望李氏能幫她結一門好親，如今還不知道終身落在哪裡呢。

李氏躺在床上半瞇著眼，隱隱聽見石榴說的話。自從傳出周婷有孕的消息，她就一直在矛盾，既希望周婷生不出兒子來，讓後院裡只有她的孩子獨大，又希望周婷能生下兒子來，好把她的孩子還給她。

如今她什麼都沒有了，就指望著能自己養活兒子，只要能牢牢抓住孩子，等待他們成人，總有自己出頭的一天。一聽說周婷要生了，一顆心就跟著七上八下，最後還是希望周婷能生下兒子來。

她也知道自己不行了，娘家千方百計傳消息進來，她父親犯了事，如今被降職，眼看著就指望不上了。兒子養在別人身邊，到底沒有養在她自己這裡貼心，橫豎是兒子，再不被看重，長大了總要領差事，她也就有了盼頭。

南院裡主僕心思先不提，東院這邊雖說得了上頭發下來的話，卻比正院還要鬧騰。宋氏還算坐得住，鈕祜祿氏卻不斷在屋子裡繞圈，桃兒跟菊兒離她遠遠的，就怕這主子又發起瘋來。

鈕祜祿氏繞著繞著，猛然一轉身。「咱們去宋格格屋裡。」

鈕祜祿氏因為覺得自己掌握了天大的秘密，行事比過去要收斂了些，面上卻忍不住露出一些端倪來。宋氏覺得奇怪，試探了兩回都沒能試出來，對待鈕祜祿氏只有更加客氣。

宋氏見鈕祜祿氏來了，也不覺得驚訝。「妹妹用不用冰碗？」

說著就自顧自地感嘆起來。「我生小格格那會兒正是三月頭，還覺得天氣太熱，福晉這胎坐月子可艱難呢。」

鈕祜祿氏嘴角露出笑容來，孩子還不知道活不活得成呢，月子自然艱難。她嚐了口冰才說：「福晉那裡咱們要不要過去瞧瞧？有什麼事也好幫忙。」

宋氏微微皺眉。「福晉要咱們不要亂呢，想來都是安排好的。」

「旁人就罷了，妳這樣的資歷，該去幫幫福晉的忙呢。」她是很想去瞧瞧的，說不定還能見到胤禛，只要見到他，她就有法子同他相認！

真是個不識趣的！宋氏自見識過胤禛拒妾後，就不肯輕易再去惹周婷，因而對鈕祜祿氏也不過撩撥幾下便罷，現在見她竟掉過頭來攛掇著自己鬧騰，心裡一哂。就這麼點小把戲，竟然還敢跟人玩手段？

宋氏微微擰著眉頭，裝出一副擔憂的模樣，嘴上輕聲細語地說：「我心頭也掛著呢，可既然福晉發了話，咱們安靜等著就是了。」

說完她就不再開口，任憑鈕祜祿氏怎麼引逗，就是不接她的話，只是嘆息福晉生產不易，又說自己多麼掛心，橫豎不肯帶鈕祜祿氏出院門口，又是茶又是果子地往她手裡塞，拿吃的堵住她的嘴。

鈕祜祿氏自然看得出來，心裡暗罵宋氏一聲膽小鬼，怪不得混到死都是個嬪呢！她暗暗冷哼一聲，站起來告辭。「不打擾姊姊了，我屋子裡還有繡活沒做呢。」

宋氏巴不得她快點走，自然沒有留她，讓蕊珠送她出了門。

鈕祜祿氏一回屋就往床上一坐，狠狠捶了兩下床鋪。桃兒跟菊兒退得遠遠的，都不敢湊過去。

鈕祜祿氏在宋氏那邊說了一牛車的話都沒能達成目的，正生著悶氣，見桃兒躲遠，狠狠瞪她一眼。「還不上茶來，妳瞎了嗎？」身邊就沒有一個得用的奴才，連個能通風報信的人都沒有，怪不得她舉步維艱。

桃兒一哆嗦，轉頭去小廚房要熱水，管著東院小廚房的婆子皮笑肉不笑的。「桃兒姑娘又來了。」說得桃兒紅著臉，低頭拿了熱水要出去，那婆子就用不重不輕的聲音說：「這樣的主子可真是難侍候，一日要個七、八回水，都快趕上生孩子了。」

鈕祜祿氏是個不安分的主，每日不是要冰就是要水，折騰得下人來回跑，這也罷了，她的分例就擺在那裡，用到沒了，竟還反問為什麼宋氏那裡盡有，她卻沒有，桃兒因此被婆子們反問「宋氏生育過，她有沒有」。桃兒不敢把這話回給鈕祜祿氏聽，卻又被她指責辦事不力，不知受了多少委屈。

鈕祜祿氏還是個小氣的主，不肯使錢疏通關係，那粗銀的東西，丫頭跟婆子們都看不上。丫頭之間也會有等級，端看妳跟了什麼主子，像桃兒跟菊兒這樣的，雖拿的月銀一樣，卻硬生生低了旁人一等。

桃兒拎著一壺熱水剛進門，就聽見菊兒在苦勸。「主子熄了這心思吧，福晉發了話的，沈婆子怎麼都不肯放我出門。要是被抓住了，不獨出門的，就是看門的也要打一頓攆出去呢。」

桃兒只當沒聽見，倒了茶送上去。「主子當心燙。」說著就退了出去。

菊兒被罵了兩句，也退了出來，兩人就這樣坐在廊下。太陽雖西沈了，暑氣卻還很盛，偏偏她們誰都不肯進屋子裡去，彼此默默對視一眼，又拿起手邊的活做了起來。

既然宋氏已經發了話要等，整個東院就這麼等了起來，一等就等到了掌燈時分。蕊珠往院門口不知道看了多少回，就是沒有過來報信的，她一面幫宋氏按肩膀，一面說：「怎的這麼久？」

宋氏微微一笑。「下午才疼痛，現在還早呢。」

她半瞇著眼睛吁出一口氣來，頭往左邊偏了偏，蕊珠就加重了一些力道。宋氏這才慢悠悠地說：「就是急，也是南院先急，咱們左不過就這樣了，她那裡還不知道怎麼煎熬呢。」

眼看就要熄燈了，正院還一點消息都沒有，鈕祜祿氏再也坐不住了，桃兒跟菊兒兩個沒能把她勸住，她快步走到門邊時，這才發現沈婆子已經下了鑰，把門給鎖了。

見鈕祜祿氏過來，沈婆子扯出一個笑。「格格有事等明天吧，這個時辰各院都已經關了門，針線房也沒人了。」一句話就把鈕祜祿氏的藉口全都給堵死了，跟在後頭的桃兒跟菊兒兩個不禁一陣陣臉紅。

就是丫頭也沒有將要熄燈還跑出去的，一路上出去，各屋的奴才都拿目光打量這主僕三人，桃兒羞得滿面通紅，跟菊兒兩個縮著頭挨在鈕祜祿氏身邊。

鈕祜祿氏深覺受辱，氣得瞪大了眼睛，恨恨地看了沈婆子一眼，又往正院的方向看過去。這時候還沒生下來，說不定難產了呢！古代的醫療水準本來就低，這回又是雙胞胎，說不定孩子一生下來就死了，所以才沒記錄下來。

她一點也不覺得自己的心思惡毒，本來歷史上的那拉氏就是無子，四爺上了位也沒追封弘暉，可見有多不重視這個正妻。等她入主正院那一天，這些原來敢不恭敬的，她全都要她們生不如死，是吞棋子好呢，還是拉出去遊街？

想著想著，鈕祜祿氏臉上露出一抹冷笑，被掛在門上的燈籠一照，憑添幾分詭異，看得沈婆子打了個寒顫。

沈婆子忍不住搓了搓手，往門邊移了兩步，臉上扯出笑來，語氣軟了些。「夜深露重，格格還是回屋去吧，福晉那裡有了消息，自然會差人過來通傳的。」

正院裡頭燈火通明，丫頭們已經輪了一班，除了正屋，只有大格格屋子裡還留了一盞燈。

山茶坐在燈下陪大格格，見她手裡縫著小衣裳，就嘆了口氣。「大格格已經做了許多，歇歇吧。」

「枯坐無味，不如動動手，也好進給母親。」大格格有心事。原本周婷同意她天天去幫李氏侍疾，她還能見見親娘，誰知後來胤禛發了話，她每隔三天才能去一次。李氏的臉色一天比一天差，弟弟們被養得愈來愈不知愁，只有她能支應，心裡也不是不難受。李氏再不看重她，總是生她、養她的親娘。

這一走神就扎了手，山茶趕緊把繡繃收起來。「大格格就瞇一瞇吧，看這樣子，還有些時候呢。」

第四十章　喜獲孩兒

周婷是被痛醒的，陣痛一開始隔得久，她還能趁著間歇時睡一會兒保存體力，到後來時間就愈隔愈短了。周婷吸著氣叫瑪瑙看懷錶，一開始是長針走過四個大格子她才痛一回，到後走一格就要痛一回。

周婷身邊總會輪流由一個接生嬤嬤看著，等周婷第二次再痛的時候，那嬤嬤就嚷開來。

「怕是要生了，快把燒好的熱水拎進來！」

此時周婷早已經知覺模糊，只知道下身疼得像是撕裂開來，只能聽見烏蘇嬤嬤叫她用力的聲音，別的都顧不上了。

周婷死命抓著床沿，指關節泛白，額頭上的青筋都爆出來了。她臉色猙獰不斷用力，感覺肚子往下墜，身下濕成一片，衣服全都浸透了，被汗水打濕的頭髮一縷縷貼在她頭皮上，好像這輩子的汗全都在今天出完。

外頭暑氣未散，周婷咬著牙不出聲，一開始還能忍住，到忍不了了也就叫嚷起來，聲音不響，沒有傳到屋子外頭去，伴隨著一陣悶哼，第一個孩子出來了。

接生嬤嬤趕緊把先生下來的這個裹起來抱去洗澡，烏蘇嬤嬤一直握著周婷的手，此時分神看了一眼，是個女兒，轉過頭來盯著周婷扁了一半的肚皮，心裡直唸佛。

周婷也顧不得自己生了什麼，她只知道肚子裡還有一個沒出來，接生嬤嬤按著她的肚皮，喊得比她還要大聲。「頭已經出來了，用力！用力！」

周婷只覺得全身的力氣都集中到腰部以下，緊抓著床沿的手已沒了力氣，一陣虛軟後再也動彈不了，嘴裡含著的蔘片早已經嚥了下去，喉嚨口一陣陣泛噁。她拚盡最後一點力量，另一個總算也出來了。

蔘片的作用顯現了出來，周婷雖然身體癱軟，卻還有精神，只是累得不想動嘴，眼珠則轉到烏蘇嬤嬤身上，疲倦地看著她。

烏蘇嬤嬤心中嘆息，臉上卻笑。「恭喜主子生了對小格格。」

胤禛在書房裡寫信給胤祥，正寫到一半，小張子就進來稟報。「恭喜爺得了對小格格，母女均安。」

胤禛捏著筆管的手一頓，微微有些失望。「知道了，發賞下去，除了正院的奴才得雙月月錢，其他院裡都加一個月的月錢。」

小張子應了一聲，久久等不到胤禛第二句吩咐，正要矮身退出去，就又聽到胤禛說：「差人去宮裡報給母妃知道。」

周婷的產期就在這幾天，德妃用膳的時候還叨念了兩句，夜裡就送了消息進來。侍候德妃的大宮女瑞草原來就同那拉氏相熟，又是顧嬤嬤調教出來的，感情並不一般，周婷常常在她跟顧嬤嬤之間帶些話，一來二去私下關係更好了，言語間就偏幫著她一些。

「恭喜娘娘得了對粉嫩嫩的孫女兒。」瑞草一面幫德妃梳頭，一面把這消息說出來。

德妃這裡早準備好了要給新生兒的金手鐲、金腳環，本來就打算好了男女一樣，如今聽說生的是女兒，還是有些失望的。但周婷能懷上本就不易，胤禛又不像八阿哥那樣一個孩子都沒有，皇子福晉們像這樣兒女都生養過的，只有一個三福晉，再加上身邊瑞草討她開心，倒把失望之意沖淡了。

德妃一迭聲地說：「開了庫，拿些女人家用的藥材過去，叫她好好將養。」

瑞草抿著嘴一笑。「知道主子的意思，這是等著來年再抱個大胖孫子呢。」

不出片刻，胤禛後宅裡頭都知道福晉生了對小格格的事，有鬆了一口氣的，例如宋氏跟鈕祜祿氏，覺得自己又有使力的地方了；也有提起一口氣的，例如李氏。

葡萄悄聲問石榴說：「怎的福晉生了小格格，主子反而不高興？」要她看來不獨這一胎是，往後都是女兒才好呢。

石榴瞪她一眼，壓低了聲音。「要是兒子，咱們二阿哥跟三阿哥還有回來的一天。」說著看了看內室。「如今不知要等到什麼時候呢……」

李氏心裡也是這麼想的，兒子回不來了不說，又多了一對嫡女，大格格的處境難免尷尬起來。她就要到說親的年紀了，原本因是獨女還能有門好親事，如今有了兩個嫡女，想要聯姻的人家自然願意拖上一拖。

李氏心頭堵著一口氣，卡著喉嚨就咳嗽起來，石榴送上熱茶，她只含了一口就搖頭不要了。

周婷還在蒙頭大睡，連珍珠幫她擦身換衣服都不知道，瑪瑙則是剛輪著休息周婷就生了，頭髮還沒來得及重綰就跑到屋裡來幫忙。

一對皺巴巴、紅通通的新生兒洗得乾乾淨淨，卻遲遲都沒等到她們的阿瑪，直到正院外頭的燈都熄了，胤禛才過來。

他眯著眼睛仔細打量了半天，兩個孩子包著一樣的紅色襁褓，喝飽了奶嬤嬤的奶，張著小嘴呼呼大睡。

胤禛瞧了好一會兒，才看出一個比另一個稍微大了一點。「這個大些的是姊姊？」

烏蘇嬤嬤本來還怕這位爺心裡不高興，見他的樣子不像是不痛快，就一屈膝蓋。「這個小些的先出來，反倒是姊姊呢。」

胤禛聽了，不自覺地抿著嘴笑了。

宮中的賞賜是第二天一大早時送過來的，周婷還躺在床上，由胤禛出面謝恩。

太后年紀大了，最喜歡見到皇家開枝散葉，她並不計較周婷生的是男是女，一聽說生了，就樂得合不攏嘴，直唸著等大了要抱到宮裡來給她看看。既然太后都賜了東西下來，各宮的主位們自然也要跟著表示表示。

周婷這一覺睡得極沈，一醒來先是聞見一股淡淡的血腥味，接著才嗅到自己身上的汗味。烏蘇嬤嬤見她醒了，馬上把兩個孩子抱到她身邊給她看，剛生下來的孩子臉還沒長開，皮膚紅通通的，眉毛淡得幾乎看不見，她伸手出來一個摩挲一會兒，抿著嘴笑了起來。

這感覺真是奇妙，雖然孩子的到來不在她預期中，甚至她還一直擔心處在這樣的環境中她們該怎麼長大，但在看見她們這一刻起，這些就再也不是問題了。

親生兒的胎毛細細軟軟的，烏蘇嬤嬤稱讚了一聲。「小格格以後定是一頭好頭髮，就同主子一樣。」

周婷抬起臉來衝著她一笑，就算她的女兒原本不好，也會好起來，只要有她在的一天，就會為她們鋪平一切。「院子裡可掛起紅綢來了？」

烏蘇嬤嬤一怔，這才反應過來。「真是糊塗了，這樣的喜事，自然要掛起來的。」不必她轉身吩咐，一直侍候著的瑪瑙跟珍珠叫過了小丫頭正要叮囑，周婷又加了一句：「正院每人加兩個月的月錢，其他院子裡就加一個月。」

「這個爺早已經吩咐了，今天就要發賞下去。」烏蘇嬤嬤臉上笑盈盈的，她原本還怕胤禛不喜歡這兩個女兒。「昨天爺就來瞧過小格格了，今天又來看了一回，剛還問主子身子好不好呢，我瞧爺很喜歡小格格的。」

周婷嘴邊漾出淺淺的微笑，然而很快就又淡了下去。他就是「喜歡」也有限，雖然她一直說些「女兒好」之類的話，但真的生了女兒，胤禛心裡只怕並不歡喜，對於古代男人來說，一個兒子能抵過一雙女兒。

「把宮裡的賞賜單子拿給我瞧瞧。」周婷扶著腰坐起來，把單子拿在手裡細看，一樣樣揣度著各宮的心思，最主要的就是太后跟德妃。

太后那裡好東西多，隨手拿一樣出來都是頂好的，加上同德妃情分不一般，自然給的都是上品，自太后以下，各宮妃子們都減了兩等送過來，除了給孩子項圈之類的小東西，不過是各色的緞子和吉祥圖案的擺件。

德妃給的禮只比其他妃子加厚了一成，沒越過太后去，除了尋常物品，只多添了成套的薄胎印花嬰戲紋器具。

周婷的手在單子上頭一指，瑪瑙馬上就拿過來給她瞧，細白瓷碗上粗粗一數有十幾個男孩正在玩耍，算是隱晦地表達了德妃的期待。

周婷抿著嘴一樂。「這個好，往後要是爺來用飯，就拿這個出來用。」

「這個雖是德主子賜下的，只怕正撞上爺的心事呢。」烏蘇嬤嬤開口勸說，萬一勾起胤禛想要有個兒子的心事，不就等同於引著他去東院？

「嬤嬤別急，我自有辦法，就是要勾起來才好呢。」胤禛要跟她一處吃飯，也得等她坐完月子再說。

周婷往後一靠，閉上了眼睛。這是德妃賜給她的，要是胤禛連這樣的暗示都看不懂，或者看了以後竟然想去睡小妾，那就真的是木頭腦袋了。

瑪瑙進來一屈膝蓋。「主子，咱們院裡已經全掛上了，別的院子可要掛？」

「全掛起來，准廚房為側福晉多加三道菜，宋格格那裡兩道，其餘各屋一人一道。」周婷眼睛還閉著，腦子卻不停運轉。一個月子就得花掉三十天，這三十天裡後院那些人該沸騰起來了，胤禛那邊又要怎麼堵呢？

堵不如疏，烏蘇嬤嬤也不是沒提起過，暗暗勸著周婷送一個正院裡的丫頭給胤禛，卻被周婷給拒絕了。先不說這事辦了有多噁心，單只論這些丫頭平時知道多少她身邊的事，哪怕只是一分一毫，她也不能冒這個險。

宜薇一出手就給丈夫兩個貼身的大丫頭，那是因為她被逼得沒法子了，才出了這樣的昏招。貼身丫頭跟她親近是不假，但共用一個丈夫以後，還能一心為著她想嗎？自斷雙臂這種事，周婷絕不會做。

德妃的態度已經擺明了想要孫子，而且是正經的嫡孫，周婷在看到她給的禮物時反而鬆了口氣。想想也對，德妃不是沒有孫子，原主也不是沒生過男孩，不比大阿哥原本的福晉，當時她因為連生了四個女兒，才一次比一次著急。

周婷想清楚了，但她現在擔心的是胤禛不明白。除了八阿哥這樣乾急也急不出個娃來的，還有哪個男人不希望自己多子呢？

胤禛下了朝去跟德妃請安時，被拉著關心兩句孩子如何，新生兒往往容易夭折，又是一胎兩個，難免會弱一些。德妃問了他好些孩子吃睡之類的問題，他總歸是男人，這些話五句裡只能答出兩句來，德妃卻不放過他，明裡暗裡說了好些「再生個嫡子」這樣的話，胤禛深感同意，一回家就去了正院。

孩子剛生下來，內室不敢用冰，只把冰盆放在外間，小丫頭們時不時打打扇子送些涼風進去，讓屋裡不至於太熱，周婷這才覺得好過些。她一醒過來就堅持換下被汗水打濕的床褥，烏蘇嬤嬤不肯讓她直接躺在席子上，就連之前用的瓷枕也收了起來。周婷知道坐月子是中國古代流傳下來的智慧，不敢輕易挑戰。

孩子還小不敢用香，周婷又想避免胤禛過來時聞見血腥味，便差人在屋裡放上新鮮果子，熏了個一天一夜。胤禛一進門就覺得氣味清新，連暑意也去了幾分，只見周婷靠在枕頭上，身上穿著薄紗裡衣，頭髮鬆鬆地綰著，精神看上去很不錯。

「母妃惦記妳呢，若不是不能出宮，她還真想過來看看。」妻子同母親關係好，讓胤禛很高興，他愈來愈明白這些過去他不關注的小事如今能為他帶來多大的好處。他往周婷身邊一坐，眉頭不自覺地舒展開來，原來她在床腳兩端也放了果盆，帳子裡都是果香味。

「等我能起來身，也該進宮去謝賞呢。」周婷說著笑晏晏地指了指悠車裡的兩個孩子。「大妞跟二妞得了許多金項圈呢。」

胤禛還沒給孩子取名，就先叫她們大妞、二妞，不然光叫小格格，根本分不清楚誰是誰。

惠容跟著胤祥去巡塞了，她那份禮還沒送過來，其他人之中，竟是宜薇給的最厚。胤禛拿著禮單一張張瞧過去，挑了挑眉毛。「八弟這份給得也太厚了些。」

這哪裡關八阿哥的事，定是宜薇的手筆。她的嫁妝比起太子妃也不差什麼了，能當皇子福晉的家世都不差，有許多人還是靠兵禍發了財，只是有些人厚了裡子，有些人顧著面子。因八阿哥的出身不高，宜薇的嫁妝浩浩蕩蕩進了宮門，也算為自己掙臉，是以她出手從來都不簡薄。

胤禛掃過一眼，就把禮單擱在床頭。「今天收到皇阿瑪的旨意了，要我跟八弟一起去奉聖駕。」

周婷微微吃驚。「聖駕走了一個月，怎會如今又叫你們過去？」太子不在時，讓幾個兄弟一同主事有過前例，可怎麼會在半路上把人叫過去呢？

「我估摸著是要把十三弟換回來。」昨天他收到胤祥的信，裡面有提到這件事，結果今天旨意就來了。胤禛按住周婷的肩頭。「我這時候去，九月出頭就會回來，妳不必操心。」

「急不急？」去奉聖駕也好，起碼這一走，等他回來以後自己的月子也已經做完了。雖然沒想要這麼快就再懷上，但他也不可能去睡小妾了。

「這兩日就要走。」胤禛說道。

「東西還沒收拾呢。」其實收拾行囊周婷倒不擔心，胤禛去過好幾回了，要帶些什麼她心裡都有數，衣裳跟藥物也都是現成的，收拾起來很方便。只有一點，巡塞的男人們總要帶女眷，往年跟過去的不是宋氏就是李氏，那拉氏只去過一回，現在周婷又在做月子，這事可不能裝作不知道混過去。

周婷心裡皺眉咬牙發愁，臉上卻還帶著笑，她飛快地把東院裡的女人都盤了一遍。「不過東西倒還是其次，可爺那裡總不能斷了侍候的人，李氏如今病著要休養，宋氏那邊我又著她管著院子，去年賜進來的人又太年輕了，只怕不周到，要不，還是叫宋氏跟著爺吧。」

宋氏在胤禛眼裡早已不新鮮了，這些日子他提都沒提起一回來，周婷敢說起她，就是知道胤禛不會帶她去。

果然一說起宋氏，胤禛的眉頭就微微皺了起來，他抬手摸摸她的鬢髮。「妳不要操心這些，好好養身子才是正理，母妃那兒的東西，妳沒拿出來看看？」

胤禛在細務上頭還是很仔細的，他眼睛一掃，就瞧見德妃單子上的那套器具，見周婷臉紅，知道她明白了自己的意思。「這回皇阿瑪催得急，我要騎快馬過去，不同平時一個月的行程，帶女眷像什麼樣子。」

周婷心頭一鬆，這個坑兒媳婦的康熙，這回總算解了她的燃眉之急。

有了孩子，周婷在這個時代才算有了根。原本她只想著自己要怎麼好好地過下去，如何在這後宅之中占有一席之地，不讓人代替自己的位置，握著尊榮和體面穩穩地坐在正妻的位子上。

周婷從沒指望過胤禛能對她「專一」，按他的身分和性情也不可能對她專一，早早請封側福晉的是他、厭了李氏就把她打進冷宮的也是他。新人總是勝過舊人，以後年年都有漂亮小姑娘進宮，周婷也總有不再新鮮的一天。

她之前所做的一切，都只是為了讓胤禛能對自己有一份感情，哪怕以後他當上皇帝，她也不再年輕的時候，也還能因為這段感情優容於她。

現在周婷想得更多更遠了，內心對那拉氏的感情也更複雜。周婷看著躺在自己身邊睡得正香的一雙女兒，她握著她們的小手，瞧著那細細的指尖，一顆心呈現出從沒有過的柔軟，同時也顯出從沒有過的剛強。

她現在要做的，就是張開一張網，而不是手裡握著線，風箏飛高了線總會斷，而要掙脫開一張網卻沒那麼容易。她一點點籠住胤禛，把情網織得綿密，等到未來有一天他更寵愛旁人的時候，這張網也還能發揮作用。

「主子。」珍珠走進來輕聲喚她。「南院的側福晉進了小衣裳上來，嬤嬤正在看針腳呢。」

珍珠沒把東西拿進來，是因為烏蘇嬤嬤正仔細查看，就怕裡面夾著些什麼。自從周婷跟烏蘇嬤嬤有了默契，她對南院的防備更甚了，連帶這些貼身丫頭也更謹慎。

周婷沈吟一會兒，最後說：「拿去燒了，仔細著些，別教人看見了傳出去。」只要是李氏進上來的，不管什麼她都不會用，那些以前看過的電視劇又在她腦海裡翻騰。雖然有些情節很蠢，但不能不防，不光是吃食，什麼鎖片、衣裳、風箏、熏香都能把人害死。

「還有大格格那裡，她進上來的，妳找個箱子收好了鎖起來，別讓人知道。」周婷現在是寧錯殺也不放過，如果她是李氏，想要害人時，也得拐十七、八個彎。

周婷知道小衣裳裡不會有什麼，李氏也不蠢，看她弄鬼的那些手段也能知道她不會明目張膽這麼做，但兔子急了也會咬人，更何況李氏原本就不是小兔子。一想到這宅子裡還有好幾雙眼睛暗幽幽地盯著自己的孩子，她就恨不得把她們全都連根拔起。

珍珠頭一低。「知道了。」

胤禛一走，周婷才真正安下心來做月子。整個宅院都在她掌握之中，前院有蘇培盛留下來，後宅更不必說。南院整個廢了，一舉一動都在她的監管之下；至於東院那邊，肉都跑了，一群豺狼虎豹自然也都歇了下來，那些時不時有的小動作少了許多。

這段日子倒真是周婷穿越以來過得最舒心的，每日要做的就是養好身子、看好孩子，偶爾起來舒散一回，眼睛一眨一個月就過去了。

孩子滿月那天能來的妯娌都來了，所有事情都由周婷決定的好處，就是她能把這場滿月禮辦得熱鬧有趣。胤禛不在，男賓就來得少了，女眷們倒很多，周婷花了大功夫把庭院裝飾一新，她還帶著些產婦的圓潤，穿著鏤金百花穿蝶的紫綢袍子，頭上戴著胤禛給的南珠鈿子，皮膚透出光澤來。月子做得好，她的身體恢復得也好，整個人看上去瑩潤飽滿，比過去還更有光彩。

宴席間樣樣料理都精緻用心，院子裡處處張燈結綵，原先有些為周婷感到可惜的三福晉也放下心來。「這一雙姊姊，還不帶著成串的弟弟們來？」

宜薇自己沒孩子，一腔母愛忍了這些年，這會兒全傾注在這兩個新生兒身上，她和周婷住得近，往來方便，一天不來看看孩子都會饞。

「可不是，生得這樣好，又白又嫩的，我都想拐一個回去呢。」宜薇這話說得有七、八分是真心，就是女兒也好啊！

「那敢情好，我還在憂心兩個女兒的嫁妝呢。」周婷同她打趣。「誰不知妳嫁妝厚，正好便宜了我。」

「妳不如把她們給我當乾女兒，我這嫁妝才不算白出。」宜薇作勢要把孩子抱回去，一屋子妯娌都笑了起來。

大家都笑完了，宜薇才把今天準備透露的消息給放出來。「這會兒咱們爺該到草甸子上頭了，皇阿瑪的旨意這麼急，要是再晚兩日，也就不必特地去信告訴他，我屋子裡的王氏，有了身子了。」

這一段話把一眾妯娌都嚇著了，周婷瞧了宜薇一眼，見她眼底雖有苦澀，但神情是真的放鬆了。好不容易盼來一個孩子，卻不是自己肚皮裡的，也怪不得她酸澀，但總好過丈夫一直無子給她帶來的壓力，是以眼神一轉就又笑起來了。

這事要是發生在別人身上，那還真要想一想再恭喜一聲，無所出的福晉不只一、兩個，可這事發生在八福晉身上，卻是真真正正的喜事了。

「倒真是喜事，可給妳們爺送信去了？」周婷拍了拍她的手。「該早些教他知道，皇阿瑪必然也樂的。」

這麼些年來，八福晉既悍且妒的名聲誰不知道，只不過當面不說罷了，這回王氏有孕，她這頂帽子總算能摘下來了。

宜薇現在只差沒把王氏給供起來了，不僅為她單獨開了間小院，伺候的人也翻了一倍，又因丈夫不在，把原本胤禩的奶嬤嬤都接進來幫忙看著，相關的事情處理好了才把消息透出來。

「信大概已經到了咱們爺手上了。」宜薇滿臉笑意，頭上的赤金紅寶石墜子不住地搖晃。趁著人多把消息散布出去，不管是上頭還是外頭都能知道，這一回任誰都不能再說她善妒了。

對康熙來說，大老婆不能生就不能生，只要下面的女人能生，他照樣發給妳工資，孩子養得好，還會稱讚妳一句賢慧。不然挨個兒數一數，自己沒生孩子的皇子福晉幾乎就要占去一半，五福晉、七福晉、十福晉膝下猶空，九福晉成婚多年才懷上一胎，如今還不知是男是女。

剩下的十二、十三兩個福晉還能算是新媳婦，現在沒懷上也正常，這一回周婷一下子生出兩女兒來，她們只有眼熱羨慕的分，心思大多跟宜薇一樣，想來沾沾喜氣，哪怕只生個女兒，也算有孩子傍身了。

「我算算日子，恐怕這幾日九弟府裡也要有喜事了。」九福晉跟周婷是差不多時間懷上的，周婷是雙胎早生一些，九福晉那裡的日子也要到了。懷不上的時候大家一起心酸，懷上了就盼著她能生個兒子。

八阿哥一向同九阿哥要好，宜薇卻跟九福晉董鄂氏關係普通，但既然丈夫不在，她肯定要表示表示，於是手掌一拍。「正是，喜事就是要連著來才好。」

招呼完了這些妯娌，才輪到那拉氏的娘家人，這麼好的交際機會她們自然不會放過。薩什庫一下子升了等，伊爾根覺羅氏自然要好好謝謝周婷，略提了兩句就把位子讓出來給西林覺羅氏。

西林覺羅氏眼裡面上都是笑意，跟之前看到的愁苦模樣相比，簡直是換了個人，周婷這才記起來她剛要生產之前碰巧聽說婉嫻的病好了，還沒有機會問呢。

「大嫂近來氣色好了許多，瞧著都年輕了。」周婷把手裡的小蓋盅遞給她。「好些日子沒見，都認不出來了。」

「託了姑奶奶的福呢！」西林覺羅氏抿嘴笑了起來。「婉嫻的病一好，我一顆心就落了地了。」

周婷有心知道婉嫻的近況，就主動問道：「可是尋的大夫好？」

「原本是求神拜佛都試了，聽說潭拓寺的菩薩靈，我特地請了一尊回家。」婉嫻的事情周婷知道得不少，西林覺羅氏就沒瞞著她。「原來她還懵懂，不吃不喝鬧了那麼些天，那一日不知怎麼磕在我擺菩薩的桌子上頭，醒過來人就清楚了，這是菩薩顯了靈啊！」

西林覺羅氏說著雙手合十，一臉安慰。「我正要給菩薩捐金身呢。」

救了她女兒的恐怕不是菩薩，而是桌角。周婷扯了扯嘴角。「太好了，大嫂心裡的事也放下了。」

「只不過，這大半年發生過的事她忘了個精光。」西林覺羅氏提醒周婷。「妳可得幫兩個小格格挑幾個八字重的奴才擋煞，我就把她之前用的丫頭全都換過了呢。」

一席話把周婷說得啼笑皆非，不過她之前就吩咐過瑪瑙放話給下頭人，說要提拔新人進她院子裡，也要瑪瑙跟珍珠先挑幾個調教起來，之後再交給烏蘇嬤嬤。只是沒多久後就發現她懷孕，所以這件事就沒有積極處理。這次聽了西林覺羅氏一番話，周婷回頭就吩咐烏蘇嬤嬤挑幾個小丫頭先調教起來，畢竟珍珠跟瑪瑙將來也要嫁出去。

既然出了月子，周婷就進宮向太后請安，德妃在孩子滿月禮當天賞了東西出來，送禮來的嬤嬤收了周婷厚厚的賞賜，回去自然說了大大一番好話，像是兩個小格格生得如何好、眉目之間又有多像胤禛之類的，倒讓德妃多了些牽掛，一見周婷就問：「孩子可好？」

「好著呢，這麼小就知道認人了，知道是我抱著，哼哼聲都不一樣呢。」周婷抿著嘴笑。

周婷又穿上花盆底，豐腴的模樣教太后看了歡喜，胖就是能生，皇家挑媳婦，頭一個就是不能長得單薄。她還沒見過雙生子，一迭聲地問：「長得像不像呀？現在能不能瞧出大小來呀？」

「落地時是有大小的，小的那個是姊姊，大的那個是妹妹，如今只能靠在衣角上頭繡著名分辨呢。」小孩子營養好了自然長得快，奶子房送來的奶嬤嬤如今跟周婷一樣吃核桃芝麻，牛乳更是每天不間斷。

她本來想完全由自己餵養，無奈兩個孩子顧不過來，一個吃上半個時辰，另一個豈不是要餓哭，只好換著來。兩個嬤嬤都看得緊，專門有小丫頭侍候，吃什麼、喝什麼、每天幾時洗澡，周婷都規定好了。幸好她的身分擺在那裡，給的賞賜又多，兩個嬤嬤天天按表操課，一絲錯誤都不敢有。

德妃聽了無限歡喜。「能抱進來看就好了！」她數了數日子。「等到胤禛回來，兩個孩子也兩個多月了，到時抱來給我瞧瞧。」

周婷點了點頭，微微一笑。

第四十一章　小別新婚

康熙四十四年隨駕原是沒胤禛的分，皇阿瑪只帶了最看重的太子和寵愛的兒子胤祥，胤禛因為新婚被留在京裡，卻沒想到聖旨會召他跟胤禩一起去奉聖駕。

此時兄弟們都還沒生出別的心思來，大家相處還算和樂，胤禛看著眼前恭讓溫和的弟弟們，竟有些想不起他們憤恨的眼神來了。

大熱天老九送他們出京時熱出一身汗，不住拿帕子擦拭，嘴裡還抱怨：「都知道草甸子上這會兒涼快，皇阿瑪倒偏袒你們，怎不把我召了去？」

「咱們是快馬趕過去，你以為同平時那樣走上一個月？」胤禩拿馬鞭輕輕碰了胤禟一下。「就你這貪涼的脾氣，能忍得住？皇阿瑪才是真疼你呢。」胤禟的身材是兄弟之中最胖的，大熱天要趕路，還真難為他。

胤禩開了個頭，胤禛也不能沒表示。「你媳婦同我媳婦日子差不了多少，皇阿瑪是要你看著孩子生下來呢。」

胤禛的臉上還帶著些新郎官的喜氣，卻也摩拳擦掌的。「四哥給了那樣好的弓，我還想著去草甸子上跑馬試試手呢，誰知又得等到下回。」

由於起了一個不錯的頭，接下來的時間裡，胤禛竟然跟胤禩處得不錯。真要說起來，胤禩的性格比起兄弟裡其他人要好得多了，跟他相處起來最容易，他會耐著性子說你感興趣的話題，任誰也沒辦法討厭這樣的人。

路上這幾日裡胤禛就見識到胤禩的個人魅力，不論侍衛、太監，他跟他們說起話來都非常溫和，怪不得在太子下臺之後，會有那麼多人舉薦他。恐怕是那些吹捧附和的聲音把他的腦袋都吹開了花，自己也飄飄然起來，連皇阿瑪的底線都忘了。

胤禛到塞上時，康熙已經知道四阿哥府上又添了兩個小格格，他對孫女的關注度當然比不上孫子，但在生孩子這方面還真是愈多愈好，大老婆能生就跟大老婆多生幾個，大老婆不能生還有小老婆頂上。只是在說到的新生的兩個孫女時，自然也要關心一下胤禩。

眼看其他兒子都陸續有孩子蹦出來，就是剛成婚的十四，也早已有側福晉為他生下孩子，讓他當了阿瑪，怎麼老八就是沒孩子呢？康熙把錯全都推在八福晉身上，盯著兒子的眼神充滿了威壓。

當著胤禛的面，康熙不可能直接詢問另一個兒子的後院生活，但看他的神情分明就是恨鐵不成鋼，什麼不好當竟然當了妻管嚴，然而就算他心裡再急，也只能以安慰關懷的方式略問兩句。

胤禩自然不好意思說自己沒少睡過小老婆，只能點頭虛應，康熙見他那副模樣，一轉頭就決定小選時要惠妃幫忙再挑幾個人賜進八阿哥府裡。

王氏有孕的消息傳來時八阿哥人前還撐得住，一回帳篷差點跳起來，衝著頭頂揮了好幾下拳頭，夫妻兩人心有靈犀地同時吁出一口氣來。

胤禛自始至終繃著臉，有太子在，沒他親近皇阿瑪的時候，但他知道這個孩子即使生下來，在皇阿瑪眼裡也等同於沒有。原因無他，這個孩子的生母是八福晉身邊的丫頭，要是身分高一些，抬個側福晉也就罷了，偏偏是這樣的出身，想抬也抬不起來。

還是得有個嫡子才行，胤禛細細揣摩著康熙的心思，早知道他有多麼看重宗法，老八有了孩子還能說被他說成是無嗣，果然還是明珠老辣，要大阿哥拚命跟大福晉生孩子，放到胤禛身上，要是前頭已經有了四個女兒，那是絕對不會再耕這畝地了。

胤禛握緊拳頭，暗暗咬牙，還是趕緊回去造一個嫡子出來，現在離四十七年也不遠了。太子的勢力會在一夜間分崩離析，到時朝臣們自然會估量出一個能投靠的人來，明珠那裡他也不是不能施力的。

池子邊的木芙蓉開了一整片，碧水掩映著紅花，柳條隨風飛舞。周婷倚在美人榻上望著水榭外頭的風景，陽光透過雕花玻璃照在她身上，懶洋洋地讓人生起睡意來。周婷眼睛一合，立刻就有小丫頭為她蓋上哆囉絨毯子。

胤禛不在的這些日子，周婷就當是讓自己放長假，不必每天揣摩他的心意、不必事事都先圍著他轉、不必死壓著後宅裡的女人不讓她們見光。不獨是東院那些女人，周婷自己都鬆了口氣。

胤禛不在，規矩就寬些，趁著園子裡花木繁盛，周婷許她們出來遊園划船，有些女孩子才不過十三、四歲，見到水鴨還要嬌叫兩聲，拿著柳枝打水去逗牠們撲翅膀，年輕的臉上全是笑意。

周婷皺著眉頭坐在水榭裡瞧她們，她有時候也會心軟嘆息，可只要一看到兩個女兒的臉，她就能重新硬下心腸。

周婷自認不是個惡毒的人，但她也不打算把胤禛當成蛋糕那樣分掉。她們再可憐，也是與她對立，也許一個不小心，就又養出一個李氏來，現在對她們仁慈，就是對以後的自己殘忍。

李氏的事很好地說明了後宅裡沒有和平，要麼就是我把妳踏下去，要麼就是妳把我踩下去。周婷不想當被踩下去的那一個，去年此時她還覺得生活艱難不易，窩在正院那方小天地裡不敢惹事煩人，閉上眼睛、關掉耳朵，什麼都不聽不看，只把自己當成擺設，李氏見了她，還能拿著嬌氣行禮。

不過短短一年，再看看她如今的日子。周婷蜷起手指握在一起，眼皮微微掀動，心裡默默算著胤禛回來的日子，再五天聖駕就回來了，後宅就要擂開戰鼓了，想著想著，就長吁出一口氣來。

「主子可是渴了？」瑪瑙輕聲問她：「有花蜜鹵子調的汁，主子要不要來一盞？」

周婷點頭坐起身來，午後的太陽曬得人發睏，遠處那片紅紅白白的花兒繁盛地照人眼。

「剪幾枝下來，各往南院跟東院送一份。」

瑪瑙遞了瓷碗過來，抿嘴一笑。「今年的花開得比往年都多呢，我記得庫裡有芙蓉三醉的雕花擺設，該拿出來擺著，正好應了景。」

周婷懶洋洋地扭一扭身子。「妳不提我還忘了這個，尋出來幫大格格送去吧。」

自從有了自己的孩子，周婷再看這些庶女、庶子們，心情就複雜起來，她肯定不會把女兒教養成大格格那副模樣。

她懂規矩也知分寸，就是不夠大方。原本李氏得寵時，她總是一副目下無塵的模樣，眉目間的清冷跟胤禛像足了十成十。可李氏一失寵，她沒有了依仗，就開始畏畏縮縮起來，明明周婷對她鬆得很，卻偏偏老是做出如履薄冰的樣子來。

胤禛外出這段時間裡，大格格已經病了兩回。周婷為她做足了面子，然而她愈是對她好，她就愈是小心，幾回下來，周婷摸清了她的性格，小姑娘想得太多，但也可能是真的有些害怕了。兩個嫡女一出生，就顯不出女兒的金貴來了，她長這麼大，第一次知道「嫡庶」的分別。

就連李氏，也比周婷懷孕時更乖巧殷勤了，她不單送了針線過來，還三番兩次地要來向周婷請安，姿態一次比一次低，而她愈是這樣，大格格就愈是小心翼翼，嘴裡雖然不說，但眼裡的委屈卻一天比一天多。

周婷見她這樣，有意隔開她跟兩個弟弟，除了女紅外，還叫她每日為李氏抄一張經書，用瑣碎的事情把她一天的時間全部排滿，等到她空閒下來，兩個弟弟也睡了。既然要她養著別人生的兩個男孩，她就不可能為人作嫁。

「主子總該為小格格們攢著才是，手這麼鬆，往後好東西可就都收不住了。」瑪瑙幫周婷拉了拉毯子，手裡拿著玉錘幫她捶腿。「就是要給，也得等爺回來了給。」

周婷伸出手指點了點瑪瑙的額頭。「妳這丫頭，這些東西就是現在給得大方，往後大妞跟二妞得到的才多呢。」

大格格現在這年紀，不可能再把性格扳回來了，既然無法迴避，只能做到最好。只要給了她東西，周婷就有辦法教胤禛知道，還是那句話——不能為人作嫁。

周婷還在幫兩個孩子餵奶，身條卻已經瘦了下來，她抬起手摸了摸臉。「夜裡接著幫我敷臉。」

只要胤禛不在草原上找個蒙古小妾，那肯定是餓了一段時間。周婷抿著嘴一笑，回來那天按照規矩女人們都要去接他，恐怕那時又是奼紫嫣紅開遍了，但他總要先來看看孩子，進了正院，就別想出去。

兩人雖不在一處，心思卻都轉在一起，等胤禛風塵僕僕地回到家，見到一屋子女人時，眼睛直勾勾地就定在周婷身上。

菊紋淺金掐絲外袍把腰掐得細細的，兩個多月不見，她原先的細身條又回來了，就跟換了個新人似的。胤禛腦海裡那個大肚婆的形象一下子換成現在這個軟腰細步款款走來的女人，見她笑吟吟地遞茶過來的模樣，那些或沒長開、或已老去的妾室們，一下子都成了背景。

「先用些茶吧。」周婷抬手把蓋盅遞過去，手背一蹭，輕拂過胤禛的手，臉上還笑得大方。「該擺了宴的，李側福晉的身子好了，她也想要見一見爺呢。」李氏被胤禛罰閉門思過，沒他吩咐是出不來的。

胤禛的心思卻不在這上頭，周婷湊得近了，他就聞到她身上那股熟悉的玫瑰花香味。他身子一熱，眼神也跟著熱切起來，他接過周婷手裡的杯子，啜了一口。「今日不必了，我先去看看孩子。」

原本還帶著期待急於表現的小妾們一下子都失望起來，府裡所有孩子都在正院呢，她們的想法跟周婷一樣，進去了，哪裡還能出得來?!

周婷微微一笑，點了點頭。「想是爺累了，天色也已經不早了，妳們都回各自的院子吧。」

鈕祜祿氏不甘心地咬著嘴唇排在後面，還沒輪到她說話，周婷和胤禛就一同去了正院。其實看孩子不過是個幌子，胤禛是真的急了，肉到了嘴邊吃不著，比空想著更讓人難受。

他按捺著焦急的心情，看過幾個孩子，又用過晚膳，直等到周婷洗完澡出來，才一入內室，就被他按倒在炕上起不來了。

周婷還要嗔他。「頭髮還濕著呢。」

烏蘇嬤嬤一把攔下兩個要進去幫周婷擦頭髮的丫頭，擺擺手把她們都帶了出去。

屋門輕輕闔上了，周婷耳朵紅透，睨了胤禛一眼。「不正經的。」

那不正經的雙手早已經伸進衣裳裡揉了起來，周婷微微一喘，身子往後仰去，頭枕在胤禛肩膀上，手指頭輕點在他胸膛上畫圈圈。

胤禛一邊握住一個，貼著她的耳朵說道：「原還想著妳瘦了，誰知這個卻沒有。」

兩人的衣衫將褪未褪的，胤禛一低頭就能瞧見肚兜裡面裹著一對雪白山峰，白絹紗頭勾著紅海棠花，那微凸的兩點正好頂在花蕊上頭。

胤禛隔著肚兜揉捏得它們發硬，周婷整個人全癱在胤禛身上，眼睛都睜不開了，口鼻間吐出一團團香氣，噴在胤禛脖子裡，烘得他下身硬邦邦的。周婷扭過臉勾起一抹笑意，腰身輕輕擺動，豐腴的臀溝往那邊蹭個正著，胤禛急急一喘，手上一用力，那件肚兜就被扯了下來。

半濕的頭髮散在周婷圓潤的肩頭上，白皙的肌膚還帶著微微的水氣，在流轉的燈火下愈發誘人起來。胤禛好些時間不知肉味了，這下哪裡還忍得住，頭往下一低，張嘴就咬住了周婷的肩頭。

周婷被胤禛咬得格格一笑，一面顫抖一面往胤禛耳朵裡吹氣，手指頭抬起來描摹他的喉結，然後探出舌尖在他耳垂上打圈。她指尖的涼意和舌頭的軟滑觸感讓胤禛的身體打顫，猛然一抬頭吸往那作怪的粉色舌尖，身體壓著她往後倒去，他一隻手撐在錦被上，一隻手搓揉著周婷胸前的山峰，原本軟綿綿、香噴噴的兩團脂膏如今又長了一個尺寸，胤禛一隻手險些握不住了。

胤禛的下身早已蓄勢待發，頂著周婷腿間那塊嫩肉上下磨蹭。胤禛直起身體，兩隻手捏住周婷胸前的櫻紅，一邊一個捏著轉起圈來。周婷兩條手臂勾住胤禛的肩膀，貝齒咬住紅唇，身體因為激動而不住起伏，帶得兩團脂膏不住顫動。

胤禛下身一動，頂進周婷身體裡去，周婷腰往上一拱，兩條白嫩的腿就被胤禛扒開來勾在他腰上。

騎了一陣子的馬，胤禛身上的肌肉更有看頭了，周婷雙手輕撫著他的胸膛，身子被他撞得一聳一聳，嘴裡發出膩人的呻吟聲，她想叫出聲來，又要忍著，從耳根泛出紅來，一直延伸到腳趾尖。生產過後的身體更加敏感，胤禛微微一動她就喘到不行，全身又癢又麻，伸出兩隻手來要胤禛抱住她。

胤禛雙手在周婷屁股上捏了一把，把她整個人托起來，兩人用半跪半抱的姿勢貼在一起急急扭動，他把頭埋進她胸口，拿舌頭去勾她胸前的紅蕊。周婷覺得胸部脹得難受，這才想起來因為胤禛回來了，今天還沒幫兩個孩子餵過奶，存糧太多，胤禛又這麼舔弄，等會兒恐怕要溢出來了，於是身子往後一仰就要逃開。

胤禛的手在周婷腰上用力，緊緊摟住她，也不問她想做什麼，只顧動著身體不斷往裡面撞進去。周婷一開始還掙扎了兩下，沒多久就被他的撞擊弄得通身舒暢，手指頭扒著他的肩膀不放，任由他動作。

吸著吸著，胤禛就覺出不對勁來，抬起頭來一看，那紅蕊間溢出來的淡色液體正順著山峰往下滑落，滴在紅色的綿被上，一滴一個濕印子。身上的人已經迷醉過去，只知道順從他的動作，兩隻軟綿綿的手搭在他身上四處亂抓，雪白的胸脯上面全是他啃咬的痕跡，看得胤禛眼睛發紅，吮住不肯放，下面發狠地動起來。

周婷抱著胤禛的頭扭動身體，承受上下雙重刺激，張著嘴大聲喘氣，喉嚨口發出模模糊糊的呻吟聲。胤禛托著她的腰猛然用力，直撞在花心，之後伏在周婷身上喘起粗氣來。

兩人就這麼抱著貼在一起，也顧不得身上早已汗濕，滿足得連手都不願意抬起來，直接扯過皺成一團的錦被蓋住赤裸裸的身體。

身下黏膩一片，周婷翻了個身抱住胤禛，腿就直接架在他腿上，任那濕答答的東西流淌出來。她發鈍的腦子裡想著要拿帕子擦乾淨，不然明天在丫頭們面前不好看，想是這麼想，但身體卻動彈不得，窩在胤禛肩膀上閉眼睡了過去。

都說小別勝新婚，到了周婷這兒，卻是第一次看見胤禛這麼急切，睡前那次已經很猛了，一到半夜他的手就又開始不規矩起來，揉著她的胸口直往下面探，周婷胡亂地抓住他的手。「胤禛，不要了。」

周婷已經滿足了，男人卻沒那麼容易吃飽，餓了很久的身體恨不得能一次就把存糧清光。他把她的身體翻過去，哄她把腿抬起來，聽見她喊自己的名字時情緒更加高漲。周婷閉著眼睛睜不開來，身體懶得動彈，順從地張開腿讓他進去，弄了一會兒，她開始有了反應。

身體裡的麻癢感又泛了上來，周婷哼了兩聲，不由自主地抬高身體，配合著胤禛的動作往他那邊貼過去，長髮散在身上半遮半掩蓋住胸前兩座山峰。燭火早已經燃盡了，胤禛的眼睛卻在黑暗裡發光，周婷身上的玫瑰香混合著甜膩的情慾味道，讓他下身又硬了起來。

周婷這回再不肯了，扭動著身體不肯配合他，胤禛哪裡哄過女人，此刻聽她哼哼唧唧的撒嬌，又覺得新鮮，於是拿手拍著她的背，嘴裡又叫了她一聲。「再一次就好。」

周婷到底還是拚不過胤禛的力氣，又跟他來了一次，這下明天這張被子肯定不能要了。周婷躺在胤禛的臂彎裡還在想，他在草原上肯定沒自己解決過，這是把存糧全都貢獻給她了。

周婷被他摟在懷裡睡了一夜，第二天早上起來時胤禛神清氣爽，周婷則萎靡不振，肩、腰、腿全都痠得抬不起來，偏偏今天還是進宮向太后請安的日子。

周婷扯過寢衣，遮擋住自己身上那些青青紫紫的痕跡，這才發現連頭髮上都沾到那東西，髮梢一縷縷地黏在一起。

幸好烏蘇嬤嬤備了熱水，周婷匆匆忙忙洗淨身子換了衣裳出來，胤禛已經坐在桌前用早膳了。周婷乏得根本不想抬手指頭，勉強喝碗燕窩粥，咬了口糕點，就不再吃了。

折騰了一個晚上，臉上怎麼都能看出來，她的眼睛下面有些黑青，細細抹了粉才算蓋住了。周婷換上進宮要穿的衣服出來時，胤禛的視線忽然往她裙襬上看過去，她的臉微微一紅。「這是母妃剛賞下來的呢，就在爺回來前一天。」

五彩遍地石榴百子裙，德妃賞下來時說是她自己的舊衣裳，可是瞧著做工針線，分明就是新做出來的，這是在暗示她呢。這衣服的形制符合進宮請安的標準，所以周婷就特地穿上去給德妃瞧瞧。

胤禛微微勾起了嘴角，走過去拉周婷的手，在她耳邊輕聲一句：「不讓母妃失望就是。」

溫熱的氣息噴紅了周婷的臉，胤禛拉著她的手，暗暗用力捏了一把，咳嗽一聲清了清喉嚨，就放開她先行出門去了。

周婷到寧壽宮時德妃已經過來了，一眼見著周婷穿著她給的衣裳，就笑了起來，朝她招了招手。「可把孩子抱過來了？」

「抱過來了，只是兩個孩子太小，還睡著呢。」周婷上前一步坐在德妃下首，挽住德妃的胳膊，往旁邊張望了兩下。「十四弟妹怎麼沒來？」

「這孩子有些不適，就別到老祖宗跟前兒來了，免得過了病氣。」德妃的臉色淡淡的，說不上好壞，聲音裡卻明顯有點不滿意。

周婷眼睛一轉。「那等會兒我瞧瞧她去，她是新媳婦又病著，恐怕心裡也擔憂呢。」

胤禎的後院早已有了側福晉，不僅有了側福晉，還生了兒子，完顏氏的地位比十三福晉惠容還要更尷尬，但怎麼會才新婚就病了呢？新媳婦最要守規矩的。

「都跟妳一樣省心的話，我也不必操心了。」德妃在胤禎那邊怎麼會沒有耳目，完顏氏剛進門就已經跟側福晉舒舒覺羅氏起了磨擦，這裡頭自然有舒舒覺羅氏的心計，但完顏氏沈不住氣也是真的。「妳去瞧瞧她也好，順道幫我帶些藥材過去。」

「我這裡也有帶給弟妹的東西呢。」周婷說著抱過其中一個孩子給德妃看。「這是大妞，那是二妞。」奶嬤嬤一聽，趕緊屈下膝蓋，給德妃看包在襁褓裡的孩子。

新生兒本來就長得差不多，加上是一胎雙生，就更像了。奶嬤嬤極有經驗，把好了屎尿、餵過了奶才敢抱過來，兩個孩子吃飽喝足，睜著烏溜溜的大眼睛不停地轉著。

太后從內室出來，注意力一下子就被兩個孩子吸引過去了。「快抱來給我瞧瞧。」

周婷站起身來抱著大妞走過去。「如今還沒起名，先大妞、二妞地叫著呢。」

太后從宮女手上接過鏡片，細細看起兩個孩子。「生得真好，眼睛就跟葡萄似的。」

此時大妞聽見太后手鐲碰在一起的清脆聲響，轉著眼睛咧開嘴笑起來，左邊嘴角露出一個梨渦。

太后跟著一笑，站在她身邊的老嬤嬤湊趣道：「小格格這是認得烏庫媽媽呢。」

那麼小的孩子哪裡能認人，但太后還是很高興，又賞了套金項圈，捏著孩子肥壯的小胳膊。「妳養得好，瞧這孩子多壯實。」就是要胖乎乎的才好，皇家孩子夭折得多，愈是胖就愈是健康。

「還要多謝謝母妃給我的顧嬤嬤呢，若不是她，我也顧不過兩個來。」周婷恰到好處地又拍了德妃的馬屁一次，她是準備好了才來的，既然提到了，就接著往下說：「媳婦聽顧嬤嬤說大妞跟二妞有幾分像她們姑姑呢。」

大妞跟二妞的姑姑，自然就是溫憲公主了，本來溫憲公主就是胤禛的親妹妹，姪肖其姑，眉目間本就有四、五分相像，再經由周婷一說，就覺得更像了，特別是兩人嘴邊的梨渦。如今還小，等再大些，恐怕更像。

德妃第一個伸手把二妞抱了過來，瑞草貼心地為她取下指甲套來。瑞草跟著德妃的時間也不短了，見她這樣，也能插上兩句話。「細細一看，果真有幾分像呢。」

禁不住人人這麼說，本來只有四、五分，也能看成七、八分了。德妃的手指頭點著二妞嘴邊的梨窩，笑了起來。「這樣一瞧還真是像。」神情一下子充滿了愛憐，太后那裡更是差點就淌下淚來了。

周婷鬆了口氣。這法子是顧嬤嬤提醒她的，吃誰的飯忠誰的事，顧嬤嬤眼看就要在四阿哥府裡養老了，自然要巴結周婷，一瞧見兩個小格格就瞇著眼睛笑，稱讚一句：「小格格生得這麼好，像她們姑姑呢。」說著就別有深意地看了周婷一眼。

一句話就點醒了周婷。女兒再好也還是女兒，要給她們掙前程，必須得靠胤禛，若德妃喜歡兩個小姑娘，那她以後的謀算才能成事。這一句「長得像溫憲公主」，簡直一箭三雕，再好不過，誰不知道太后有多麼喜歡溫憲公主？她若有所思地看了女兒一下，又抬起來看了看顧嬤嬤，笑著說：「若是嬤嬤不說，我還不知道呢。」

顧嬤嬤投桃，周婷自然要報李，她第二天就問碧玉願不願意認顧嬤嬤當娘，為她養老送終、捧碗奉盆。碧玉她家本來姊妹就多，加上周婷又給碧玉家一筆錢財，她自然滿嘴樂意。

顧嬤嬤平白得了個女兒，既伶俐又聽話，知道自己身後事有了著落，時不時就說些溫憲公主小時候的事，周婷一一記在心裡，只待日後能派上用場。

她的女兒，是絕對不會嫁去蒙古的。

第四十二章 意亂情迷

完顏氏根本沒病，而是在裝病躲羞，畢竟後宮幾乎都知道她同十四阿哥拌嘴，沒爭贏小妾的事。她靠在枕頭上，臉色懨懨的，一聽說周婷來了，還想起身換衣裳梳頭。

「跟我就別這麼見外了。」周婷臉上帶著柔和的笑意，往床沿一坐，伸手將她按下去。「好好躺著吧。」

完顏氏因周婷笑得和善，就先對她存了幾分好感。她大婚時並未見到周婷，那時周婷懷著身孕不好進喜房，但完顏氏知道這屋子裡的裝飾擺設有許多都出自這位嫂子的手筆，等她出了月子見面之後，更加羨慕她能獲得德妃的歡心。

原來還存著兩分較勁的心思，這樣同胤禎一吵一鬧，就全熄了個乾淨，連自家宅子都沒能收拾乾淨呢，還提什麼在婆母面前爭寵？

「倒教嫂子費心了。」完顏氏巴掌大小的一張臉，眼睛下面一片淡青色，提不起精神的樣子讓周婷看了為她嘆息一聲。

「嫂子要不要嚐嚐我這裡的金駿眉？」完顏氏坐了起來。「紫蘭，快去倒茶來。」

「妳不必忙這些，我又不是到妳這兒討茶喝的。」周婷知道完顏氏對自己感情複雜，妯娌之間本就有些天然的敵對情緒在，更何況她還深得德妃喜歡，又比她早進門，但她跟完顏氏的關係卻不能不好。「我呀，是得了母妃的話來瞧妳的，可是兩口子拌嘴了？」

完顏氏沒料到周婷這麼直接，神色一黯。「如今還有誰不知道的，嫂子可別來臊我了。」

舒舒覺羅氏本就進門早，又生下胤禛第一個兒子，得寵些便罷了，哪家爺們家裡沒個小妾，可卻不能越過她的底線去。這一回舒舒覺羅氏明晃晃地穿了件大紅錦緞做的襖子出來，還聲稱是胤禛給的，完顏氏就不能忍受了。

「咱們嫁進皇家，本就是民間不能比擬的，婚前有妾有子這樣的事擱在外頭，那是不規矩，可放在這皇城裡頭，就是稀鬆平常。」周婷拍拍完顏氏的手背。「若為了這個折騰自己，那妳前頭幾個嫂嫂還活不活了？誰都是這麼過來的。」

完顏氏鼻子一酸，流下淚來。「再稀鬆平常也該有個規矩擺著，哪有妾室穿紅的。」到底是十幾歲的小姑娘，受了這樣的委屈又沒處訴苦，聽周婷勸她兩句，就全吐了出來。

周婷手掌一拍。「這是她的不對，妳都該開罰了，任她說到哪，都是她沒道理。」周婷肯定是站在完顏氏這邊的，都是正妻，誰有胸懷去憐惜小妾？又不是自己找罪受。

「得了，這事我知道了，母妃那裡妳也要常走動才是，妳就住在這宮裡，不比我住在外頭，想見一面還得等上三、五天的，有什麼委屈，難道母妃會不幫妳撐腰？」

完顏氏咬著嘴唇欲言又止，周婷也不逼她。「妳且想想，哪個爺願意看女人哭哭啼啼？」說著就壓低聲音湊近她。「他喜歡溫柔的，妳就溫柔；他喜歡活潑的，妳就活潑，先把這一城扳回來就是了。」

完顏氏臉上還掛著淚痕，一張瓜子臉盤襯著大眼睛，很有幾分楚楚可憐的味道。

「妳就拿著如今這副模樣去面對他，我瞧他站在哪邊。」生著這麼一副好相貌還生生浪費，舒舒覺羅氏再美，胤禎也已經看了兩年多了，周婷繼續努力道：「我那時也是如此，再瞧瞧現下怎麼樣呢？母妃同我說過一句話，情分都是處出來的，妳這邊長長久久，那邊磨個乾淨，誰贏呢？」

完顏氏沒嫁過來就聽說過胤禎隔著宮門等周婷的事，心中很是羨慕，也曾想過自己的丈夫會不會待自己這麼好，結果進門當天側室就抱著孩子過來向她請安。這哪裡是請安，根本就是下馬威，自此她就跟舒舒覺羅氏耗上了。

見說得差不多了，周婷又加了一句：「妳盯著她做什麼，沒有她也還有旁邊那些人，妳只顧盯著妳們爺就是了。」蠢女人解決女人，聰明女人解決男人。

周婷去阿哥所的時候兩個女兒就待在德妃宮裡，她是愈瞧愈喜歡，輪流抱著兩個孩子逗弄了好一會兒，孩子剛剛才睡下。德妃見周婷來了，就問她：「她可好些了？」

「她那是心病呢。」周婷靠過去看那兩個頭碰著頭、正睡得香甜的女兒。「十四弟也是，太不經心了，怎麼能把正紅的緞子賞給下頭人去呢？」

宮妃之中也只有佟妃能跟紅字沾沾邊，其他妃子一是年紀漸大不能再穿這麼豔麗的；二是混了那麼久，早就學會生存法則，誰也不去觸碰那條線。

就這一句，德妃馬上明白，眉頭微微擰了起來。她久居後宮早已成精，嘴角露出幾分笑意。「男人家哪裡懂這些。」

她拿著象牙籤子，叉起一瓣水晶梨。「但成了家就該懂事，我瞧妳弟妹很懂事，弘春合該抱到她那裡養著才是。」

到底是德妃，一出手就把舒舒覺羅氏的命脈給摸準了，她敢這麼做，不就是因為她生了個兒子嗎？一把抱到嫡福晉那裡養，看她還能玩什麼把戲。

若不是這回新婚就鬧了出來，讓德妃臉上不好看，估計她也會睜一隻眼閉一隻眼。舒舒覺羅氏大概是日子過得太舒服了，就跟李氏一樣，把自己當成二主母了。

周婷不會放棄這樣的機會教育，夜裡胤禛過來時，她就把這事當成是閒聊那樣說給他聽。「新媳婦哪裡能受這樣的氣，母妃也生氣了呢，我原看她很老實，怎會出這樣的差錯？」這個「她」，指的當然就是胤禛的側福晉舒舒覺羅氏了。

胤禛正歪在炕上，大掌摟在周婷腰上。他原本喜歡纖細不盈一握的，這時反倒覺得周婷的腰肢柔軟、穠纖合度，昨天夜裡那樣擰來擰去的，也還能配合他的角度磨上來。

周婷自然知道胤禛的心思不在完顏氏的事情上頭，屋子現在只要一點上玻璃炕燈，就好像是打開他身上的開關。昨天夜裡明明已經盡了興，她才一靠上來，胤禛就又開始有點心猿意馬了，搭在她腰上的那隻手已摩挲起來。

胤禛嘴上應了兩聲，這才醒過神來，微微一皺眉頭。「怎的還勞煩了母妃？老十四也太不像話了。」

就知道他的重點在這句上頭，周婷靠著他躺下來。「若不是母妃要我去當和事佬，我才不沾手呢。」說著聲音裡就帶上了疑惑。「往常也曾見她抱著弘春向母妃請過安，看起來也很規矩，怎麼就能鬧到母妃都知道了？」

她這正好向胤禛撞一下警鐘，讓他知道那些有了孩子的小老婆背著爺們都在幹些什麼。胤禛從李氏身上已經得到了教訓，這時候就回憶起過去那些個養活過他孩子的女人們。有的已經記不清面貌了，有的卻還記憶猶新，例如不論是長相還是學識都最合他心意的年氏。她是不是也曾這麼背著他，耍心計、玩手段呢？

周婷點到為止，有些事只要起個頭，將來總有他對號入座的那一天。

她半坐起來挑了挑燈花。「今天進宮，老祖宗同母妃說咱們大妞、二妞長得像她們姑姑呢。」

溫憲公主是胤禛唯一一個活到成年的妹妹，雖說小時候不得親近，但總是自己的嫡親妹子，何況又嫁給了孝懿皇后的姪子。他雖然對這個妹夫沒什麼好感，卻還是很喜歡這個妹妹，太后跟德妃自不必說，德妃的女兒也就這麼一個長成，太后就只養過溫憲公主一個女孩子，感情自然深厚。溫憲公主去世的消息傳來，康熙難過得三天吃不下飯。

「這樣小，哪裡能看得出來？」胤禛倒不信這個。

周婷聽見他說，也跟著笑。「我也是這麼說的，可後來連老祖宗身邊的嬤嬤也都這麼講，我沒見過她小時候的模樣，你細瞧著可覺得像？」

「她生出來那會兒我才多大，是在老祖宗那兒瞧見過，但不記得了。」胤禛努力回想了一番，還是只能想起妹妹出嫁那時的樣子，於是側過頭來問周婷：「母妃也覺得像？」

「先是顧嬤嬤說像，後來母妃同老祖宗都這麼說。一個人瞧著不算，這麼些人總不會看差了。」周婷的腰被胤禛從後面摟住了，她側過頭去微微一笑，順手就把頭上的髮釵拆了下來。

一頭黑髮在燈火下順滑柔亮得像是綢緞，胤禛突然來了興致，摸著一個扁方就要幫周婷拆出來，誰知一用力卻扯下兩根頭髮。周婷痛得喊了一聲，直接靠上他的胸膛，抬起臉來嗔他一眼。胤禛摸了摸鼻子，抬起手來隨便找了個地方幫她揉起來。

周婷把頭埋進胤禛的胸膛裡笑起來，雙手很自然地摟住他的腰，把頭擱在他的肩膀上，心中那種奇妙的感覺又湧了上來。親密過了，也有了孩子，現在他甚至沒有過不良紀錄，她不禁在心裡嘆了口氣，繼續這樣下去，她還能保持清明的頭腦嗎？

胤禛不知道周婷在想這些，卻能感覺出她現在的情緒，胸腔裡有些奇異的暖熱感，心口脹脹的。他微微皺起眉頭，低頭看向那個嘴邊還帶著笑意的女人，手指把她的下巴抬起來，嘴唇貼了過去。

兩人從來沒有這樣吻過，輕輕地廝磨著嘴唇，誰也不急著直奔主題，明明是熟悉的氣息，此時卻顯得有些陌生，一點點試探著，微微張開口。周婷一開始還張著眼睛，突然就心軟起來，她先把眼睛閉上，任由胤禛張開的嘴唇含住她的上唇，輕碰貝齒。

每天這麼盤算來盤算去，竟然也處出幾分感情來了。周婷合上了眼簾，不讓胤禛看見她眼裡的迷惑，輕翹的嘴角卻洩漏出這一點點秘密。

胤禛不知道那笑意是為了什麼，卻意外地覺得他這時不能著急，身體的激動不全是為了慾望，他自己也在迷惑，於是將舌尖探出一點點來，從嘴角刮進她微開著的香唇。

這一開口就慢不下來了，蜜舌還帶著奶香味，勾起了胤禛昨天夜裡的記憶，摟著周婷的胳膊收得更緊。周婷的睫毛微微掀動，眼裡露出些微光芒來，她又看了胤禛一眼，仔細地把他印進眼裡。

胤禛似有所覺，抬起眼來看向她，誰都沒有說話，這個吻慢騰騰的，細細品嚐對方的味道，突然之間分不出彼此來，周婷微微一笑，主動勾著胤禛的脖子倒了下去。

情事胤禛經歷得多了，這次卻和以往不太一樣。雖然周婷不是沒有主動過，她也會抱著他的脖子喘氣，抬高了腰索求，可卻從沒有帶給胤禛這樣的感受過。

周婷繼續進行這個吻，她淺淺嚐了嚐就停下舌頭，克制著自己，像過去一樣等著胤禛先開始。這樣的舉動讓胤禛心口異樣的暖熱淡了下來，他有些困惑地用手指捏住周婷的下巴，讓她抬起頭來更靠近自己，細細將她看了好一會兒，嘴唇沒有急著按下去。

周婷雖然閉著眼睛，卻能感覺到他的目光順著自己的眉眼勾勒了一回，濕重的氣息噴在她臉上痲痲癢癢的，以為他又像平時一樣就要開始床上運動時，卻偏偏遲遲等不到他之後的動作。

往常這時他早已經吻了過來，自己只要仰起臉找到適合的角度配合他的動作，適當的輕吟喘息，再抬起胳膊磨蹭他就行了呀？

胤禛的手摸上周婷的頸項，大拇指來回摩挲著她包裹在白皙肌膚裡半含半露的鎖骨，突然間不知道下一步該做些什麼了，原來半抬頭的慾望也熄了火，只拿兩隻手指捏著香軟飽滿的耳垂，抱著她躺好，拉過錦被蓋住兩個人。

周婷的睫毛微微動了動。原先勾引他時幾乎是無所不用其極了，也已經摸清楚了這個男人的喜好，聲、色、味缺一不可，周婷費盡精力把他的口味愈養愈叼，身上的小衣若隱若現地勾出胸前的傲人曲線，轉動的玻璃燈罩也換過了顏色跟圖案，鎖骨、臂彎、乳溝處也抹上了香脂，他怎麼突然就不繼續了呢？

周婷不知道此時該做些什麼好，她本來可以再主動一些的，卻因為剛才自己那莫名的心跳而不好意思起來。兩人就這麼沈默，最後還是周婷先探出手打破了僵局，她從胤禛胳膊下方伸過手去摟住他，把臉埋在他的胸膛，微微嘆息一聲，熱氣一點點沁進胤禛心口裡去。

瞬間情動，剛才淡下去的熱暖感又升騰起來，胤禛兩隻大掌伸過去摟住周婷，下巴扣在她的頭頂上，輕聲叫出她的名字。

一下子就把周婷心裡剛翻騰起來的那一丁點依戀震得粉碎，其實原本胤禛也叫過她的名字，特別是慾到深處的時候。那時她自己的意識也不甚清楚，胤禛低吼得模模糊糊，周婷聽得也模模糊糊，只知道呻吟不斷地應和他，直到此時才算把自己在這個年代的名字聽清楚了。

「毓婷」——叫什麼名字不好偏偏叫這個，「欲停」？周婷臉色古怪地想，怪不得原主生了一個就再懷不上了，難道是因為名字不利生產，所以她才月事不調的？

胤禛的手掌還落在周婷骨肉均勻的背上，指尖從腰臀相接處突出的骨頭一塊塊摸上她的後頸，興致很好地跟周婷聊起天來。「倒比過去有肉些了。」

生育過後，再怎麼努力也不可能瘦回原先的身材了，那拉氏生弘暉時身體還沒長成，生完了孩子依然纖瘦，後來病了更是伶仃可憐，別說有料了，衣服都掛在身上撐不起來，周婷現在這樣，除了滿足胤禛的眼睛，也滿足了他的手。

時隔太久，胤禛已經想不起來他跟年氏相處的細節了，只知道那是曾經讓他非常喜歡的女人，說他喜歡的話、做他喜歡的事、穿他喜歡的衣服，一言一行全都按照他的喜好來。以前他覺得這樣才對他的脾氣，所以他願意給她更多的寵愛與特權，可當他面對現在的周婷時，不禁覺得奇怪，他跟年氏也有過這樣相處的時光嗎？

「爺可是遇到了什麼事？」周婷原本想就這樣睡著的，掙扎了一會兒到底還是擔心。今天的胤禛同過去很不一樣，到了嘴邊的肉不吃可不是他一貫的行事風格，他向來都是恨不得把肉啃得連骨頭渣子都不剩的。

周婷伸手摟緊他的背。「是不是有什麼不痛快的？」一面放緩了語氣，一面拿手掌輕撫他的背。

胤禛突然間恍惚起來，從過去到現在，從來沒人問他有什麼不順心的事，過去的妻子只是沈默，況且哪個男人會跟女人說這些？而那些妾室更沒有立場分享這些了。

胤禛沈吟了一會兒。「要怎麼樣，才能更討皇阿瑪的喜歡呢？」

愈是重複那些他曾經做過的，他就愈是著急。吏治逐漸敗壞，國家漸顯衰弱，他卻只能忍耐著按兵不動。胤禛心裡很清楚康熙不是不知道，卻選擇了睜一隻眼閉一隻眼。

周婷愣住了，她看不見胤禛的臉色，卻能聽出他的急切來。她自然不會覺得奇怪，在她看來胤禛對大位肯定不是臨時起意，現在有了這樣的想法，也許正是開始呢？

「爺不必琢磨這些，教皇阿瑪只喜歡一個人太難了些。」她頓了頓，突然開口說：「倒不如教那些人都不得皇阿瑪的喜歡。」

周婷一說完，就覺得背後一緊。胤禛目光灼灼地盯著她的頭頂，好像要把她的腦袋看穿。

這話裡的意思很明顯了，胤禛忍不住發問：「妳怎麼……」但他最終沒問出口，已經說到這分上，還要問些什麼呢？她早就知道了。

原來她都是明白的，怪不得一直在皇阿瑪面前加重他的分量。對那些女人好，他得到的不過是幾句溫言軟語和一具合他心意的身體；對她好，他獲得的是名聲利益。前世這個時候他名聲不曾好過胤禩、寵愛不曾強過胤礽，在皇阿瑪眼裡，他只是最普通的兒子，或許有些能力，卻絕對不會像現在滿眼都是他的好處。

胤禛有一下沒一下地拍著周婷的背，把她拍得昏昏欲睡，人更加往他身邊靠。胤禛低頭看了看她，原先他不覺得，現在才知道什麼是夫妻一體。

兩人沒再多說一句話。周婷在為了剛才的話懊惱，覺得自己說得太早了；胤禛在感慨過後卻生出一絲疑惑來，她怎麼能說得這樣輕巧？

太子尚在，他做的事與謀反也差不多了，這些誅心之語，他不能跟門人幕僚說，不能跟原先一起謀大位的胤禩說，就連作夢時都要藏在心底不能吐露出來。然而這苦心卻輕易被她識破了，不但識破，還敢宣之於口，難道她同他一樣，是「經歷」過後又回來的？

心裡起了疑竇，就睡不安穩了。身下的人兒伏在他懷裡一動也不動，等了一會兒，胤禛就聽見她愈來愈平緩的呼吸聲，眉頭愈皺愈緊。如果她是，那麼他要怎麼處理呢？

他左手張開手指梳理周婷披在毛褥子上的長髮，右手則被周婷枕在臉下，他嗅著她身上若有若無的香味，勾起了嘴角。妻子本來就是天然的同盟，她就算是，也不可能背叛他。

她的命運從他們成為夫妻那一刻起就已經交付到他手上，他好，她自然跟著好；他若敗了，那她的下場就跟原先的太子妃一樣。換成後院裡任何一個女人，胤禛都不會像現在這樣放心，最安全的方法，就是不動聲色地把人處理掉。

胤禛的手落在周婷華潤豐美的肩膀上，低下頭吻上她的嘴唇，周婷還沒清醒過來，就感覺自己的腿被架起，有兩隻磨人的手指頭正在下面作怪。

她扭一扭身子想要逃開，腰卻被箍得更緊，腿間漸漸有了濕意，不由得哼出聲來，壓著她的人悶笑一聲，手往她腿彎處探進去。周婷舒服地嘆息出聲，胤禛從來沒有這麼溫柔過，他的動作向來都是狠又猛。

這一回，周婷的腿輕輕搖晃，胤禛側著身子進出，緩慢卻持久盡興。

第四十三章　登堂入室

這一天胤禛難得睡晚了，起床時周婷還趴在被子上睜不開眼，被子搭在她腰上，露出一片雪背。

蘇培盛在外頭等著，胤禛低下頭去碰碰她的額角。「別起了，再睡一會兒吧。」周婷是真的爬不起來了。昨天明明已經晚了，他還拿手揉了她好一會兒，弄得她臉頰緋紅、腳趾緊繃，現在全身跟脫了力一樣，只知道喘氣。

周婷嗔了他，臉上又滿足又疲倦的表情教胤禛又伸手進去揉了一把，周婷飛快伸手出來扣住他的手腕，在他手臂裡側咬上一個小小的牙印，咬完了就推開他，自己往被子裡面縮進去。

珍珠跟瑪瑙早已經在外頭了，見只有胤禛出來，就想進去侍候周婷起床。胤禛一邊由蘇培盛幫他繫腰帶上的玉佩，一邊擺了擺手。「讓妳們主子再躺會兒。」

烏蘇嬤嬤往裡面探了探頭又退了出來，拎著食盒的丫頭擺上一份碗筷，胤禛剛要坐下，門口就傳來一陣喧譁聲。他皺皺眉頭往內室看了看，轉頭就朝蘇培盛使了個眼色。

鈕祜祿氏眼巴巴地等了幾個月，誰知胤禛一回來就又鑽進正院，她這才按捺不住，起了個大早來正院門口堵著。看門的婆子自然不敢放她進去，就連菊兒跟桃兒也不敢照她的吩咐鬧出聲，只垂著腦袋縮在她身後。

鈕祜祿氏狠狠瞪了她們一眼，盤算著秋後要算這些人的總帳，接著便不顧身分地鬧了起來，幾句話一說，引得守在門邊的幾個丫頭趕了過來，人一多動靜自然大，果然把正屋裡的人給引了出來。

蘇培盛往門外一站，仔細辨認了一會兒，才認出鈕祜祿氏。縮在後面的桃兒經常在正院與後院之間的夾道裡探頭探腦的，蘇培盛報給周婷聽過幾次，之後那條道就被嚴守，若不是得了周婷的吩咐，後院的丫頭一律不許往前院去。

他在心裡冷笑一聲，也不瞧瞧自己的斤兩，就敢這樣在正院裡鬧，剛剛主子爺那意思可很明白了，怕吵了福晉的覺呢。

「誰這麼一大早的喧鬧！」這下他說話也不客氣了，就算她是主子爺的妾室，現在可連寵還沒承過呢，還有臉面在這邊鬧騰？

蘇培盛這一聲剛出，鈕祜祿氏的目光就跟著射了過來。狗眼看人低的奴才，等她生出了兒子，就讓他去冷宮裡做灑掃太監！

蘇培盛能升到這個位置，憑的就是就是察言觀色、揣摩上意，鈕祜祿氏自以為藏得好，但她那點小心思還是被蘇培盛一眼看穿了。

他微微瞇起眼來，看著站在門邊一臉憤然的鈕祜祿氏，心中冷笑更盛，果然是個掂不清分量的！於是他臉上擺出他一貫對待下頭人那種冷淡傲慢的樣子來，看著她站在門口被攔住，就是不多說一句話。

菊兒見蘇培盛都出來了，不好再縮著頭裝傻，於是上前兩步拉了拉鈕祜祿氏的胳膊，在她耳邊輕聲一句：「蘇公公可是主子爺面前第一得意的人呢。」

言下之意，得罪了他肯定沒有好果子吃。雖說鈕祜祿氏是胤禛的格格，其實還比不上正院裡的大丫頭珍珠跟瑪瑙體面。

桃兒咬著嘴唇作為難狀，拉著守門婆子軟語道歉。「我們格格這是有急事呢，還請馮媽媽擔待。」

誰還理她？每個人全都皺著眉頭看著她那不像樣的主子，偏偏鈕祜祿氏還昂了昂頭，目光囂張地往蘇培盛那裡看過去。

桃兒緊緊咬著下唇，這樣的主子是再不能熬下去了，趕明兒就託病不再上前侍候，哪怕被挪出院子，也好過待在她底下，有朝一日被牽連。蘇公公可不是個好糊弄的，如今自己已經在他面前掛了號，不如出了院子，叫妹妹進來領差事，還能有個好結果。

後院的女人哪一個敢明目張膽地瞪視蘇培盛？李氏自不必說，就連周婷待他都要連拉帶打地使出手段籠絡，一個沒承過寵的格格，他還真不放在眼裡。「是誰在喧譁？」說著把頭轉向站在屋外頭的小張子跟小鄭子。「你們怎麼不知道攔了？」

小張子機靈些。「這位姊姊什麼也沒說，就要往裡頭闖呢！」

蘇公公明擺著就是要給那主僕三人扣帽子了，小張子這話一說出來，桃兒跟菊兒就打了個哆嗦，偏偏還不能出聲辯解。

幸好鈕祜祿氏聰明了一回，知道「闖正院」這樣的罪名定下來，她就又要被禁足了，趕緊反駁他。「誰說我往裡頭闖了，明明就是這些奴才攔著不讓我進。」

桃兒跟菊兒站在她身後，差點想把臉給遮起來，如今兩人心裡想的都一樣，鈕祜祿氏好歹還是主子，不過罰罰月錢，她們倆要是被罰打板子，那可真是什麼臉面都沒有了，還不如直接出院子去。

珍珠掀了簾子出來一看，也明白了幾分，她是周婷的人，倒比蘇培盛能作主，說話也比他更有用。「格格有什麼事還請晚些再來，福晉這會兒沒工夫呢。」

她的臉上帶著笑意，眼光直直落在菊兒身上，看得菊兒一個冷顫，縮了縮脖子。「格格，要不咱們回去吧，等福晉這邊方便了再來。」

鈕祜祿氏不耐煩地瞪了她一眼，就是她沒工夫才好呢，能單獨跟胤禛說話才合她的心意，於是她也露出一個笑，盛氣凌人地說：「既然這樣，我的事回了爺也是一樣的。」

桃兒的膝蓋都軟了，當著這麼一院子的人，她真的想要扒條地縫鑽進去，偏偏鈕祜祿氏還不覺得羞恥。

此時屋子裡頭傳來胤禛的聲音。「她既有急事，就叫她進來回了我。」

蘇培盛身子一側頭一低，痛快地應了一聲：「嗻。」

他看著鈕祜祿氏的眼神帶著輕蔑，胤禛的語氣明顯已經在生氣了，珍珠也讓出了門邊的位置。桃兒不敢讓珍珠幫鈕祜祿氏打簾子，快跑兩步頂了珍珠的位置，引鈕祜祿氏進去。

一進屋子，鈕祜祿氏就被一股暖香沖了個正著，胤禛穿著家常靚藍綢袍子坐在桌前，手指叩在紫檀桌面上，臉上的表情陰晴不定。

鈕祜祿氏低身行禮，眼睛在織金的地毯上溜了一圈，一直溜到拿帳子掩著的內室裡，只能瞧見那露出來一點點的豔色織金圖案，隔斷牆旁邊擺著兩尺多高的紅珊瑚，桌上則放著四碟八碗。鈕祜祿氏的眼裡流露出渴望來，這裡總有一天會是她的。

那簡陋的小屋子、每個月時間到了才送來的一點好茶葉、一季只有三件首飾的分例……待得愈久，鈕祜祿氏愈是心急難耐，她知道自己不會這樣一輩子，總有一天她會是這個國度最尊貴的女人，但她等得太久，再也等不下去了。

鈕祜祿氏抬起頭來，眼睛裡閃著異樣的光芒，眼前這個男人，就是她通往榮華富貴之路的終極裝備。她微微側過頭去，露出細嫩白皙的頸項，這個角度讓她顯出身體的線條來，接著綻出練習了好久的笑容。

誰知胤禛根本沒有瞧她的臉，只看見那雙一直在亂轉的眼珠子，他不禁沈著一張臉，難道過去他身邊的女人竟沒有一個是安分的？

蘇培盛見到胤禛的眉頭擰了起來，趕緊發問：「格格來有什麼事要回？」

鈕祜祿氏淺淺一笑正要開口，周婷的聲音就從內室傳出來，含含混混的，帶著些剛睡醒的慵懶。「瑪瑙，打水進來。」

到底還是把她給吵醒了，胤禛掃了還跪在地上的鈕祜祿氏一眼，站起來抬腿走進內室，掀開垂在地上的簾幕，只見周婷披上一件緋色的寢衣露著半邊肩膀，頭髮垂在肩上，半夢半醒地打著吹欠，蔥白的手指掩著紅唇。

胤禛剛要側身進去，就聽見鈕祜祿氏捏著輕細的嗓音婉轉道：「妾對出了爺的詩呢。」她望向內室的目光隱隱帶著嫉恨，這個時辰還沒起來，理由是什麼很清楚。明明就應該是像背景一樣的人，竟然變成她受寵愛的最大障礙物。

鈕祜祿氏是十三歲進府的，如今已經快要十五歲，身條長開，模樣自然跟著好了，只等著一舉和胤禛相認。

他跟她來自同一個地方，這世上最了解他的只有自己，愛情和富貴明明一夕之間就能擁有，卻生生被這女人橫插一腳。鈕祜祿氏不由自主地抬了抬下巴，等著胤禛的反應，只要能跟胤禛搭上話，他肯定會把這些女人們全都丟到一邊去，差了三百年，能有什麼共通語言呢？

嫉恨又變成了得意，等他專寵她一人的時候，年氏也要排在後面，那拉氏更不必說。原本她不說不動時還能看出幾分少女的稚嫩來，此刻眉目間的神情，硬是把這幾分稚嫩抹了個乾淨。

胤禛回過頭匆匆一瞥，又轉身進去了，完全不理會她的話。

周婷擰著眉頭，她難得能睡一回懶覺的，卻被吵醒。她指一指外頭，聲音略顯沙啞地問：「這是怎麼了？」

鈕祜祿氏剛才的得意消失了，取而代之的是瞪大了眼不敢置信的表情，她明明說她對出了詩，他怎麼可能無動於衷？

天氣漸漸轉涼，房裡早已燒起了地龍，周婷披著單衣也不覺得冷，從裹著的錦被裡掙脫出來，赤腳踩在厚毯子上，伸了個懶腰問道：「外頭是誰？」

胤禛眼睛直盯著她繫上腰後的肚兜帶子，目光從她腿上溜到腰上，等看夠了才說：「鈕祜祿格格。」

那個獻上十字繡的同鄉？周婷精神一下子好了起來，她知道鈕祜祿氏的心思並沒有因為摔斷了腿而歇下來，也知道她時常要丫頭去夾道裡窺探胤禛的行蹤，卻沒想到她能大著膽子跑到正院來。

周婷挑了挑眉頭，嘴角含笑。「她有什麼事竟要勞動爺了？」說著就抿抿嘴欠欠身。「這就是我的不是了。」

雖是道歉，語氣卻是隱含著惱怒，妾室繞過正室直接找上男主人，她還真是有膽子！

隨著周婷欠身的動作，胸前的柔軟雪白跟著晃了兩下，胤禛小腹一緊，褲子裡頭有了些反應，他覺得有些不自在，以手做拳放到嘴邊咳了一聲。「我已經遲了，妳既然起來了，就讓她回妳罷了。」

他到底還是捨不得馬上就走，又往她那裡看了兩眼，打定主意等回來以後再好好揉一揉吮一吮。

現在胤禛一個眼神，周婷就能知道他在想什麼，看他這樣臉上都燒紅了，心裡暗罵自己沒出息。滾了多少回床單了，只不過看一眼而已，臉紅個什麼勁呀？想著瞪了他一眼，扭過身去穿衣裳。

「她既不規矩，妳罰她便罷了。」胤禛剛才那一句已經算是說了軟話，見周婷沒反應，就走上去摟住她的肩膀。「生氣了？」

他原來曾想過要留著鈕祜祿氏當備用的，如今細細看她的言行，才知道她心大。原本她還曾伏低做小討妻子的歡心，如今竟然越過了她直接獻媚。對詩？她根本就不識字！

這麼一想，胤禛心中那點打算就放了下來，就算妻子不能生，能生兒子的女人也多得是，何況妻子還一生就是兩個。多了前世沒有的兩個女兒，看著她們一點點長大，會笑會嚷嘴，胤禛不再覺得他只能擁有他有過的孩子了，種子優良、土地肥沃，嫡子總會來的。他扣著她肩膀的手微微用力，小腹那裡的熱度沒有退下去，反而愈來愈熱了。

「教爺勞心就是我的不是……」語氣裡帶著撒嬌的意味，周婷一句話還沒說完就停住了，她自己都嚇了一跳，趕緊閉上嘴，拿眼睛去看胤禛。

胤禛「哧」的一下噴出口熱氣來，兩隻手從她肩膀上摸下去，掂住一邊柔軟狠狠地揉了一下，手在周婷屁股上輕拍兩下。「還不是生氣？昨天叫我什麼來著？」

情到濃時還能叫什麼？周婷垂下眼簾不去看他，那點莫名的火氣全散了，胤禛的身體往前頂了頂。「夜裡有妳好看的。」說著就在常服外頭套上朝服。

周婷轉身為他扣上帶子，她前襟還沒扣上的琵琶扣之間露出一片肌膚，胤禛扳著她的肩膀，低下頭啃咬一口。「夜裡那頓別餵。」

胤禛指的，就是要周婷別幫女兒們餵奶。

他是第一次提出這樣的要求，但就算是夫妻，這也太過了，然而此時周婷竟然覺得高興，臉上緋紅，伸出一隻手指刮了刮他的臉皮。「搶女兒的口糧，不知羞。」

等胤禛出了門，周婷才慢慢梳洗過，屋子裡開了窗子透風，早飯擺在暖閣裡頭。周婷穿著一件紫羔毛滾邊背心，拿銀勺子舀燕窩粥吃，鈕祜祿氏跟到了暖閣裡，她本來也想走的，但進來簡單，出去可就不容易了。

「爺說了，妳有什麼，直接回給我定奪。」周婷的眼光定定地落在她身上。論姿色，鈕祜祿氏不及李氏，甚至比不過宋氏，青嫩的一張圓臉蛋，要是做質樸的打扮，恐怕比較好看，偏偏抹了胭脂，眼睛上面還有淡淡一層紅色，恐怕是拿胭脂化開了抹上去的。

可惜，俏媚眼倒成了個瞎子。

周婷在看她，她也在看周婷，從頭上的玉簪子看到手腕上的紅翡鐲子，暗暗咬了咬牙。

「妾對出了爺的詩，這才想來告訴爺的。」

銀勺碰著瓷碗發出一聲輕響，周婷眼裡映出鈕祜祿氏得意洋洋的臉。她微微垂下眼簾，蓋住眼中一閃而逝的光芒，她本來是不想為難鈕祜祿氏的。

就連「之前」那個婉嫻，若不是她在宮裡說了那樣的話，周婷也不會出手讓她丟了前程，連累「現在」這個婉嫻說不成親事。想要嫁個好人家，別人還得打聽打聽她的名聲，是為了什麼還沒到皇帝親閱，就被一抬小轎送了出來，宮裡頭那點彎彎繞繞的門道，大家哪有不知道的。

周婷打定了主意，偏過頭去向瑪瑙使了個眼色，自有小丫頭搬了繡墩上前給鈕祜祿氏，她衝著她點點頭，微微一笑。「坐吧，不必這麼拘謹。」

鈕祜祿氏撇了撇嘴，這時候對她客氣也晚了。她大方地坐滿整張凳子，小丫頭為她上了茶來，她有意拿翹，掀開蓋盅就說：「福晉這裡的茶果然好些。」

「我並不常喝茶，妳要是喜歡，等會兒叫瑪瑙包一包給妳帶回去。」周婷臉上掛著微笑，突然覺得她就像電視劇裡的惡毒皇后，鈕祜祿氏就是天真的妃嬪，自己彷彿正等著她落進圈套裡來。

這麼一想，拿著粥碗的手就有些不穩，深吸一口氣才又定下心神來。周婷心中明白這一回非把她的牙齒爪子給拔掉不可，就算是隻小貓，抓了人也要留下血痕來的，何況她還這麼三番兩次地蹦躂。

教人看著她，還能一路竄到正院來，看來宋氏的心思也活泛起來了。倒不如一箭雙雕，一個回合把這兩個不安生的全都拍下，就跟南院的李氏一樣，再也爬不起來。

瑪瑙上前接過粥碗，周婷抽出帕子按按嘴角，愈是這個時候，愈是得沈住氣才行。她嘴唇一翹，露出半個笑容，眼底含著譏諷，繞上了正題。「沒想到妳不但善針線，竟還會作詩。」說著掀開碗蓋含了一口茶在嘴裡。

珍珠馬上捧了痰盂過來，周婷側一側身吐盡了，才又打量起鈕祜祿氏，語氣平淡地問：「不知道詩會的東西，妳是怎麼得來的？」

鈕祜祿氏這才想起周婷下的禁令，一下子慌了神，拿眼睛瞥了瞥一直站在她身後的菊兒。菊兒感覺到她的眼神，暗暗咬牙，背上出了一層細汗。

「菊兒知道我喜歡這些，特地打聽來說給我解悶的。」鈕祜祿氏立刻把丫頭推了出去。「我原說這不合規矩，更何況福晉吩咐了咱們不能出院子門，是這丫頭回來了我才知道的。」

一段話說完，才想起身邊的丫頭倒了楣，她臉上也不好看，所以又加上一句：「還請福晉瞧在她一片忠心的分上，饒過她吧。」

周婷把茶盞放在炕桌上，耳垂邊明珠生光，她伸手捋捋頭髮，手腕上的紅翡鐲子發出金玉之聲。鈕祜祿氏的目光被吸引過去，周婷等她收回目光，才笑了一笑。「既然是為了妳們主子，也算是個忠心好丫頭了，只是我曾說過，若被發現壞了規矩，是要趕出院子去的。」

菊兒用力跪了下去，厚地毯上激起淺淺一層浮灰。原本她還指望鈕祜祿氏能看在相處一年多的分上為她求情，誰料她一出口卻是先討巧賣乖，把自己摘了個乾淨。心冷成了一片，這時候除了磕頭請罪，再說不出別的話來。

珍珠往周婷面前湊了湊。「不如還同之前似的，叫她老子娘領回去，再到嬤嬤們那裡仔細學學規矩。」

「就這麼辦吧，爺生辰將至，就別動板子了。」一個女孩家被扒了褲子打一頓，回去還有什麼臉面可言？周婷抬抬手，放過了菊兒。

這對鈕祜祿氏來說，不過是又換一個丫頭，雖說菊兒一向比桃兒更會侍候人，但棄卒保帥勢在必行，她可不能因為一個丫頭耽誤了大事。

菊兒原先還很惶恐，聽見珍珠向她求情，一顆心略微安定，自己也沒想到竟能不傷筋骨就出院子去，眼裡含著的淚頓時滾了下來。

「謝福晉。」菊兒聲淚俱下。

第四十四章　原形畢露

最後菊兒向周婷磕了個頭，站起來抹抹臉上的眼淚，額頭紅了一片，珍珠就示意桃兒扶著她一起退出屋子。

她們兩個才剛轉過身，就聽見鈕祜祿氏用若無其事的聲音說：「福晉手上的鐲子紅得真透，怎麼不雕些花兒？這個月剛得的芙蓉石鐲子，上頭還雕了花呢。」

「這是翡翠的呢。」周婷皺了皺眉。就算菊兒是之後補上來的，算算也跟了她一年多，她卻半點留戀也沒有，對她的關注竟還不如自己手腕上的鐲子。

貪慕虛榮？周婷這樣想著，就故意把腕子露出來，用一種帶著優越感的聲調同她說話。

「胤禛特地尋來給我的，這樣紅這樣正的，如今可不多見了。」

在外人面前，周婷從來不直呼胤禛的名字，珍珠不著痕跡地看了周婷一眼，馬上明白了她的意思，知道她可能是想給鈕祜祿氏一個教訓，於是湊上去說道：「這個格格可看差眼了，咱們主子怎麼會戴芙蓉石鐲子那個，這是爺特地弄來的，前朝的老東西呢。」

瑪瑙會過意，眨眨眼睛跟著說：「可不是，主子還說這樣不好分給兩個小格格，爺馬上就又尋了個綠的來，那水頭才真是好呢。」

接著四、五個丫頭妳一言我一語地跟著吹捧，一會兒說手鐲一會兒說珠釵，說得愈多，鈕祜祿氏臉色愈差，手裡的帕子緊了又緊。她心想：這時候得意，往後有妳哭的一天，死了多少年都沒有被四爺親自祭奠過，空有皇后的名號有什麼用，笑到最後的還是我！

前世她從小生活條件就好，名牌包包不計其數，向來就只有別人羨慕她的分，十幾年來也已經習慣旁人帶著渴望的欣羨眼神，她天生就該是所有人的焦點。

十八歲生日那天，家裡包下整個酒吧幫她慶祝生日，她喝了酒，暈暈地上了剛買的新車，還沒開出兩條馬路，就被撞到了這個地方，進了個七、八歲小姑娘的身體裡。

她叫過苦、叫過累，無數次地懷念過去的生活，卻在知道自己就是未來的太后時明白了穿越一場的真正意義，她享了十八年的福，沒道理老天就要這麼折騰她。

選秀時她還以為她會留在宮裡當宮女，可以把阿哥們看個一遍，要是八阿哥真有那麼帥，而十三跟十四又都待她好的話，她也不介意在他們中間挑一個。

沒想到她誰都沒瞧見，進宮只見著了幾個太監和凶巴巴的嬤嬤，最後還是被賜進四阿哥府裡。雖然四阿哥的長相不如她想像中那樣完美，年紀也大了些，但他們可以慢慢培養感情。

只要這一天來臨，那她之前受過的委屈，四阿哥都會幫她討回來的，什麼正福晉、側福晉，全都發落到小屋子去，教她們也嚐嚐馬桶擺在床頭旁邊睡覺的滋味。正房當然比不上她家的別墅，到時候她也會要四阿哥為她造新房子、挖游泳池，往後她也會繼續享福。紅翡綠翠？這些東西原本她就有，以後她也會有的。

周婷眼見鈕祜祿氏臉上的神色從嫉恨到懷念再變回得意，臉上的笑容反倒愈來愈和緩，手指尖不斷摸著戒指上面嵌的寶石。長到那麼大，害人還是頭一回，卻不能不做。「瑪瑙，開了箱子去，我記得有幾樣不戴的首飾，妳去找出來。」

周婷的手指尖摸著衣服前襬上的繡紋，眼睛卻盯著鈕祜祿氏的臉。「我原就說要賞妳的，事一多倒給忘了，那些小衣裳，也是妳費了工夫熬出來的。」

沒多久瑪瑙就托了個盤子進來，上頭放著一支纏絲鑲寶石的金釵，還有一對米粒大小的紅寶石耳墜子。周婷看了一眼就皺起眉頭，斥責瑪瑙說：「妳也不經心起來了，這東西妳們戴就罷了，怎能拿出來賞人？」

鈕祜祿氏身邊原本站著菊兒跟桃兒，如今沒有丫頭，只好自己拿手去接托盤，剛站起來，就聽見周婷說這樣的話，不禁氣惱。那盤子上頭的，可比她頭上戴的好得多了。

她來的時候可是挑了又挑，一大清早就催著小廚房要熱水，打扮了好些時候才出門，穿上新做的縹綠色夾襖，頭上是剛打的纏絲鑲珠金釵，此時跟周婷一比，就顯出寒酸來。

鈕祜祿氏剛才還能繃得住，現在愈看氣愈不順，這些都該是她的，那拉氏當了皇后又怎麼樣，做得了太后才是本事！

見她眼裡的恨色愈來愈盛，周婷低下頭喝了口茶，裝模作樣地皺了皺眉頭。「這茶怎麼喝著怎麼淡？叫廚房上碗酪來，把這茶葉都給包了，分到各房裡去吧，叫前面採買的再精心一些，這樣的東西，怎能入口?!」

瑪瑙換過了首飾，正要遞到鈕祜祿氏手裡，她背著一屋子人，衝著鈕祜祿氏露出一個輕蔑的笑，捋了捋手腕上的赤金鐲子。鈕祜祿氏剛要接過盤子，瑪瑙一個使力，一盤子東西就這樣打翻在地上，耳環、墜子滾了一地。

鈕祜祿氏本來就在生氣，此時倏地站起身來，板著臉冷笑一聲。「妳做這樣子給誰看，我還不稀罕這些呢！」

瑪瑙的眉頭立刻皺了起來。「奴才失了手，是奴才的過錯，可是在福晉面前，格格怎麼敢妳呀我的？」她算是周婷身邊第一人，出言斥責並不為過，要是烏蘇嬤嬤，那是要上前招呼巴掌的。

體面些的奴才也能跟主子稱你我，依鈕祜祿氏的身分，稱一句「我」也不為過，但體面卻是主子給的，在鈕祜祿氏面前，周婷就是主子。

「我同福晉自是姊妹，咱們一同侍候爺的。」鈕祜祿氏狠狠盯住瑪瑙看了好一會兒，稚氣未脫的臉上露出陰狠的表情。「姊姊說是不是？」

「啪」的一聲，周婷把茶盞磕在炕桌沿上，茶杯順勢跌在地毯上，茶葉撒了滿地，淋漓的茶水從炕褥浸到地毯上。「失儀」是個好罪名，她不用刻意做些什麼，挑撥兩下就自己露出馬腳來，胤禛要問，也只能知道個大概。

冷不防發了這麼大的火，屋子外頭都能聽見動靜，珍珠眉毛一豎，放大了聲音。「格格也太不識抬舉了，福晉見格格衣裳素淡才賞下首飾，格格不謝賞便罷了，怎的還敢當著福晉的面就摔打東西？」

周婷這一步走得穩穩當當，她有一直以來積累的好名聲，目前還牢牢握著胤禛的寵愛，就算此時把鈕祜祿氏拉出去打一頓，別人也只會說是她不規矩，把周婷給氣得狠了才罰她，而不會說周婷不寬厚。

從上到下，哪個人不知道四福晉最與人為善，後院裡的奴才說起她來也要稱讚一聲「體恤下人，是個寬和主子」，因此周婷有恃無恐。

滾熱的茶水濺了鈕祜祿一身，周婷的半幅裙子上也沾著茶葉末，她睨了鈕祜祿氏一眼，見她先是一怔，之後才反應過來，指著瑪瑙的鼻子。「明明就是這奴才故意的！」說到這裡，才若有所悟地看向周婷。「是妳指使的！」

來了這麼些年，規矩還是在宮裡學過一陣，然而骨子裡到底還是現代人，鈕祜祿雖是大族，家裡卻不富裕，自然請不起教養嬤嬤，她又一向隨心所欲，根本沒有把等級之分看在眼裡，她只知道她是未來的太后，是最尊貴的人。

鈕祜祿氏的話一出口，剛剛出去外頭辦事、現在碰巧進屋的烏蘇嬤嬤聽見了，立刻上前給了她一個巴掌，她身子一歪就倒在地上。烏蘇嬤嬤憤然道：「好個不知道規矩的格格，主子面前竟這樣說話！」

「別傷了她的臉。」周婷眼見差不多了，地毯髒了要換洗，她的衣服也要換身新的，珍珠剛剛還嚷得那麼大聲，現在鈕祜祿氏又是帶著傷出院門，一整齣戲下來，不怕胤禛不知道。「恐怕是失心瘋了，著兩個婆子進來拉出去，我不想看這些。」

「妳算計我！妳算計我！妳這惡毒的女人，怪不得妳沒兒子，怪不得妳兒子死了都沒追封！」鈕祜祿氏也不知道哪來的力氣，一下子跳起來推開來拉她的婆子，朝著周婷衝過去。

珍珠原被她的話嚇呆了，眼見她發狠衝過來，趕緊上前一把攔住，鈕祜祿氏長長的指甲就這樣在珍珠臉上抓出一長條血痕。

兩個婆子原還想客氣些把她架出去，一看嚇了一跳，趕緊用力反剪著她的胳膊把她拖開。鈕祜祿氏此時已經氣紅了眼睛，知道之前那些不過是周婷在耍著她玩，剛想再張開嘴，就被烏蘇嬤嬤塞了帕子，她還想把帕子往外吐，嘴裡嗚嗚叫著，不知道在說些什麼。

瑪瑙站得遠些，也挨了一腳，此時她繞過人堆護住周婷，一迭聲地問：「主子可嚇著了？」

周婷還在原位坐著，事情發生得太快，她根本沒來得及反應，被瑪瑙一問，才長吁一口氣。「我無事，妳去瞧瞧珍珠怎麼樣了。」

鈕祜祿氏掙扎得厲害，眼看就要把帕子吐出來了，婆子就伸手往她嘴裡再塞進去，接著只聽婆子一聲痛叫，鈕祜祿氏竟然咬了她一口！這時候婆子下手就不再客氣了，她們常年做抬水的活兒，很有力氣，左邊那個一見同伴被咬，便伸手狠狠掐了一把鈕祜祿氏腰上的軟肉。

鈕祜祿氏牙關一鬆，痛得迸出了淚花，哼了一聲又被堵上嘴拖了下去。

烏蘇嬤嬤趕緊吩咐道：「妳們兩個看著她的屋子，嘴裡的帕子先別拿出來。」

珍珠拿帕子捂著臉，半邊臉火辣辣地痛，她知道這傷口淺不了，眼淚差點流出來。周婷趕緊差人打水拿藥，親自查看珍珠的傷口，倒不深，就是口子很長，一長一短兩道，恐怕就是好了，也能看出來一些。

周婷這下子是真的火了，她剛來的時候身邊就是瑪瑙跟珍珠侍候著，兩人非要留一個看著她才能安心，天天在她床邊上打地鋪，熬得眼圈下面都是青的。她身上燒得難受，輕叫一聲就有人端茶送水，她哭，她們兩人陪著她一起哭，雖然這是她們跟那拉氏的情分，但周婷心裡承了她們的情。

「去把宋氏叫過來！」周婷氣得狠了，手上那枚玉戒指拍在炕桌上斷成兩截。宋氏那點心思周婷不用看都能知道，想要混水摸魚還是乘機露臉都好，原本她能睜隻眼閉隻眼的，現在全都要一併追究了。

看著珍珠臉上的傷口，周婷就覺得對不起她，俏生生一張臉平白添了兩道傷，是她起意激鈕祜祿氏的，但她暴起傷人卻不在周婷的意料之中。她難道真的不怕死嗎？今天她要是碰了自己一個指甲蓋，那就是以下犯上、以卑犯尊，除了死，再沒有別的路可走。

宋氏一顆心怦怦亂跳，她知道鈕祜祿氏準備了好幾天了，努力地挑著分發下來的衣裳、首飾，還特地託人去買了顏色更嬌嫩的胭脂，為了這些事，還跟其他幾個格格打了好幾回嘴仗。

她嘴上雖然勸兩句，背地裡卻是縱著她折騰的，菊兒被退了回來，哭著收拾東西，她就知道事情鬧開了，只以為跟上回一樣罰個丫頭便罷。一見來的人臉色不善，就猜測是不是鈕祜祿氏也幹了什麼，福晉叫她把人領回來管教。

誰知走到半路，看見散著頭髮的鈕祜祿氏被兩個婆子架著一路過來，宋氏這才知道不好。看這架勢，恐怕這蠢才已經鬧了很大一場，福晉這不是要她去領人管教，而是興師問罪呢。

就是這個時候，宋氏都還能安慰自己，頂多背一個「管教不力」的罪名，罰兩個月的俸也就罷了，等她進了暖閣，看見滿地狼藉和珍珠臉上帶血的傷口，這才知道害怕，嚇得膝蓋都軟了，趕緊跪了下來。

「宋格格這是做什麼，我還沒發問，妳就知道請罪了？」周婷的語氣讓穿著錦襖的宋氏打了個冷顫，還沒等她為自己辯解兩句，就聽見周婷說：「看起來，妳很清楚自己犯了什麼錯，不如當著顧嬤嬤的面說一說。」

正院這麼大的動靜，顧嬤嬤自然趕了過來，她站在那裡就代表德妃，代表宮裡還有一雙眼睛看著，周婷說得如此大方，宋氏反而結結巴巴說不出話來，好半天才伏在毯子上認錯。

「是妾管教不力，沒辦好福晉的差。」

「妳若真的管教過她，如今也不會跪在這裡。」周婷指一指她。「我把東院交給妳看著，就是因為妳是老人，跟爺的年頭最長，不必我提點也該知道規矩分寸，說妳辦事不力都還是輕的。」

周婷的確是有意縱著不去管，宋氏那點小動作，自然有人報給她知道，可如果宋氏不起那樣的心思，她也抓不著把柄。小打小鬧可以，今天她卻越了線。這麼一大早鈕祜祿氏就過來正院，她會不知道？恐怕正等著水攪混了好乘機剝了胤禛的香蕉皮呢！

宋氏知道今天是不能善了，伏著身不敢抬起頭來，地毯上面一圈圈的茶葉渣子，織金圖案污了一片。

「我原聽說，有的人面相愈老實，背地裡就愈是刁鑽，現在想想竟有幾分道理。」周婷拉著顧嬤嬤坐下，翡翠跟碧玉站在一旁。「當著我的面柔順有規矩，背後卻縱容鈕祜祿氏胡鬧，就憑她的分例，也能得到纏絲鑲珠金釵了？」

雖說都是格格，也分出幾等來，周婷賜下去的東西都是記錄在案的，鈕祜祿氏頭上那一枝是這回賜下去金子分量最重的，這件東西按規矩，是給宋氏的。

「她平日裡並不如此妄為，妾是瞧她懂事，才給了她那支金釵，原不過是姊妹間的情誼罷了。」宋氏睜著眼說起瞎話來。

既然能翻出首飾，那衣裳料子定也能翻找出來，只要從頭到腳盤算一遍，就能知道鈕祜祿氏拿著的有一半是宋氏的分例，她先一口咬定了姊妹情深，這些東西就算是姊姊送給妹妹的，任誰也不能說她的不是。

根本就不應該跟她多費口舌！周婷把斥責的話又嚥了回去。「妳既然看不好妳那院子，就挪到南院裡頭，去倍伴側福晉吧。」

李氏的禁足令還沒解，宋氏去南院就是變相被禁足，再見不著胤禛的面，更別說剝他下面那根香蕉的皮了。

宋氏不再裝乖巧了，反口就道：「南院是爺特地賜給側福晉單獨居住的，妾可不敢這樣貿然過去，還該回了爺才是。」

周婷早飯只吃了兩口，又鬧了一個早上，此時不禁氣血上湧一陣頭暈，她微微一皺眉頭，翡翠就上前來扶住她的胳膊。「主子這是怎了？宋格格好利的口舌，竟敢跟福晉頂嘴?!」

周婷只是一時目眩，略一閉眼就好了，然而翡翠插話的時機卻剛剛好。這丫頭原本不突出，這樣一看，竟是個賽珍珠呢！

於是周婷順勢朝後倒了一下，往炕桌上靠，一屋子的丫頭就又鬧騰起來，宋氏嚇白了臉，任她有再多理由跟藉口，只要周婷這麼一倒，她也就完了。

今日朝裡諸多煩心事攪在一塊，胤禛耽擱到掌燈時分才回府裡。他一面往正院去，一面還在想著羅馬教廷欺人太甚，竟不許教徒祭祀祖宗，這樣數典忘祖的事，皇阿瑪竟還耐著性子與他們通書信，只以為外邦人是不解中華禮儀，與他們徐徐解之。這事扯了十多年才終於耗盡康熙的耐心，開始驅逐傳教士。

胤禛知道後來發生的事情，如今雖還沒接到羅馬教皇的信，但此時候他已經頒布了禁止中國禮儀的命令。盛世大清竟被小覷，胤禛這口氣實在忍不下來，盤算著等信使來了以後他要上疏奏請的內容，想著想著，不禁抬起手揉了揉眉心。

比這更讓他惱火的，是孝懿皇后的親弟弟隆科多被革職，身上掛的職位幾乎被扒了個乾淨，只留下個一等侍衛，不教他太過難堪而已。

逼娶紅帶子覺羅家的嫡女做妾也就罷了，佟家的權勢在那兒擺著，看在孝懿皇后父親佟國維的面上，也不會有人跳出來告狀，但把人家好好的女孩逼得自縊而亡，誰肯干休呢？狀紙都遞到御案前，最重臉面的康熙自然大怒。

康熙曾親自下旨，覺羅家不必選秀可自行婚嫁，既然能自行婚嫁，好好的嫡出女兒為什麼會被逼著做妾？往上再數幾代，他們還是同一個祖宗！

胤禛雖知隆科多之後的惡行，此時卻還與他親近，就是要借佟家之勢，當然想跟佟國維一系打好關係，偏偏他們更偏向胤禩。不論是制衡也好、留後路也好，隆科多畢竟是站在胤禛這一邊的，因此胤禛才會對他諸多忍讓，他卻不知思愆改過。

私藏玉牒不過是個開頭，玉牒可是記載了皇家宗譜的東西，他竟私藏，其心可議。事發之後，彈劾他的奏章擺滿了御案，為了一個女人鬧到朝堂震動，這樣亂倫理、顛覆嫡庶尊卑的事，若是輕輕放過，再也不能談宗法，更何況隆科多的母親就是活生生被他氣死的。

醜事一樁接一樁地牽扯出來，攬權納賄、縱妾行凶不算，還被個女人指使著紊亂朝政，能保他不死，已經是最大的恩典了。想到這裡胤禛不禁有些淒然，一個如此，兩個也是如此，肱股之臣，竟沒有一個能落得好下場，於史書之上，他恐怕難逃刻薄寡恩的評斷。

胤禛一路走到了周婷的屋子，才察覺出不對勁來，屋子裡有股淡淡的藥味，小丫頭們全都站在牆邊，一掀開簾子，周婷正背對著他躺在床上，身邊只坐著翡翠，見胤禛進來，她趕緊站起來行禮。

他皺了皺眉頭。「福晉這是怎麼了，珍珠跟瑪瑙兩個又去了哪兒，竟不侍候著？」一個走開總要留下一個來，兩個大丫頭都不在，是出了什麼事？

翡翠屈著膝蓋壓低了聲音。「主子剛喝藥睡下了。」後頭那句聲音更低。「主子差瑪瑙姊姊去看顧珍珠姊姊的傷勢。」

胤禛走到床邊一瞧，周婷正閉緊眼蹙著眉頭，臉色泛白。他轉頭就問：「太醫怎麼說的？」

「太醫說主子無事，只是嚇著了，連喝三劑藥壓壓驚就好。」藥碗還在桌邊擺著呢，只剩碗底。

傷勢？嚇著了？壓驚？這三個詞讓胤禛聽得眉頭死緊，內宅裡還有什麼能把她嚇得倒在床上？翡翠垂著頭不敢抬起來，此時床上的人聽見聲音，不安穩地動了動頭，散開的青絲襯得側臉青白。

「蘇培盛！」胤禛猛然轉身出去。

蘇培盛正站在廊下聽小太監回報，聞聲身子一低，胤禛的聲音就從他頭頂上傳來。「把事給我回清楚了。」

第四十五章　陰錯陽差

蘇培盛一進府就看見徒弟小張子躲在柱子後頭向他打手勢。胤禛在前頭大步往正院走，小張子錯開步子縮在蘇培盛身後一路跟到正院，等胤禛進了主屋，蘇培盛回過身子剛想要問兩句，還沒聽見個頭尾呢，胤禛就出來了。

蘇培盛腦袋一低，身子微微一側，索性叫小張子自己來說，一面還使了個眼色給他。小張子即便看不懂他的暗示，也知道有些話不能亂說，腦子裡飛快地打好了草稿，這才開了口，躬著身回話。「昨天主子爺差人去揀上好的火狐狸毛，今天尋著了，蘇公公吩咐奴才給福晉送來。」

說到這裡，小張子還是忍不住看了蘇培盛一眼，蘇培盛眼皮微微一動，他就又低下頭去。「福晉在屋子裡同宋格格說話，奴才在外頭等著，沒一會兒就聽見裡頭亂起來，說是……說是福晉氣著了。」

這番話說得彎彎繞繞的，胤禛抬眼掃了小張子一下，見他縮著腦袋，就知道事情還有別的緣故。宋氏?什麼時候她也有這樣的膽子了?

「屋子裡頭還有些什麼人?」胤禛問道。

「除了侍候福晉的姊姊們，顧嬤嬤同烏蘇嬤嬤都在。」屋子裡頭到底說了些什麼，也只有這兩人有分量能在胤禛面前細說，他哪敢開口？

胤禛是想要親口問問周婷的，可如今她人還躺在床上，身邊的丫頭也跟小張子一樣頗有顧忌，不如讓蘇培盛去探聽。

胤禛略一揮手，小張子躬身退了下去，臨走時把手放腿邊搖動了兩下，蘇培盛就知道小張子沒把事情說全。他察覺到胤禛落在自己身上的視線，明白他的意思。「奴才這就去打聽清楚。」

不獨胤禛，就連蘇培盛也不相信光一個宋氏就能鬧騰成這樣。自福晉大病一場之後，性子就愈發寬和了，雖說她原就待下寬厚，但立身嚴正，規矩很緊。再好的主子也難免有狠罰下人的時候，可算算這一年多來，竟沒一個奴才挨過板子。

即使如此，院子裡的規矩卻沒有因為周婷的寬和而鬆下來，有偷奸耍滑、懶惰差事的，一併打發出院子去，就是不打、不罵也不罰。既然當不了差就出去，外頭還有許多人爭紅了眼想進來呢。

下人們行事只有比過去更謹慎，再說她還風不動、水不響地就把李氏牢牢釘死在南院裡，最大的對手都服貼了，誰還敢在她面前造次呢？

蘇培盛剛拐出迴廊，就看見小張子縮在牆根下頭等他，一見他出來，趕緊湊過去，貼著他的耳朵把自己看到的、打聽到的全說了出來。

「當真？你瞧見了？」蘇培盛兀自不信，院子裡的女人想得寵是常理，巴結福晉還來不及，就算主子不肯抬舉，也只有認命的分，胡亂傷人是為了什麼？更何況鈕祜祿氏一直無寵。

「可不是，一路拖出去的，就跟發了癲似的，我好不容易跟碧玉姊姊套了話，這才知道珍珠姊姊臉上好大的傷口呢！碧玉姊姊說若不是珍珠姊姊拿身子攔著，『那位』就要衝到福晉跟前去了。」

珍珠一向待小張子親切，他心裡不免為了珍珠嘆息。原本福晉身邊的大丫頭可是外頭小子們眼裡的紅人，這一回破了相，身價自然跌了下來，委實可惜了。

鈕祜祿氏是被兩個婆子綁了手一路架回東院關起來的，這事周婷故意等了一刻才差人去封各院的嘴，就只這點工夫，該知道的人就差不多全知道了。

東院的格格們看見鈕祜祿氏被架回來，原先還存著幸災樂禍的心思想看看熱鬧，誰知沒半刻就見宋氏慘白著臉回來，路都走不穩了，被蕊珠扶進屋裡半天不出來，眾人這才覺得事情不對，串門的、閒聊的全都躲進自己屋裡裝駱駝。

蘇培盛把事情湊了個七、八成，剛想回去稟報，又轉過身來抬起腿一腳踢在小張子小腿上。這一腳不輕不重，小張子輕聲叫了一下，又趕緊捂住自己的嘴。

「今天你倒機靈，我不問『那位』到底說了什麼，你也裝作從來不知道。」蘇培盛交代完了，衝著小張子點點頭。原看著是個實心眼的，原來還有幾分聰明勁，比小鄭子這樣空長了一張聰明面孔的要牢靠許多，是塊材料。

周婷還沒有要醒過來的跡象，胤禛知道那藥剛散出藥性來，她非得沈沈睡上一夜不可。他踱著步子來到暖閣裡坐下，兩個小丫頭進來點著了玻璃燈，剛想要退出去，就聽見胤禛問：「這屋的毛毯子怎麼換了？」

周婷的屋子總是最早鋪上地毯的，昨天還跟他說這樣金紅相間的大朵團花看在人眼裡覺得暖和，他這才說要找塊火狐狸皮給她做大衣裳穿，怎麼突然就換上藍的來？

兩個小丫頭雖說也是在屋裡侍候的，但尋常出入也不過是點個燈，幫珍珠跟瑪瑙遞遞水、收收碟子，從沒跟胤禛說過話，一聽見他問，聲音就先顫起來，彼此互看一眼後，其中一個開口說：「毯子撤下來刷洗了。」

見胤禛皺起了眉頭，她嚇得膝蓋都軟了。「奴才只看見幾個嬤嬤拿出來，上頭好大一塊水漬。」她趕緊把自己知道的那些全都說出來。「奴才聽嬤嬤們說洗好了也不能要了，花蕊上頭的金線磨斷了幾根。」

胤禛揮揮手，兩個小丫頭趕緊退了出去。

翡翠掀開簾子叫住一個。「妳去瑪瑙姊姊屋子裡頭知會一聲，就說爺回來了，恐怕要問話的，叫她們都準備著，別到時候忙亂。」等一個走了，又狀似不經意地問另一個。「剛爺問了什麼？」

「爺問屋裡的毯子怎麼換了。」小丫頭老實地交代出來。

翡翠點了點頭。「妳去吧！幫我去小廚房瞧瞧粥好了沒，若好了就拿爐子溫起來，主子今天什麼也沒吃，怕半夜裡餓呢。」一眼見小丫頭出去了，她才露出笑容來。

蘇培盛一路上琢磨著這話要怎麼說，才算不犯了忌諱又能辦好差事。胤禛不是好糊弄的主，只說鈕祜祿氏突然發瘋跳起來傷人，他肯定不會信，等進了暖閣，微一抬眼就察覺出胤禛的神色比剛才還差，趕緊低了頭一五一十全說出來。「鈕祜祿氏格格犯昏說了不敬之語，下頭的奴才們知道規矩，不敢複述。」

胤禛沈默了半天，才說：「知道了。」

他抬頭望著內室那道簾子，像要看穿什麼似的。昨天才剛覺得她不尋常，彷彿跟自己一樣知道以後的種種，今天鈕祜祿氏就出了這樣的事，她這是不是在排除異己？

胤禛還吃不準妻子是不是同自己一樣是走過一遭生死的人，然而若不如此，怎會知道他的心思在大位呢？那樣的話，又豈是個尋常婦人能隨口說出來的？

現在回頭一看，她竟是每件事都占住了先機，就像是知道未來將要發生的那些事，提早好幾十年就埋下伏筆來，一步一步穩穩當當、不動聲色，一不留神她就占據了半張棋盤。

胤禛吸了口氣，微微瞇上雙眼，黃色的燭火一跳一跳地晃著他的眼睛。她是不是知道鈕祜祿氏會生下弘曆，而弘曆是他定的繼承人，於是就搶先一步把這個隱患給除去?!

胤禛心裡起了疑惑，看向內室的目光愈來愈複雜。內室被厚實的簾子遮著，隱隱能瞧見一點橘色的燈光，想了想，到底還是抬腿過去了。

翡翠退到室外，他坐在床沿上看著睡著的周婷，想不起過去的她是個怎麼樣的人，但仍記得母妃一次又一次稱讚她端正大方，是個賢良的好妻子。

她側臉的線條在燭火下愈發柔和，胤禛盯著周婷的睡顏看了許久，眼前閃過的全是她的好來，剛要抬手摸一摸她，就聽見翡翠的聲音說：「回大格格的話，主子還沒醒呢，爺在裡頭看著，大格格還是早些歇下，明天再來吧。」

是了，如果她早就知道了，怎麼還會隱忍不發？若是自己同她易地處之，第一個要下手的恐怕就是李氏。什麼庶子女也是嫡母的孩子，胤禛從不相信，就是親生的，也有會偏心，她再能忍，也不會對這些孩子如此周全。李氏一直病著，若藉這個時機出手整治死她，自己也只會裝作不知。

這樣一想，眉頭就鬆開了，心頭那點疑慮散了個乾淨。她想要發落鈕祜祿氏又何必這樣做，只要示意丫頭們侍候的時候疏忽些，或是直接找大夫在接骨時動點手腳，讓她留下殘疾來，那她就一輩子也不可能近得了自己的身了。

「把珍珠跟瑪瑙傳過來。」胤禛一想通，馬上把剛才的疑點又翻出來，他倒要看看鈕祜祿氏能說出什麼樣的不敬之語！

珍珠跟瑪瑙早已經在外頭等著，一起進來跪在地上。

「把頭抬起來。」胤禛也不叫她們起來，之後他一問話，她們恐怕也還會再跪下去。

這一抬，胤禛就又擰住了眉頭。兩道一長一短的血痕在珍珠玉白的臉上特別鮮明，半邊臉紅腫成一片，雖沒開皮見肉，但好了也會留下疤來，可見鈕祜祿氏下手之重。

這要是落在周婷的臉上，先不論鈕祿祜氏之後會得什麼樣的懲罰，死一回也好、死兩回也好，都已經是醜聞了。「鈕祜祿格格同福晉說了些什麼？」

兩個在場的人說起來感覺又不一樣，兩人妳一言我一語地把鈕祜祿氏進屋後的事情說得詳細，瑪瑙掃了珍珠的傷勢一眼，把心一橫，磕頭伏在地上。「鈕祜祿格格說主子指使奴才作踐了她，咒主子生不出兒子來，弘暉阿哥死了也不得追封。」

沒人敢說，這話就由她來說，事情都到這一步了，定要叫鈕祜祿氏付出代價。瑪瑙雖然這麼想，心裡卻還是害怕，只覺得手腳發冷，忍不住想打哆嗦。

「她是這麼說的？」胤禛的語氣輕得讓人打顫。

瑪瑙不住點頭，只聽見胤禛一聲冷笑。「果然是瘋了。」

——未完，待續，請看文創風152《正妻不好當》3

顛覆史實　細膩深情／懷愫

既然身為堂堂正妻，就得顯出該有的威風來！

過勞死就算了，還穿越時空當個不受寵的正妻……
要是那些小妾真以為能把她踩在腳底，可就大錯特錯了！

溫柔嫻淑，是滿懷計謀最好的保護色；
女人心機，足將男人玩弄於股掌之間。
看她發揮智慧大展魅力，定要丈夫只愛她一人！

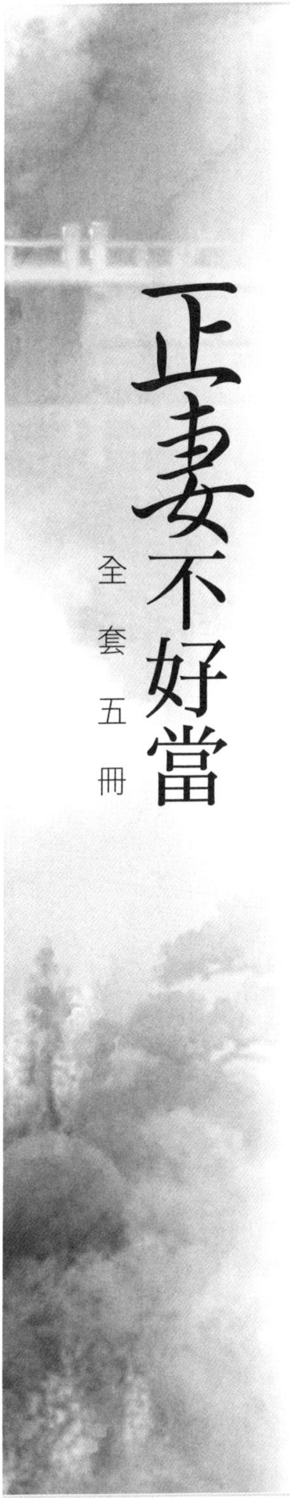

正妻不好當

全套五冊

文創風150 **1**

在現代要是過勞死，還能上個新聞，提醒大眾注意身體健康，
在古代嘛，累死、寂寞死、傷心死，那都是自己不爭氣！
虧這個身體的原主還是個正經八百的嫡妻，
誰知有面子沒裡子，徒有端莊大方之名卻不得寵愛，
幾個側室都是明著尊敬，暗地裡使絆子，要她不見容於丈夫。
周婷一醒來，就面對這絕對不利的情勢，
要是有個穩固的靠山也就罷了，偏偏她還剛死了兒子……

文創風151 **2**

既然身不由己，來到這個光有身分還不夠尊貴的地方，
唯一能讓日子好過一點的方法，就是發揮身為「正妻」的優勢，
光明正大設下許多小圈套，等那些豺狼虎豹自行上鉤，
打擊敵人之餘，還博得溫良恭儉讓的美名，真是不亦樂乎。
原本周婷就想這樣舒心過完一生，豈料丈夫發現她的轉變後，
竟像戀上花朵的蜜蜂，成天黏答答，非要將她吃乾抹淨才甘心，
惹得她心思盪漾，覺得多生幾個孩子也不錯……

文創風152 **3**

明知每回小選大挑，府上都會被塞進好些個侍妾，
但「只見新人笑，不聞舊人哭」這事可不許發生在自己身上！
周婷成功打趴後院所有女人，讓丈夫再怎麼飢渴也只上她的床，
非但無人說她善妒，從上到下、從裡到外還全是讚美聲。
就在她以為所有事情全在掌控中時，那個被她養在身邊的庶女，
竟受了生母指示，企圖向她施蠱……

文創風153 **4**

既然「家事」搞定了，接下來就是發揮賢內助的本事，
這頭打點、那邊安撫，幫助丈夫在爭奪皇位上取得有利的位置，
好讓兒子、女兒未來的路平平順順，一生無憂。
只不過……既是九五至尊，未來後宮佳麗自然不會少，
成全他長久以來的心願是一回事，要端著皇后的臉面故作大方，
實際上卻委屈了自己，她真能做到嗎……？

文創風154 **5** 完

面對那一屋子等著遷入皇宮中，好接受冊封的側室與小妾，
無論如何也無法讓人舒心。
原以為所有的甜蜜都將隨著皇帝、皇后分宮居住而漸漸淡去，
想不到丈夫卻信守諾言，非但只寵幸她，還打破傳統，
跟她「同居」起來，教周婷又驚又喜。
偏偏這時還有人不死心，非得把自己逼上絕路不可，
很好，就別怪她手下不留情，使出看家本領掃蕩「障礙物」了！

慧心巧思、獨樹一幟／凌嘉

穿越時空／靈魂重生／政商鬥爭／婚姻經營之傑出作品！

丫鬟我最大

全套五冊

知悉歷史，讓她洞燭先機、如魚得水；
運用智慧，計謀信手拈來、無往不利。
是個丫鬟又怎樣？她可不會那麼輕易就低頭認輸！

文創風 139 **1**

雲舒作夢也想不到，她不過是去相親，卻穿越時空來到漢朝！
原本身旁還有個看似可靠的相親對象陪伴，
結果他竟狠下心殺了她，只為了在沙漠生存下去！
痛苦絕望之中，她覺得自己的意識正一點點抽離肉體……
再次醒來，一雙小小的手與未發育的身材告訴雲舒，
她重生成一個十來歲的小女孩了！

文創風 140 **2**

收拾完幾個不識相的傢伙，雲舒在桑家的地位已不可同日而語，
然而大公子在仕途上的平步青雲，卻引來各方人士覬覦，
拉攏的人不怕死，說親的人厚臉皮，
就連雲舒本人的詢問度都大增，著實讓她嚇出一身冷汗。
只是幾年過去，兩個人都還抱持單身主義，
一個不嫁、一個不娶，看起來，似乎有點意思……

文創風 141 **3**

就在雲舒為這段戀情努力打拚的時候，
死亡的陰霾卻如影隨形地籠罩在她身邊……
當初殺害她的仇人，就像打不死的小強，一次次捲土重來，
教人防不勝防，時時刻刻提心弔膽！
老天啊，既然重新賜給她這條生命，還讓她找到真愛，
為什麼就不能善待她一些呢？!

文創風 142 **4**

眼看大公子無可避免地被捲入其中，
雲舒冒著生命危險趕到戰地，只為見他一面，
卻沒料想到他身邊竟有個才貌兼備的女子……
真是太讓人失望了！不給個合理解釋，她就跟他沒完！
什麼？兩年之約不算數？這玩笑也開得太大了吧？
在雲舒默默接受事實，聽從桑弘羊安排時，宮中傳來消息——
皇上召見她？這到底是怎麼一回事……？

文創風 143 **5** 完

她重生的這個身體，竟是漢朝皇室流落在外的公主！
雲舒除了震驚，再也找不到別的形容詞。
原來上天還是待她不薄，只是多花了點時間而已！
這下她不但被迎回宮中居住，還能風風光光嫁給桑弘羊，
看到老夫人面如土色，卻不得不恭恭敬敬接受她這個孫媳時，
長久以來的怨氣真是一吐而盡！

文創風
151

正妻不好當 2

國家圖書館出版品預行編目資料

正妻不好當 / 懷愫著. --
初版. -- 臺北市 : 狗屋, 民103.01
冊 ; 公分. --（文創風）
ISBN 978-986-328-227-3（第2冊：平裝）. --

857.7　　102025932

著作者　懷愫
編輯　連宓均
校對　黃鈺菁　陳盈君
發行所　狗屋出版社有限公司
地址　台北市104中山區龍江路71巷15號1樓
電話　02-2776-5889～0
發行字號　局版台業字845號
法律顧問　蕭雄淋律師
總經銷　知遠文化事業有限公司
電話　02-2664-8800
初版　103年1月
國際書碼　ISBN-13　978-986-328-227-3
原著書名　《四爷正妻不好当》，由北京晉江原創網絡科技有限公司授權出版

定價250元
狗屋劃撥帳號：19001626
網址：love.doghouse.com.tw　E-mail：love@doghouse.com.tw